中国文学史纲

明清文学（第四版）

ZHONGGUO WENXUE SHIGANG

MINGQING WENXUE

李修生 编著

北京大学出版社
PEKING UNIVERSITY PRESS

图书在版编目(CIP)数据

中国文学史纲. 明清文学/李修生编著. —4 版. —北京：北京大学出版社，2016. 8

（博雅大学堂・文学）

ISBN 978 - 7 - 301 - 27450 - 7

Ⅰ. ①中…　Ⅱ. ①李…　Ⅲ. ①中国文学—文学史—明清时代—高等学校—教材　Ⅳ. ①I209

中国版本图书馆 CIP 数据核字(2016)第 198436 号

书　　名	中国文学史纲・明清文学（第四版） ZHONGGUO WENXUE SHIGANG・MINGQING WENXUE
著作责任者	李修生　编著
责任编辑	徐丹丽
标准书号	ISBN 978 - 7 - 301 - 27450 - 7
出版发行	北京大学出版社
地　　址	北京市海淀区成府路 205 号　100871
网　　址	http://www.pup.cn　新浪微博：@北京大学出版社
电子信箱	pkuwsz@126.com
电　　话	邮购部 62752015　发行部 62750672　编辑部 62752022
印 刷 者	北京虎彩文化传播有限公司
经 销 者	新华书店
	965 毫米 × 1300 毫米　16 开本　16.25 印张　226 千字
	2003 年 4 月第 3 版
	2016 年 8 月第 4 版　2022 年 3 月第 4 次印刷
定　　价	42.00 元

目　录

明代文学

清代文学

明代文学

绪　说

朱元璋于至正二十八年(1368)正月在应天(今江苏南京)即皇帝位,建元洪武,定国号为明。元王朝覆灭后,元顺帝迁都漠南应昌府(今属内蒙古昭乌达盟克什克腾旗),由此开始北元(1368—1634)时代。经历了内部纷争和与明王朝的冲突或通款,至达延汗统一漠南北,孝宗弘治元年(1488)夏,达延汗自称大元大可汗,奉书求贡,晚年受封,方告相安无事。但北元和明朝曾很长时间是敌对关系。这和在南方与倭寇的斗争,是贯穿有明一代的问题。明思宗崇祯十七年(1644)正月,李自成在西安建国,国号大顺。三月,攻入北京,明王朝灭亡。明朝开国时,朱元璋建都于南京,明成祖朱棣于永乐十九年(1421)迁都于北京。关于明代社会,目前研究界,有的将明英宗正统十四年(1449)土木堡之变,看作中期的开端,将张居正于万历九年(1581)推行一条鞭法,看作中期的下限。明代文学的分期也有多种分法。我们根据明代文学发展的阶段性变化,把它分为三期:初期,指洪武至成化(1368—1487);中期,指弘治至隆庆(1488—1572);晚期,指万历至崇祯(1573—1644)。

朱元璋于至正十二年,从郭子兴起兵,逐步发展自己的势力,控制了皖南及浙东等东南部地区,二十四年,称吴王。建国后,下令农民归耕,承认已被农民耕垦或将开垦的土地归农民自有,并分别免除三年徭役或赋税,同时大量移民,推行屯田,兴修水利,农业得到发展。对手工业工人,即所谓匠户,除在规定时间内必须为国家服役外,其余时间都可以"自由趁作"。这不仅提高了手工业生产者的生产积极性,而且使商品生产大为发展。明代手工业作坊的发展与工匠地位的改善有着直接的关系。明中期商业活动日益频繁,明宣宗宣德(1426—1435)时,在沿长江、运河及布政司所在地的三十三个城市建立了钞关,负责向往来货物增收商税,这说明城市工商业更趋繁盛。

明朝建国初年,在政治制度方面,承袭了元代的制度。洪武十三年(1380),由于丞相胡惟庸擅权案,朱元璋废除中书省和丞相,设大学士以备顾问,以下设吏、户、礼、兵、刑、工六部。并设立锦衣卫,加紧对官吏的控制。明朝在宋元兴学的基础上,施行了更为完备的学校制度和科举制度,还规定以八股文取士。《明史·选举志》:"科目者,沿唐宋之旧,而稍变其试士之法,专取四子书及《易》《书》《诗》《春秋》《礼记》五经命题试士。盖太祖与刘基所定。其文略仿宋经义,然代古人语气为之,体用排偶,谓之八股,通谓之制义。"朱允炆时罢大学士。朱棣时,又正式设立内阁作为皇帝的顾问,并重用宦官。《明史·宦官传序》:"盖明世宦官,出使、专征、监军、分镇、刺臣民隐事诸大权,皆自永乐间始。"宦官政治是明代政治上的毒瘤。在锦衣卫外,增设东厂。厂、卫等特务政治的加强,也标志着君主专制的加强。在文治方面,朱棣命胡广、杨荣等人修《性理大全》,积极提倡理学。他还召集文士三千人编纂著名的大类书《永乐大典》。

明代中晚期,土地兼并激烈,皇室贵族所占庄田数量之多,超过以前任何朝代。皇室贵族豪绅地主凭借特权,大量兼并土地。官僚地主不仅抢掠农民土地,连军卫屯田也成为他们侵占的对象。赋税徭役日益加重,广大农民被迫流亡。流民问题是明代最严重的社会问题。

明中期以后,手工业的生产工具和生产技术进一步得到提高和改进,并逐渐形成了地区之间手工业生产的专业分工,如苏州是丝织中心,松江是棉织业中心。生产关系也开始发生变化。官场手工业的主要地位已为民间手工业所代替。当时除了家庭手工业外,逐渐出现了手工业工场。在苏州,当时靠出卖劳动力为生的"织工""染工"就有一万余人。他们必须在机户所设的工场内做工,才能获得工资维持生活。

其中机工与机户之间,已经存在雇佣劳动者与资本占有者的关系。这种关系在东南沿海一带的纺织业中,也有出现。《万历实录》:"吴民生齿最烦,恒产绝少,家杼轴而户纂组,机户出资,机工出力,相依为命久矣。"其他行业如冶铁、铸铁和制瓷业方面也都有较大的发展。这时期商品流通更加扩大。在城市里市民不但人数众多,而且在政治上、经济上的势力也不断增长。

嘉靖(1522—1566)时内阁大学士严嵩的专政,其后阁臣的门户之争,以及明熹宗天启(1621—1627)时宦官魏忠贤的"阉党"弄权,都是明中晚期政治上极有影响的事件。统治阶级中的一部分知识分子,与他们斗争激烈,逐渐形成了一个反对派。这个反对派就是明神宗万历(1573—1619)时出现的东林党人。东林党是因他们在无锡东门外东林书院讲学而得名。其代表人物是顾宪成。魏忠贤把持朝政时,东林党人进行了反对宦官的激烈斗争。此后兴起的政治团体还有"复社"。

明代出现了以王守仁(1472—1529)为代表的主观唯心主义的哲学体系。他认为"理"在人们心中。《与王纯甫》说:"心外无物,心外无事,心外无理,心外无义,心外无善。"又说:"圣人之学不是这等捆缚苦楚的,不是装做道学的模样。"(《传习录》)王守仁的心学特点是"良知说",将儒家为封建阶级服务的道德建立在简易的哲学基础上。他力图纠正宋明以来程朱理学烦琐与僵化的流弊,包含某些促进思想解放的因素。王守仁之后,王学的流派很多。泰州学派,也称王学左派,有一定的进步作用。其代表人物有王艮(1483—1540),著有《王心斋遗集》。李贽也是泰州学派的重要代表,他提出:"穿衣吃饭,即是人伦物理。除却穿衣吃饭,无论物矣!"(《焚书·答邓石阳书》)他还著有《童心说》,提出文学要表现真情,指出"天下之至文,未有不出童心焉者也"。泰州学派反对封建假道学和权威,其思想对明代进步文学有很大影响。

明初期文学的著名作品几乎都集中在元明之际。元末明初的社会动乱及其在文人思想上所引起的反省,在文学作品中有多方面的反映。朱元璋出于对文人的不信任和对思想的控制,大兴文字狱,使文坛转为空寂。自永乐初至正统末的四十多年,台阁体盛行。作者均为台阁重臣,作品风格平正迂徐,雍正典雅。明初期的小说、戏曲也是延续元末的局面。章回小说和传奇戏曲的体例日趋完善,为中晚期文学创作的繁荣准备了一定条件。

明中晚期文学创作出现了一个新的局面,戏曲步入中国古代戏曲的全盛期。杂剧作家徐渭的《四声猿》,借助历史题材抨击了当时社会的黑暗和丑恶,形式也与元杂剧不同。传奇体制的定型,魏良辅对昆腔的改革,标志着戏曲发展进入一个新的阶段。这时产生了大批有特色的传奇作品。《宝剑记》《鸣凤记》《浣纱记》等剧目,直接或间接地反映了当时的政治斗争。此后,出现了以汤显祖为代表的文采派和以沈璟为代表的格律派。汤显祖受泰州学派的影响,作品在一定程度上体现了反对礼教束缚、要求个性解放的思想。他的《牡丹亭》成为当时最有影响的剧目。沈璟及其同派作家注重格律,与舞台演出联系比较密切。

小说方面,出现了众多的长篇和短篇小说。《三国志通俗演义》《水浒传》刊印本,广泛流传。神魔小说《西游记》影响很大,孙悟空成为家喻户晓的英雄人物。而《金瓶梅》则是第一部以描写家庭生活为题材的长篇小说,它反映了封建统治阶级的罪恶行径和淫乱生活。此外,还有《北宋志传》等英雄传奇和《封神演义》等神魔小说,以及冯梦龙的《新列国志》等历史演义小说。短篇小说则出现了冯梦龙编的“三言”、凌濛初的“二拍”等话本、拟话本小说集。

诗文方面,弘治(1488—1505)年间,以李东阳为代表的茶陵诗派,以李梦阳、何景明为首的前七子,继元代复古思潮发起复古运动,主张以汉、魏、唐的文学为榜样,重情,重文采,重格调,明代文风因此发生变化。嘉靖至万历初,以李攀龙、王世贞为首的后七子,继续推进文学复古运动。他们在政治上和当时的宦者、豪门有矛盾,在文学上反对八股文的恶劣影响。例如后七子之一的谢榛主张“文随世变”,作为文坛领袖的王世贞的作品也比较有活气。归有光等唐宋派首先起来反对复古派。而后,三袁的公安派提出反对贵古贱今、模拟古人,主张文学要能独抒性灵,发前人所未发。这些主张在当时是有积极意义的。晚明出版业的发展,商品化影响了文学内容的变化。大量的戏曲、小说作品刊行。晚明的小品文值得我们重视。

第一章 《三国志通俗演义》

元末明初,在宋金元讲史话本的基础上,产生了我国古代长篇小说的主要形式——章回小说。讲史以讲说前代书史文传兴废战争为主。开始是以口头讲述为主,由于不可能一次把一部历史故事说完,必须讲若干次,因此产生了分节讲述,每节用题目的形式向听众揭示主要内容。这就逐步形成分章标回的格局。现存元代讲史平话,多是上图下文的讲史读物,已分节目,有助于读者了解故事进程。讲史和小说话本的合流,作家对民间创作的加工提高,就出现了章回小说。《三国志通俗演义》和《水浒传》的成书过程,也就是章回小说的诞生过程。这两部作品的出现,奠定了以后长篇章回小说的基础,并为后世长篇章回小说提供了历史演义和英雄传奇的两种范例。《三国志通俗演义》《水浒传》的早期刊本,体例尚不完备,明中叶以后才进一步发展到双句回目,并注意对仗。章回小说每回末尾不是在故事告一段落时收结,而是在紧要关子处打住。每回开头有"话说",结尾有"且听下回分解"的固定套语。章回小说在明代逐渐向作家文学发展。

第一节 《三国志通俗演义》的成书过程和作者

《三国志通俗演义》是我国第一部完整的长篇历史小说,是历史演义小说的开山作品,同时也是我国第一部描写战争并有独特成就的作品。它是中国文学史上一部影响深远的文学名著。

《三国志通俗演义》以三国时期魏、蜀、吴三个政治集团相互间的斗争为题材。西晋初年陈寿著《魏书》《蜀书》《吴书》等史书，记载这六十年的史实。南北朝时裴松之为《三国志》作注，他引用魏晋人著作二百十种。后世小说、戏曲等文学创作取材于三国史事者，基本事实见于《三国志》，而重要情节多由裴注提供。刘义庆的《世说新语》也辑录了一些传说中的三国人物的奇闻轶事。隋炀帝观看水上杂戏表演，其中也有木偶人表演的三国故事，如曹操谯水击蛟、刘备乘马渡檀溪等节目。唐代刘知幾的《史通·采撰》说三国故事是“得之于行路，传之众口”。李商隐《娇儿诗》描写了儿童在当时听说三国故事的情况，“或谑张飞胡，或笑邓艾吃”，说明三国故事在唐代已经盛传。

宋代说话伎艺“讲史”中，有“说三分”的专门科目和专业艺人。宋代舞台演出中，也出现了以杂戏形式表演三国故事的情况。如宋张耒《明道杂志》记载：“京师有富家子，少孤专财，群无赖百方诱导之。而此子甚好看弄影戏，每弄至斩关羽辄为之泣下，嘱弄者且缓之……”苏轼《东坡志林》记载：“王彭尝云：涂巷中小儿薄劣，其家所厌苦，辄与钱，令聚坐听说古话，至说三国事，闻刘玄德败，频蹙眉有出涕者，闻曹操败，即喜唱快！”由此可见，三国故事在宋代的流播和影响广泛，并存在着“拥刘反曹”的思想倾向。

元代出现了《全相三国志平话》，它是民间讲说三国故事的写定本。全书以司马仲相断狱故事为入话，正话从桃园结义开始，到诸葛亮病殁终。无论情节或人物评价方面，它都为后来的《三国志通俗演义》画出了基本轮廓，但故事情节离奇，文字粗略。元杂剧中三国剧目有数十种之多。从这些剧目的名称和现存剧本来看，《三国志通俗演义》的一些重要情节，如“桃园结义”“关羽过五关斩六将”“三顾茅庐”“赤壁之战”“单刀会”“白帝城托孤”等等，都已在杂剧舞台上出现，并且继续表现“拥刘反曹”的思想倾向。

元末明初，罗贯中排比陈寿《三国志》和裴松之补注的历史材料，又吸收民间传说和话本、杂剧的故事，编写成了广泛流传的《三国志通俗演义》。罗贯中的生平资料很少，明初贾仲明《录鬼簿续篇》记载：

"罗贯中,太原人,号湖海散人,与人寡合,乐府隐语,极为清新。与余为忘年交,遭时多故,天各一方。至正甲辰(1364)复会。别来又六十余年,竟不知其所终。"根据这段文字记载来推算,元顺帝至正二十四年(甲辰)时,贾仲明为二十二岁,罗贯中如果是五十岁左右,则罗贯中的生年约在1315年,卒年约为1385年。根据贾仲明的记载,罗贯中还著有三部杂剧,现存《宋太祖龙虎风云会》。但小说作家罗贯中是否杂剧作家罗贯中,尚有疑说。罗贯中的籍贯,除太原说外,也有东原(今山东东平)说、钱塘(今浙江杭州)说等异议。明王圻《稗史汇编》"院本"条说罗贯中是"有志图王者",结合他作品中所表现的思想,可以推想罗贯中是一个有抱负、有理想的人物。他的小说作品除《三国志通俗演义》外,还有《隋唐志传》《残唐五代史演义》和《三遂平妖传》,而且他还是《水浒传》的编写者之一。

罗贯中《三国志通俗演义》现存的最早刊本是明嘉靖壬午(1522)刻本,题"晋平阳侯陈寿史传,后学罗贯中编次"。全书二十四卷,二百四十则。继嘉靖本之后,它的刊本大量出现,还有些题名《三国志》或《三国志传》的版本,它们是由旧本演变而来,并与嘉靖本形成并列的分支。这些刊本还做了些插图、考证、评点、文字的增删、卷数和回目的整理等工作。清康熙时毛宗岗对嘉靖本又进行了加工修改,全书艺术水平有所提高。此后毛宗岗的修改本成为通行的本子。

第二节 《三国志通俗演义》的思想内容

《三国志通俗演义》主要是写魏、蜀、吴三国间的政治斗争和军事斗争,以及在斗争中出现的一些人物活动。记事起于汉灵帝建宁二年(169),终于晋武帝太康元年(280)。作者通过这些故事,揭示了当时社会的黑暗和腐朽,谴责了统治者的残暴和丑恶,寄托了明君贤相的政治理想,并在一定程度上反映了人民在动乱时代的灾难和痛苦。作品成功地反映了统治阶级内部的斗争,并且描写了三国之间众多的军事斗争,其中包括历史上若干著名的战役。

《三国志通俗演义》,虽从题目上看写的是三个统治集团的矛盾斗争,但着墨最多的还是曹魏与蜀汉的矛盾。作者有意将曹操与刘备进行对比:写曹操,着力于揭露他的奸险机诈,残暴害民;写刘备,着力于歌颂他的诚信天下,宽仁爱民。对于这组对立矛盾的双方,《三国志通俗演义》又以刘备集团的兴衰作为作品的主要线索。作品所歌颂的理想人物,主要是刘备集团的君臣。刘备、诸葛亮、关羽、张飞、赵云等,都是凝聚着作者的心血刻画出来的艺术形象。这些形象,在人民群众中有着广泛的影响,而其中更以诸葛亮的形象最为突出。《三国志通俗演义》共写了一百一十一年的历史,全书二百四十则,后编成一百二十回。诸葛亮出山前,用了三分之一的篇幅;诸葛亮死后写得更简略,仅仅用了不到七分之一的篇幅。而诸葛亮活动的二十七年,作者用了一半以上的文字,其中又有一半的章回是专门用来写诸葛亮事迹的。这在全书中,没有第二个人能与他相比。诚如郑振铎在《三国志演义的演化》中所说:“一部《三国志通俗演义》虽说的是叙述三国故事,其实只是一部‘诸葛孔明传记’。”

诸葛亮在历史上是著名的政治家、军事家。在民间说唱中,他成为一个半神半人的形象。《三国志平话》介绍诸葛亮时说:“诸葛本是一神仙,自小学业,时至中年,无书不览,达天地之机,神鬼难度之志;呼风唤雨,撒豆成兵,挥剑成河。”《三国志通俗演义》把诸葛亮恢复到人的位置,将他塑造成一个丰满的有血有肉的艺术形象,寄托了作者的理想和追求。诸葛亮是被作为一个贤相来描写的,他有感于刘备的知遇之恩,对刘备竭尽忠诚。他与刘备君臣相知,互相了解,为了共图王霸事业而奋斗一生。蜀汉的兴衰,三国之间每一次重大的军事、政治斗争,几乎都与诸葛亮有着密切的关系。诸葛亮不仅有政治抱负,还有经天纬地之才,知识渊博,才华出众,精通军事、政治,通晓天文、地理,是一个智慧的化身。诸葛亮隐居隆中,对天下大势却了如指掌,初见刘备就提出了据蜀、联吴、抗魏的长远战略思想;博望坡出奇制胜奠定了他在刘备集团内部的威信;赤壁之战,他孤身到吴,身临危境,舌战群儒,争取了强有力的同盟,贯彻了联吴抗曹的战略,在战役部署各个环节上都胜过曹操和周瑜的见识和才能。刘备死后,作者又集中描写了诸葛亮对蜀汉集团统一大业"鞠躬尽瘁,死而后已"的精神。最后诸葛亮积劳成疾,大业未成,而死于征战之中。"孔明秋风五丈原"一节写诸葛亮之死凄楚悲凉。诸葛亮之死,可以说是一个投身事业、奋斗一生的英雄之死,是理想未能实现的悲剧性结局。诸葛亮临终时所发出的"攸攸苍天,曷此其极"的悲叹,既是诸葛亮一生未能完成统一大业的慨叹,也是罗贯中自己发自心底的呼声。诸葛亮所追求的政治理想,反映了作者心目中向往的政治理想,而作者同情失败的英雄,赞美他的事业,这本身也就表露了作者对现实的批判,抒发了作者满怀的不平。这种仁君贤相的理想在当时并不是超时代的。然而,就是这样的理想,在当时的黑暗现实里,也不可能真正实现,而只能是作者思想的寄托,这不能不说是一种悲剧。诸葛亮除了作为一个贤相的形象之外,还被作为一个完美的知识分子形象而塑造。在塑造过程中,自然渗透了作者自己的遭遇与思想情感,并与之发生共鸣。

刘备是一个明君的形象。他以解救国家的危难、报效国家、安定百姓为自己的理想。"祭天地桃园结义"一节中,刘、关、张共同的誓言是"上报国家,下安黎庶"。他的德操言行的核心,就是仁义。在"庞统献策取西川"一节中刘备说过这样一段话:"今与吾水火相敌者,曹操也。操以急,吾以宽;操以暴,吾以仁;操以谲,吾以忠。每与操相反,事乃可成耳。今以小利而失信义于天下,吾为此不忍也。"作者还引诗称赞说:"不因小利忘仁义,便是当年尧舜心。"作品还极力表现他的爱民之心,"刘玄德败走江陵"一节中,刘备携民渡江一段,写他与百姓的亲密关系,在万分危急的形势下,仍不忍舍弃百姓,而百姓也誓死相随。他深知"若济大事,必以人为本"。又如徐庶的母亲被曹操骗到许昌,曹操以假信骗徐庶。刘备不愿因挽留徐庶,而使徐母受害。他说:"使人杀其母,吾独用其子,乃不仁也;留之而不使去,以绝子母之道,乃不义也。吾宁死,而不为不仁不义之事也。”作品还突出了刘备的爱惜贤才,礼贤下士。刘备一面不忍行不仁义之事,放徐庶归曹,另一方面又对徐庶恋恋不舍,表现了他爱才的深切之情。“三顾茅庐”更是集中地刻画了刘备礼贤下士的品德,表现了刘备对贤才的爱慕与敬重。诸葛亮出山之后,刘备与他“食则同桌,寝则共榻,终日议论,心地开悦,共议天下之事”。刘备与关羽、张飞为兄弟,与赵云也“甚相敬爱”。这也反映了作者理想中的君臣关系。但是,由于刘备形象缺乏真实的社会基础,这种理想中的好皇帝在现实社会中是不存在的,刘备只是一个寄托了作者理想的人物,而不是一个成功的文学典型。因此,作品在表现刘备仁义宽厚爱民的时候,就给人以一种虚伪的感觉。正如鲁迅在《中国小说史略》中所说:“欲显刘备之长厚而似伪。”这个批评是切中要害的。

《三国志通俗演义》中明君贤相的思想与“拥刘反曹”的倾向紧密联系在一起。“拥刘反曹”思想在早期的民间说唱中就已形成,其原因比较复杂。从史学传统来看,西晋时期陈寿的《魏书》,《旧唐书·经籍志》列入正史类,《蜀书》《吴书》入编年类。北宋时,司马光《资治通鉴》沿陈寿的先例,尊魏为正统。南宋偏安以后,朱熹《通鉴纲目》改尊蜀汉为正统。历史上东晋偏安时,习凿齿作《汉晋春秋》也曾改尊蜀汉为正统。清代史学家章学诚在《文史通义·文德》中说:“陈氏生于西晋,司马氏生于北宋,苟黜曹魏之禅位,将置君父于何地?而习与朱子,则固南渡之人也,惟恐中原之争正统也。诸贤易地而皆然。”这说明尊魏尊刘与史学家所处的历史条件有关。朱熹的尊刘是为偏安王朝争正统、图恢复服务的。元代在修前朝史书的过程中,曾经进行过以辽、金或以宋为正统的辩论。元朝最后将辽、金、宋,均列入正史。同时,我们还应看到在士人文学和民间文学中,自唐朝以来已逐渐形成“拥刘反曹”的思想倾向,在金、南宋、元朝,无论南方或北方的作家,如金朝王庭筠《涿州重修汉昭烈帝庙记》、宋朝任渊《重修先主庙记》、元朝程雪楼《南阳书院碑》,以及平话、杂剧等都是如此。他们都肯定刘备、诸葛亮是仁人义行的楷模。从这几方面来看,当时“拥刘反曹”观念仍是封建正统观念,然而它也表现出了一定的民族情绪,同时,寄托了封建知识分子的政治理想。罗贯中《三国志通俗演义》里所表现的“拥刘反曹”倾向,是和这种思潮相一致的,作者的政治理想仍是仁政。作者用文学手段,通过艺术形象表现其政治理想,暴露现实社会的黑暗,特别是通过典型人物揭示了封建统治阶级的人际关系。作品所塑造的艺术形象的意义远远地大于这种思想本身。

《三国志通俗演义》中所宣扬的“义”影响也很大。开篇第一节就是“祭天地桃园结义”,刘备、关羽、张飞为了匡扶汉室社稷,结义为兄弟,共同盟誓,就决定了三人名为君臣、情同骨肉的关系。以后弟兄徐州失散,从“张辽义说关云长”,关公约三事,刺颜良,诛文丑,封金挂印,千里独行,五关斩将,斩蔡阳,到古城聚义,关羽一直信守誓言,突出了他富贵不能淫、威武不能屈的义气。长坂坡赵云救主时,有人怀疑赵云降曹,刘备毫不怀疑,他说:“子龙从我于患难,心如铁石,非富贵所能动摇也。”赵云保护阿斗归来,刘备抚慰赵云时,赵云则说:“云虽肝脑涂地,不能报也。”这种感恩义、报知己的行动都是属于义的行为。《三国志通俗演义》中所写的义,是与忠、孝、节联系在一起的,它自然属于旧道德的范畴。但是,由于义是指人们处事得其宜,符合道德准则,所以不同社会地位和处境的人自然会做出不同的判断。如农民起义,也往往以义气为号召,下层人民在受压迫下救困扶危、互相帮助、见义勇为,也可看作义气的表现。这些行为本身是应该肯定的,但“义”作为一种道德观念,则存在着明显的局限。《三国志通俗演义》本身,也表现了这种道德观的自身矛盾和危害。如关羽在许田射猎时,要斩曹操,是激于忠义之气,而在华容道义释曹操,又是酬报知己,就是一例。这种“义”的影响,在中国社会是随处可见的,应当看到它的消极作用。

作品中还散布历史循环论和迷信思想,全书开头就说“天下大势,分久必合,合久必分”,认为三国鼎立、西晋统一是天命所定。庞统死前有童谣预言,上方谷司马懿父子不死是出于天意,也带有宿命色彩。至于孔明借东风、摆八阵图、五丈原禳星,关羽玉泉山显圣,以及于吉、左慈作法等故事,更充满了宗教迷信思想。

第三节　《三国志通俗演义》的艺术成就

《三国志通俗演义》是我国最早的一部长篇历史小说。卷首题为“晋平阳侯陈寿史传,后学罗贯中编次”,可见作者重视史书的记载,这是一部“按鉴重编”的演义小说:考察作品所写的全部故事的基本轮廓和发展线索,以及主要人物的主要活动,与史实相去不远;但是作为文学作品的历史小说,却与历史大有区别。它不是“三国”历史的再现与重复,而是根据作者生活体验和时代意识,进行艺术概括的文学作品。清代章学诚在《丙辰劄记》中说:“唯《三国演义》则七分实事,三分虚构,以致观者往往为所惑乱。”章学诚是误将《三国演义》看作历史书,所以才作出这样的评论。但是“七实三虚”的说法是有一定的道理的。三国的历史只是作品的一个骨架,而它的血肉部分,主要是虚构的。然而这些虚构部分在作品里却有着头等重要的意义,它生动、丰富地体现了作品的主题,也最能引起读者的浓厚兴趣。罗贯中在史书记载与“说话”的基础上做了大量的艺术加工。他根据创作的需要,丰富情节,刻画人物,使《三国志通俗演义》成为一部具有感人艺术魅力的文学作品。如“安喜张飞鞭督邮”一节,根据《三国志》记载,刘备任安喜尉时“督邮以公事到县,先主求谒,不通,直入缚督邮,杖二百,解绶系其颈着马枊,弃官亡命”。《三国志平话》则改成张飞扶刘备坐在交椅上,将督邮绑在厅前系马桩上,“打了一百大棒,身死,分尸六段,将头吊在北门,将脚吊在四隅角上”。《三国志通俗演义》则写张飞将督邮缚在县前马枊上,用柳条鞭打到二百,打折柳枝十数条,当时刘备并不在场,事发之后,刘备闻讯赶来,释放了督邮。这样的处理,既突出了张飞疾恶如仇、不畏强暴的个性特点,又不似《三国志平话》写得血腥气那样浓,特别突出了刘备仁慈的品德。从中我们可以看出,作者并不拘泥于细节的真实,而是从主题与塑造人物的需要出发,进行了艺术加工。“三顾茅庐”在《三国志》中记载很简略,《三国志平话》简单讲述了三谒卧龙的经过,文字简率,思想浅陋。而在《三国志通俗演义》中,这一部分则是一篇不可多得的精彩文字。作者为一个重要人物的出场做了精心的安排。在“三顾茅庐”正文以前,先写司马徽对伏龙凤雏的评论,制造悬念,又写“徐庶走荐诸葛亮”,接着写司马徽再次举荐。这样的反复铺垫,诸葛亮虽未出场,却已在读者心中占有了地位。除此之外,作者还刻意描写了诸葛亮的朋友、岳丈、弟弟等人物形象,作为烘托,细致的景物描写以及气氛渲染,成功地表现了诸葛亮的德操和品格。刘备三次访贤,一而再,再而三地误认,每次误认的情景又有无穷的变化。故事曲折生动,跌宕起伏,不仅引起读者浓厚的兴趣,而且随着刘备时而喜悦,时而失望,也更突出地表现了刘备思慕贤才,渴望见到诸葛亮的急切心情。作品不仅成功地塑造了刘备与诸葛亮的形象,富有强烈的艺术魅力,同时也淋漓尽致地抒发了罗贯中对明君贤相的理想人物的深厚感情。赤壁之战写得尤为精彩。《三国志》记载非常简略,《三国志通俗演义》却用十节篇幅,把故事渲染得波澜壮阔、淋漓尽致,特别是成功地刻画了诸葛亮、周瑜、鲁肃、孙权、黄盖、曹操、蒋干等一系列艺术形象。战争过程尚有史实依据,而人物及细节的描述则全凭虚构。所以《三国志通俗演义》有着高度的文学成就。我们不能用历史教科书的标准要求《三国志通俗演义》,我们今天对这些历史人物的历史评价与罗贯中是有很多不同之处的。但是《三国志通俗演义》仍是一部成功的艺术作品。

《三国志通俗演义》结构严密,作者以蜀汉为中心,以三国矛盾斗争为主线,井然有序地展开故事情节,构成一个艺术整体。它和《封神演义》比较,没有后者头绪纷繁、琐碎支离的情况;它和《水浒传》比较,没有后者各部分联系不紧密、可以单独成立的回目。这在古典小说中是少有的。

《三国志通俗演义》塑造了一系列鲜明生动的人物形象。如孔明、曹操、关羽、张飞、刘备、周瑜、鲁肃等等都给读者留下很深的印象。作者塑造人物形象,善于抓住人物性格的基本特征,用夸大、对比的手法使人物形象突出地显现出来。毛宗岗在《读三国志法》中推诸葛亮、关云长、曹操为“三绝”。曹操的确是《三国志通俗演义》中所刻画的众多艺术形象中最成功的人物之一。罗贯中笔下的曹操,是一个“治世之能臣,乱世之奸雄”的艺术典型。作者着意刻画了曹操身上的“奸”与“雄”的两个侧面,并且使“奸”与“雄”在曹操身上成为一个有机的统一体。在这两个侧面里,又突出了曹操身上“奸”的方面,对曹操的奸诈虚伪、凶残狠毒的性格,进行了反复的刻画描写,使曹操在群众中成为一个受憎恶的典型,成为坏人与恶德的标志。

曹操本姓夏侯氏,因中常侍曹腾收操父曹嵩为养子,故改姓曹。曹操自幼“好飞鹰走犬,喜歌舞吹弹。少机警,有权数,游荡无度”。少年时即具有诡诈机变的特点。他行刺董卓失败后,与陈宫逃至成皋,他父亲的结拜弟兄吕伯奢好意接待,曹操因误听杀猪者的话语,竟杀了吕伯奢全家,明白真相后,仍杀死吕伯奢,还说:“宁使我负天下人,休教天下人负我。”这一行动哲学暴露了曹操灵魂的卑污。曹操南征袁术,军粮短缺,曹操命王垕用小斛散发军粮,而听到众军卒埋怨不满时,又以“盗窃官粮”罪把王垕杀死,借王垕头以释众怨。又如当曹操大军行至淯水时,他忽然在马上放声大哭,众人惊问原因,曹操说:“吾思去年将吾典韦在此折了,不由不哭耳!”亲自祭享典韦,哭拜,昏厥于地,使大小军校无不下泪。这些地方都表现了曹操驾驭军将的权谋。为防范行刺,故意装做梦中杀人,杀死替他盖被的卫士,后又厚葬死者,以示仁义之心。其他如借黄祖之手杀死祢衡,假扰乱军心罪名杀死杨修,都写出了曹操的多疑、诡诈和残忍。罗贯中用夸张、对比的手法突出地刻画曹操的奸诈,但并没有简单化,他注意到人物是一个有着多方面内在联系以及各种能力的统一体。罗贯中笔下的曹操是一个不可多得的有思想、有性格的复杂而生动的艺术典型。他奸诈多疑,极端利己,虚伪狠毒,残暴成性,但同时又是一个"能安天下"的"命世之才",具有远见卓识和恢宏的气度,在错综复杂的矛盾中表现出了一个政治家的雄才大略。如董卓弄权时,他首先发难讨伐董卓,受到各路诸侯的响应。各路诸侯忙于互相吞并,他却别具胸怀,"有包藏宇宙之机,吞吐天地之志"。他豪爽多智,"青梅煮酒论英雄"一节,对与其同时人物的分析都很精辟。他善于用人,不计贵贱,唯才是用。所以,"文有谋臣,武有猛将",能够战胜敌手,统一中原。官渡一战,他在和袁绍军力相差十倍的条件下,听取许攸的建议,劫烧乌巢军粮,终于取得胜利。曹操深通兵法,善于用兵。作品在写曹操平定中原过程中,尽管同样持贬斥和批判的态度,但还是充分肯定了他在政治、军事上的才能。曹操是作品着力揭露与鞭挞的对象,但是作者在塑造曹操形象时并不是毫无根据地随意捏造,他以重视史实的严肃态度,根据有关的历史记载,依据他自己的思想认识,并从艺术创作的需要出发,选择材料,进行艺术加工,精心地创造了一个成功的文学典型。历史上的曹操是一个"非常之人,超世之杰"(《三国志·武帝纪》),是我国古代杰出的政治家、军事家和文学家。但在群众中广泛流传、家喻户晓的曹操,却不是历史上的那个英雄,而是一个"古今来奸雄中第一奇人"(毛宗岗《读三国志法》)。这一人物的诞生,是和罗贯中成功的艺术创作密不可分的。

关羽是封建社会"忠义"的化身,这个被神化了的封建英雄,曾为封建统治者所利用。但作者也刻画了他刚愎自用的缺点。作者写张飞疾恶如仇、粗豪爽直的性格,也写他从善如流的一面。所以,这部作品中虽然有类型化的问题,但我们也应看到,罗贯中在民间说唱的基础上加工创作的过程中对类型化的突破,人物性格已趋复杂化和个性化。

《三国志通俗演义》吸收了传记文学和说唱文学的成就,用比较平易浅近的文言进行创作,具有简洁、明快而又通俗的特点。例如"曹操见许攸"一段文字:

> 攸遂引数个从人步行出营,径投曹寨。伏路军人拿住,攸叱之曰:"我是曹公故友,快去报复,言南阳许攸来到。"军士慌报入大寨。

操方解衣歇息，忽听得帐前报许攸私奔到寨。操大喜，不及穿履，跣足出迎之。遥见许攸，抚掌大笑曰："子远远来，吾事济矣！"就辕门大笑，扶攸入坐，叙旧情。操乃先拜于地。攸慌扶起曰："公乃汉相，吾乃布衣，公何谦逊如此？"操笑曰："子远是操故友，岂敢以名爵相上下乎！"攸曰："某有眼如盲，屈身袁绍，言不听，计不从。今特弃之，来见故人。愿丞相无疑焉！"操曰："吾素知公信义之士，有何所疑？愿闻子远授绍之计。"攸曰："吾教袁绍差拨轻骑，乘虚袭许昌，首尾相攻。因绍不从，吾故弃之。"操大惊曰："若袁绍用子远之言，吾等皆死无葬身之地也！"操遂下拜曰："袁绍势大，不可当之，望子远教我破绍之策。"攸曰："丞相军粮还有几何？"操曰："可一年支用。"攸曰："非也。"操曰："有半年耳。"攸正色而起曰："吾正心相待，汝何相欺耶？"遂趋步出帐。操急请住曰："子远勿嗔，尚容实诉。运至军粮，可支三月。"攸笑曰："世人皆言孟德奸雄，今果然也。"操亦笑曰："'兵不厌诈，尚容布露。'"遂附耳低言曰："寨中止有此月之粮。"攸应声曰："休得诳语！汝粮尽绝！"操乃愕然曰："何以知之？"攸取出操与荀彧书以示之，曰："亲书何人所作也？"操惊问曰："何处得之？"攸以获使言之。操执手曰："子远想旧交之情，望赐教诲。"攸曰："丞相孤军而抗大敌，不求急胜之方，此取死之道也。攸有一策，不过三日，使袁绍百万之众不战而自回也。擒绍父子，宜在今日。丞相肯听之乎？"操大悦，求计于攸。攸曰："袁绍军粮辎重，皆积于故市乌巢，袁绍营北四十里。今拨淳于琼为将军，运谷使监支。琼嗜酒无备之人，公选精兵诈为袁军，问之则曰：'吾、蒋奇也，差来护粮。'到彼烧其辎重，断其粮食。不三日，绍军自散也。"操大喜，置酒重待，留攸于寨中。

语气口吻切合人物身份，惟妙惟肖地刻画出人物心理。特别是写曹操的奸诈，真是入木三分。

第二章　《水浒传》

第一节　《水浒传》的成书过程和作者

《水浒传》是与《三国志通俗演义》同时出现的一部长篇小说。它是在长期民间流传的基础上，最后由作家加工完成的作品。

《水浒传》是以北宋末年宋江等起义为题材的英雄传奇小说。它的内容，不是凭空虚构，而是有历史依据的。宋江起义发生于北宋徽宗宣和(1119—1125)年间，据《宋史·徽宗本纪》《侯蒙传》《张叔夜传》记载，宋江义军曾流动在淮南、京东东路、京东西路、河朔、楚海州等地。结局说法不一。据《宋故武功大夫河东第二将折公(可存)墓志铭》记载，宋江起义与方腊起义同时，方腊起义失败后，宋江也被杀害；据《侯蒙传》记载，当时曾似赦免宋江，使讨方腊；还有的材料记载，宋江曾受命参加征方腊。南宋时，宋江故事已成为艺人讲述演唱的重要内容。罗烨《醉翁谈录》“小说开辟”条所记的说话目录，已有“朴刀类青面兽”“杆棒类花和尚、武行者”等，这显然都是有关水浒故事的回目。龚开《宋江三十六人赞序》说：“宋江事见于街谈巷语，不足采著。虽有高如李嵩辈传写，士大夫亦不见黜，余年少时壮其人，欲存之画赞，以未见信书载事实，不敢轻为。及异时见《东都事略》中载侍郎《侯蒙传》有书一篇……余然后知江辈真有闻于时者。于是即三十六人，人为一赞，而箴体在焉。”其中五处提到他们活动于太行一带：卢俊义“风尘太行”，燕青“太行春色”，戴宗“敢离太行”，穆横“出没太行”，张横“太行好汉，三十有六。无此火儿，其数不足”。可见，南宋有宋江在太行活动的传说。宋末元初的《大宋宣和遗事》中涉及水浒故事的部分，虽内容非常简单，但给我们展示了《水浒传》的原始面貌，是现传讲说水浒故事的最早话本。其中着力叙写的是杨志卖刀、晁盖等劫生辰纲和宋江杀阎婆惜三节，很多重要人物都没有出场，全过程只轻轻几笔带过。然而收抚招降、镇压方腊起义的结局已经出现。

元及明初水浒戏现存目二十多种，实际现存元杂剧作品仅六种，其中多为李逵的故事。所叙梁山情况已接近《水浒传》，如高文秀《黑旋风双献功》杂剧中，宋江云：

> 某姓宋名江字公明，绰号及时雨者是也。幼年曾为郓州郓城县把笔司吏，因带酒杀了阎婆惜，被告到官。脊杖六十，迭配江州牢城去。因打此梁山经过，有我八拜交的哥哥晁盖，知某有难，领偻㑩下山，将解人打死，救某上山，就让我第二把交椅坐。哥哥晁盖，三打祝家庄身亡，众兄弟拜某为头领，某聚三十六大伙，七十二小伙，半垓来小偻㑩，寨名水浒，泊号梁山。

从元杂剧故事中，我们可以知道，北方当时流传的宋江传说已经与梁山结合，"寨名水浒，泊号梁山"，梁山泊有"纵横河港一千条，四下方圆八百里"。"三十六人"已演化成"三十六大伙，七十二小伙"，已有"三打祝家庄""晁盖中箭身亡"等故事。这与《水浒传》的故事规模更为接近。

元代在前人说唱表演的基础上，可能已经出现了说话艺人专门讲说的宋江故事作品。《水浒传》便在这个过程中产生。正如鲁迅《中国小说史略》所说："意者此种故事，当时载在人口者必甚多，虽或已有种种书本，而失之简略，或多舛迕，于是又复有人起而荟萃取舍之，缀为巨帙，使较有条理，可观览，是为后来之大部《水浒传》。"

根据现存《水浒传》最早刊本的署名和有关记载，《水浒传》的编著者是施耐庵和罗贯中。高儒《百川书志》记载该书为"钱塘施耐庵的本，后学罗贯中编次"。"的本"即真本的意思。这说明宋江故事的传本以施耐庵本声誉最高。现传《水浒传》又是经罗贯中加工创作的。施耐庵早于罗贯中,依罗贯中的时代推测,应是元末人。今江苏兴化市有施彦端墓,传说即施耐庵墓。据《兴化县续志》载明王道生《施耐庵墓志》,施耐庵生于元贞丙申岁(1296),卒于明洪武庚戌岁(1370),并说:“为至顺辛未进士,曾官钱塘二载,以不合当道权贵,弃官归里,闭门著述,追溯旧闻,郁郁不得志,赍恨以终。”据当地出土有关文物、《施氏族谱》、神主等,可了解施彦端及其家族情况。但是,施彦端是否就是著《水浒传》的施耐庵,王道生所撰《施耐庵墓志》的真伪,尚无一致看法,有不少人倾向于否定意见。

罗贯中也是《水浒传》的编著者之一,学术界本无不同意见,胡适、鲁迅、郑振铎、王古鲁都认为《水浒传》的作者为施耐庵和罗贯中,只是二十世纪五十年代人民文学出版社出版七十回《水浒传》,题为施耐庵著,罗贯中的名字才被忽略。目前学术界也有认为《水浒传》为施耐庵一人所作。关于施耐庵、罗贯中的生平也有不同看法。

明嘉靖郭勋刻本,共二十卷一百回,为现存最早的刻本。明万历容与堂刻本《忠义水浒传》一百卷一百回,一般认为最接近《水浒传》的祖本。百回本,在艺术上有了较多的加工,文字较细致。万历年间余象斗的百二十回本,又增加了“征田虎”“征王庆”的故事,但文字比较简略。天启、崇祯之间,出现了杨定见的百二十回本,除增饰了余本中“征田虎”“征王庆”的故事外,其余部分主要根据嘉靖本。明末清初金圣叹又改成七十回本。半个世纪以来,先后出版了多种七十一回本、一百二十回本和百回本。

第二节 《水浒传》的思想内容

《水浒传》通过对北宋末年宋江起义的描述,艺术地概括了我国近古人民起义发生、发展直到失败的全过程。作品里所描写的宋江起义,不完全符合历史上宋江起义的史实。它是经过无数作者之手创造性地复制出来的文学作品。《水浒传》在形成过程中，吸收了大量的同类的历史故事，在民间口头传说与民间说唱的阶段就有无数次的增饰，最后施耐庵、罗贯中又按照自己的认识重新创造，才出现了这部反映人民起义的长篇小说。它揭露了古代官府的罪恶，歌颂了反抗压迫的英雄人物，特别是揭示出人民起义的原因是“官逼民反”，描述了由个人复仇或打抱不平到打土豪、杀贪官的大规模斗争，是中国，也是世界上同类作品中所鲜见的。作品为读者展示了专制政权和宗法制度的广阔的社会生活图景。

《水浒传》没有也不可能正面揭示农民阶级所经受的经济剥削和政治压迫，但它深刻而广泛地揭露了贪官污吏的腐朽无能与贪暴横行。书中被皇帝宠爱的高太尉是统治集团的一个代表人物，作者通过他的发迹故事以及他对王进、林冲的迫害，揭示了高俅等丑恶的面目。高俅是一个“浮浪破落户子弟”，“若论仁义礼智，信行忠良，却是不会。只在东京城里城外帮闲”。并因“被他父亲开封府里告了一纸文状，府尹把高俅断了二十脊杖，迭配出界发放，东京城里人民不容许他在家宿食”。后来遇到天下大赦，又回到东京，却因踢得两脚好气球，得到端王的宠信。不久端王被册立为天子，便是宋徽宗。高俅没半年之间，便做到殿帅府太尉。高俅做太尉后第一件事，便是公报私仇责罚王进，逼得王进走投无路，与老母弃官逃走。后来又因为替干儿子抢林冲的妻子，陷害林冲。他在朝中与蔡京、童贯等结成一党，把持朝政，无恶不作。作者把高俅这个人物放在开端，并贯串全书，以表明“乱自上作”的现实。除谗臣外，作品还表现了形形色色的贪官污吏，泼皮恶棍。“徽宗天子慕容贵妃之兄”、青州知府慕容彦达，“倚托妹子的势要，在青州横行，残害良民，欺罔僚友，无所不为”；高俅的弟弟高廉“在高唐州无所不为”；梁世杰凭借岳父蔡京的势力，在大名府尽量搜刮钱财；奸诈的西门庆“专在县里管些公事，与人放刁把滥，说事过钱，排陷官吏”；经略府门下肉铺户郑屠，号称“镇关西”，竟敢虚钱实契，强媒硬保，娶民女为妾；破落泼皮“没毛大虫”牛二，“专在街上撒泼，行凶，撞闹”。此外，还有无数土豪恶霸，各级官府的差拨、役吏，形成了严密的黑暗势力网。作者清楚地看到了这股恶势力，写出了这部愤世的作品。

作品歌颂反抗这种黑暗势力的英雄，清楚地揭示“官逼民反”的社会现实。林冲是八十万禁军枪棒教头，虽也有“屈沉在小人之下”的感叹，但由于他处于中层的社会地位，又有一个美满的家庭，所以一直安分守己，不想背叛朝廷。后来高俅父子步步紧逼，设法栽赃陷害，他仍然忍气吞声。但是高俅并不肯罢休，竟然又派人从东京赶到沧州来谋杀他，最后在家破人亡、无路可走的情况下，在山神庙亲耳听到陆虞候等三人讲出火烧草料场，置己于死地的阴谋后，才杀死三人，在风雪之夜走上投奔梁山的道路。林冲的遭遇充分地体现出“逼”字。

作品也描写了一些下层人民的英雄，并描绘了他们埋藏在胸中的愤怒火焰。如写“吴学究说三阮撞筹”，当说到梁山泊已为王伦等起义者占据时：

> 吴用道：“小生实是不知有这段事。如何官司不来捉他们？”阮小五道：“如今那官司一处处动掸便害百姓；但一声下乡村来，倒先把好百姓家养的猪羊鸡鹅尽都吃了，又要盘缠打发他；如今也好教这伙人奈何！那捕盗官司的人那里敢下乡村来！若是那上司官员差他们缉捕人来，都吓得屎尿齐流，怎敢正眼儿看他！”阮小二道：“我虽然不打得大鱼，也省了若干科差。”吴用道：“恁地时，那厮们倒快活？”阮小五道：“他们不怕天，不怕地，不怕官司；论秤分金银，异样穿绸锦；成瓮吃酒，大块吃肉；如何不快活？我们弟兄三个空有一身本事，怎地学得他们！”吴用听了，暗暗地欢喜道：“正好用计了。”
>
> 阮小七说道：“‘人生一世，草生一秋’，我们只管打鱼营生，学得他们过一日也好！”吴用道：“这等人学他做甚么！他做的勾当，不是笞杖五七十的罪犯，空自把一身虎威都撇下；倘或被官司拿住了，也是自做的罪。”阮小二道：“如今该管官司没甚分晓，一片糊涂！千万犯了迷天大罪的倒都没事！我弟兄们不能快活；若是但有肯带挈我们的，也去了吧！”阮小五道：“我也常常这般思量：我

弟兄三个的本事又不是不如别人。谁是识我们的!”吴用道:“假如便有识你们的,你们便如何肯去。”阮小七道:“若是有识我们的:水里,水里去;火里,火里去!若能够受用得一日,便死了开眉展眼!”

这段对话,写出官府对百姓的迫害和三阮强烈的反抗情绪,下层人民的怒火到了一点即燃的地步。由此也可以看到作者对现实生活和人民思想情绪的敏感程度。

鲁智深是渭州小种经略府的提辖官,他走上反抗的道路,并不是由于自己直接受到欺侮,而是由于他见义勇为抱打不平,为恶势力所不容,最终逼上梁山。在渭州因为郑屠强骗金翠莲,他便帮助金氏父女逃走,三拳打死“镇关西”郑屠,无奈在五台山文殊院出家。在五台山耐不得寂寞,久静思动,两次酒后打上山来,甚至把半山亭、山门下金刚都打坏了。被智真长老荐到东京大相国寺,又因救护林冲,被高俅恨杀,吩咐寺里不许挂搭,并差人捉拿。鲁智深逃走在江湖上,东又不着,西又不着,最后在二龙山起义。他豪爽、勇猛、朴实、单纯,“杀人须见血,救人须救彻”,与恶势力进行了坚决的斗争。此外,武松、杨志等被逼上梁山的道路也很有特点。

《水浒传》生动地描写了各种规模的反抗斗争,特别是由个人复仇到大规模反抗斗争的发展过程。“智取生辰纲”反映了小规模的联合反抗,参加这次斗争的有渔民、店家、下层文人、道士、富户。他们共同的誓词是:“梁中书在北京害民,诈得钱物,却把去东京与蔡太师庆生辰。此一等正是不义之财。我等六人中,但有私意者,天地诛灭。神明鉴察。”事后,当何观察与捕盗巡检带领官兵到石碣村去缉捕时,晁盖等人利用石碣村的地利,大败官兵,活捉何观察。济州府随后又派团练使黄安带领一千余人追剿,又被吴用设计打败。阮小五唱出的口号是“酷吏赃官都杀尽,忠心报答赵官家!”吴用用智,公孙胜作法,反抗的规模越来越大。又如猎户解珍、解宝捕获老虎,却被里正毛太公赖掉,反诬他们白昼抢劫,最后迫使顾大嫂联合登云山的邹渊、邹闰共同营救，孙新、孙立劫牢，最后一起投奔梁山泊入伙。这些都在一定程度上反映了封建社会一些起义斗争的发展过程。三打祝家庄反映起义队伍与地方庄园地主武装的斗争，也描写了大规模战斗中战略战术的运用。宋江三打祝家庄，两次都因情况不明、方法不对，打了败仗。后来改变方法，从调查情形入手，于是熟悉了盘陀路，拆散了李家庄、扈家庄和祝家庄的联盟，并且布置了藏在敌人营盘中的伏兵，才打了胜仗。“排座次”是起义事业发展的高峰，作者描绘了一种“八方共域，异姓一家”的社会理想，提出“不问贵贱”“无问亲疏”“识性同居”“随才器使”，是“等贵贱”和“各尽所能”思想的艺术再现。

作者写作的目的是希望统治阶级面对现实，接受经验教训，如李贽《忠义水浒全传序》所说：“一读此传，则忠义不在水浒，而皆在于君侧矣。”因此，作者有意地安排了招安的结局。历史上，关于宋江起义的结局，有各种不同的记载，但是说话人的最早依据《大宋宣和遗事》已是招安结局，再联系《水浒传》最后成书时的历史背景，元末明初各路起义队伍，除徐寿辉、陈友谅始终没有降元，自己称帝外，方国珍、张士诚都不止一次接受过招安。但是，历史上的招安，都是双方势力达到某种程度的均衡，不能消灭对方时，为了保存自己的实力所采取的一种权宜之计。然而《水浒传》里所写的招安，却是起义队伍自愿的。这就更多地表现了作者的主观色彩。作为“梁山泊”首领的宋江也更多地体现了作者的思想。《水浒传》的招安结局和宋江形象的复杂性紧密地联系在一起。

关于宋江，在流传过程中原有不同的传说，如元陈泰说“宋之为人勇悍狂侠”（《所安遗集补遗·江南曲序》），他是根据篙师的传闻记录的。但在元杂剧中已经接近《水浒传》的说法：宋江是个“仁义长厚”的人。《水浒传》深刻地刻画了宋江矛盾而又复杂的性格，因而成为作品中众多人物形象里最突出的一个。作者通过这一人物形象，表现了人民的反抗和这种反抗最终归于失败的历史必然性。当然作者在那时还不可能认识这一悲剧冲突的历史原因，也不可能自觉地揭示它的悲剧性。但是,由于作者陷于同样的矛盾困惑之中,由于作者同情人民,并具有现实主义的创作态度,这就不能不使作者笔下所塑造的主人公形象,在一定程度上表现了他的悲剧性。

宋江作为起义军的领袖是不够典型的,但他仍是在社会现实的土壤中产生出来的具有生命力的艺术形象。宋江原是官府中的一个刀笔小吏,这种人物,在社会上若要存身,必须周旋于各种政治态度的人物之间。因此,他有条件结识许多江湖好汉,在他的思想里有"仗义疏财"、不满现实黑暗的方面,同时又存在着根深蒂固的伦理观念,所以他一面搭救晁盖等人,一面却又认为他们劫了生辰纲,杀了做公的,是"灭九族的勾当","于法度上却饶不得"。大闹清风寨后,他领兵投奔梁山,一封父亲病故的假书信,就使他抛下千军万马,飞也似地回去奔丧,并服服帖帖地接受了官府的断配。在刺配江州道上,又从忠孝观念出发,拒绝了晁盖的援救。但当他一旦被卷进斗争的激流,由于他对受迫害者的同情,在斗争中他也就能不惜冒生命危险给朋友以热情的支持和帮助,甚至参加并领导了起义的活动。作品细致地描写了宋江经过艰苦曲折的道路,最后被逼上梁山的过程。在上山之后,又充分肯定了他的政治才能、组织才能和作为领袖人物的品德。但是,由于宋江的基本立场并没有转变,上山后他还是"权借水泊暂时避难",只待朝廷赦罪招安,忠义观念始终主宰着他的行动,从而一步步走上了悲剧的道路。

作者肯定招安的道路,并以之为经纬纂集了所有的水浒的故事,这表露了他的局限,也给作品特别是后半部带来一些败笔。然而,也有一些章回,颇耐人寻味。"神聚蓼儿洼"就是值得我们注目的一段文字。正如郑振铎所说:"最后一回,'神聚(一作显)蓼儿洼'更极凄凉悲壮之至,令人不忍卒读。有了这一回,全书便显得伟大了。全书本是一部英雄传奇,有了这一回,却无意中成就为一部大悲剧了。"(《水浒传的演化》)

这一回可分为三大段。第一段主要交代了戴宗、阮小七、柴进、李应、关胜、呼延灼、朱仝等正将和其他偏将的最后结果。他们大都“自识时务”,为了“免受玷辱”,或学道出家,或还乡为民。其中,戴宗在泰安岳州庙里陪堂出家,一夕无恙,大笑而终;阮小七被奸佞怀挟旧恨,借故诬陷他穿过方腊的龙衣,被追夺了官诰,依旧回石碣村打鱼为生;柴进曾在方腊处为驸马,看到阮小七的下场,便推称风疾病患,再回沧海郡为民。一场轰轰烈烈的事业,转眼化为烟云。对于奸臣当道,谗佞专权,屈害忠良,作者不时流露出惋惜、哀愁的感情。但是,这类“学取鸱夷范蠡船”的行迹,是许多戏曲、小说作品中经常出现的。写得最深刻的是第二大段,也是本回的核心部分,即“宋公明神聚蓼儿洼”,写卢俊义、宋江、李逵被害,吴用、花荣自缢,以及最后葬于楚州南门外蓼儿洼的经过。其中,最主要的关目是宋江、李逵之死。这第二段,又可以分为三个小段。首先是卢俊义之死,这是蔡京、童贯、高俅、杨戬四奸臣谋害宋江计划的一部分。他们认为:“先对付了卢俊义,便是绝了宋江一只臂膊。”于是先安排卢州军汉,告卢俊义造反,然后再赚卢俊义到京师,在皇帝赐他的御食内下了水银。卢俊义在回卢州的路上,因水银坠下腰胯并骨髓里去,站立不牢,亦且酒后失脚,落于淮河深处而死。第二小段写四奸臣又借口安抚宋江,派使臣送御酒给宋江,酒内又下了慢药,宋江知道奸计之后,不仅自己不争,还怕李逵再去啃聚山林,便把李逵请到楚州,给李逵也吃了药酒,一生无所畏惧的李逵终于死在自己所崇拜的哥哥的手下。最后一段是宋江、李逵死后托梦给吴用、花荣,他们便到宋江墓前自缢。作者认为他们是“死生契合”,写诗赞道:“一腔义血原同有,岂忍田横独丧亡!”表露了作者的悲愤。

最后一段,虽然加上了“徽宗帝梦游梁山泊”的情节,但仍掩盖不了梁山英雄惨遭屠杀的事实。作品认识到招安是一条没有出路的路,走了半天又回复到作品开始时的境地,作者在最后的挽诗中说:“煞曜罡星今已矣,谗臣贼子尚依然。”作者最终没有违背生活真实。

《水浒传》内的英雄都是“忠义”之士,而“忠义”之士却不为世所容,这正是作者感到不平、发愤著书的原因。因此,正确地看待“忠义”

观念,是评价《水浒传》的关键。首先我们必须清楚地知道,“忠义”作为一种道德观念是属于宗法社会的思想体系。当然,我们评价人物的某些行为不能仅从概念出发,更重要的是还要从社会实践及效果出发。再者统治者虽然到处宣扬“忠义”,将自己的思想付诸普遍的形式,但他们自己却又往往是言行不一的伪君子。反抗者起来以“忠义”的尺度揭露统治者的残暴和虚伪,这是经常发生的事情。至于他们在斗争中,忠于自己的领袖和事业,用“义”为号召,团结行动,这种“忠义”行为的内容已经超出了它原有的意义,更应当给予肯定、赞颂。“白龙庙英雄小聚义”以及“梁山泊英雄大聚义”等都是反抗统治者的正义斗争。又如宋江“担着血海也似干系”私放晁盖;武松替兄报仇,怒杀西门庆;鲁智深见义勇为护送林冲到沧州……这些义烈的行动,都是感人至深的。然而道德观念不可能超越时代、阶级而独立存在。“忠义”观念无时不在地束缚着他们的头脑,影响着他们的行动。林冲一再隐忍求全,宋江再三不肯反上梁山,就是明证。特别是在梁山义军面临选择出路问题时,表现得更为突出。宋江在“菊花会”上,作了《满江红》一词,由乐和来唱,当唱到“望天王降诏早招安”时,黑旋风便睁圆怪眼,大叫道:“招安,招安,招甚鸟安?”只一脚把桌子踢起,颠做粉碎。这时的李逵表现得是何等可爱,然而当宋江要杀他时,他却说:“你怕我敢挣扎。哥哥杀我也不怨,剐我也不恨,除了他,天也不怕。”无原则的义气,对宋江的盲目服从,使他跟着宋江走上了招安的道路。在最后一回中,宋江正是由于“忠义”的束缚,不但饮了毒酒后自己不争,还亲手毒死了李逵。李逵也正是由于“义”的束缚,在饮了宋江给他的毒酒之后,还说:“生时伏侍哥哥,死了也只是哥哥部下一个小鬼。”“忠义”观念对人们头脑的毒害作用,表现得不是十分明显吗?

宋江这个人物,由于存在着这些局限,因此给读者的印象并不可爱,甚至有时还引起人们的憎恶。然而这并不等于说这个人物形象全无成功之处。作品深刻地刻画了宋江矛盾而又复杂的性格,因而成为《水浒传》众多人物形象中最突出的一个。

《水浒传》广泛地展示中国古代的生活图景，无论是对官府、庄园、寺院、道观以及市镇的商业经济，还是风土人情，都有具体真实的反映。

第三节　《水浒传》的艺术成就

《水浒传》直接继承和发展了说话人话本的艺术传统，它的语言是以北方话为基础，经过艺术加工的书面语言。这种口述的形式，对《水浒传》的语言、表现手法、结构形式都有着明显的影响，使之形成中国小说的艺术特色。

《水浒传》描写了一百零八位梁山泊好汉的英雄事迹，还有其他的人物，其中有一二十个人物，都有绝不相同的鲜明个性。《水浒传》的人物形象塑造，表现了典型的民族特点，特别注重“传神”。《水浒传》把人物置于具体的现实环境中，扣紧人物的身份、经历来刻画他们的性格，人物性格是通过一系列故事情节展开的。以动写静，形中有神。如鲁智深和史进等在酒楼吃酒，听到绰酒座儿唱的金氏父女啼哭，就焦躁发脾气，把碟儿盏儿都丢在楼板上，听到“镇关西”郑屠的恶霸行径，立刻义愤填膺，挺身而出，打抱不平。这些虽然也表现了他作为军官的横暴和等级观念，而更主要的则是展示了他粗豪勇敢、舍己救人的英雄性格。他送银两给金氏父女，又亲自送他们出城，表现了他“救人救彻”的侠义肝胆；三拳打死“镇关西”后，又假意指着郑屠尸说他诈死，显出了他粗豪中带有精细。“林教头风雪山神庙”深刻地描摹出林冲走向反抗的转化过程，细致刻画了林冲的心理活动。林冲来草料场时心里是存有疑虑的：“却不害我，倒与我好差使，正不知何意?”当他来到草料场后，还准备去城中唤个泥水匠来修理草厅，经过古庙时又乞求神明庇佑，草料场起火后立刻准备救火，说明林冲只要有一线生路，他还准备接受命运的安排。但是高俅父子却寸步不容，面对严酷的现实，深埋在林冲心中的火种迸发了。他把刀搁在陆谦脸上，说：“杀人可恕，情理难容。”这几个字，写出林冲胸中的积愤，也显示了林冲所作所为的正义性。文章又通过风雪的描写，点染出环境气氛，有力地衬托了这一幕悲壮剧的开展。林冲取路投草料场时，“正是严冬天气，彤云密布，朔风渐起；却早纷纷扬扬，卷下一天大雪来”。林冲杀死陆谦等，离开草料场时，“那雪越下得猛”。虽然只有寥寥数语，却构成一种境界，既写环境，又映衬性格变化。作者塑造人物形象时，总是有着强烈的倾向性，感情色彩浓烈，对于所描写的每个人物都流露着鲜明的爱憎。主要人物出场时，作者往往加以评论，如对宋江“忠义黑三郎”“及时雨”的绰号由来的说明，就是热烈的赞扬；而对高俅、西门庆的出身和行为，则痛加谴责。对英雄人物所表现的正义、豪侠，无一不带有一定程度的理想化的夸饰。所以作品虽然很注意使人物、事件符合生活真实，却又带有浓重的传奇色彩。它和《三国志通俗演义》以及其他同时期小说一样，善于运用夸张、渲染、对比的手法塑造人物形象，如鲁智深倒拔垂杨柳、武松打虎等夸张手法，对突出英雄人物都有着强烈的艺术效果。《水浒传》很多地方运用对比的手法以显示人物性格的差异。如鲁智深要赠予金氏父女些盘缠，自己去身边摸出五两来银子，又向史进、李忠二人借银子。史进很痛快地取出十两，而李忠在催促之下，才摸出二两来银子，既写出李忠的吝啬，又衬出史进的爽利，更衬托出鲁智深的豪爽真诚。又如林冲棒打洪教头一段，写洪教头没有真本事，却满怀忌嫉之心、骄愤之情，而林冲虽是有本事的人，却谦恭有礼、稳健老练。二人形成强烈对比，林冲为人自然高出一筹。除了具体事件和人物的对比外，作者从整体的结构布局上，都有意突出主要的英雄人物，使读者对“忠义之士”不为现实所容而走上梁山，最终走到失败的结局的悲壮，抱有强烈的同情。

《水浒传》以说话人直接讲述的语言，把整个作品组织起来，显示出中国小说的独特语言风格，它虽是书面文学，但以面对面的讲说为基础，无论叙事、写人，或人物对话，往往寥寥几笔，就神情毕肖。语言明快、洗练、形象。如武松怀疑哥哥死得不明，寻何九叔说话一段：

武松却揭起帘子，叫声：“何九叔在家么？”这何九叔却才起来,听得是武松来寻,吓得手忙脚乱,头巾也戴不迭,急急取了银子和骨殖藏在身边,便出来迎接道:"都头几时回来?"武松道:"昨日方回到这里。有句话闲说则个,请挪尊步同往。"何九叔道:"小人便去。都头,且请拜茶。"武松道:"不必!免赐!"

两个一同出到巷口酒店里坐下,叫量酒人打两角酒来。何九叔起身道:"小人不曾与都头接风,何故反扰?"武松道:"且坐。"何九叔心里已猜八九分。量酒人一面筛酒。武松更不开口,且只顾吃酒。何九叔见他不做声,倒捏两把汗,却把些话来撩他。武松也不开口,并不把话来提起。酒已数杯,只见武松揭起衣裳,飕地掣出把尖刀来插在桌子上。量酒的惊得呆了,那里肯近前?看何九叔面色青黄,不敢吐气。武松捋起双袖,握着尖刀,指何九叔道:"小子粗疏,还晓得'冤各有头,债各有主'!你休惊怕,只要实说,对我一一说知哥哥死的缘故,便不干涉你!我若伤了你,不是好汉!倘若有半句儿差,我这口刀立定教你身上添三四百个透明的窟窿!闲言不道,你只直说我哥哥死的尸首是怎地模样?"武松道罢,一双手按住胳膝,两只眼睁得圆彪彪地看着何九叔……

作者在这里尽力像真实生活的本来面目一样,按着生活中事件发生的具体过程来讲述,如讲武松到何九叔家,甚至讲到武松揭起帘子,以及二人寒暄的言语。继而写二人一同走出巷口到酒店里坐下,打酒、喝酒,到武松掣出尖刀,向何九叔提出问题。人物介绍、人物刻画,也是在叙述中进行。把事件进展写得层次分明,井然有序。书中写武松把尖刀插在桌子上时,何九叔"面色青黄,不敢吐气",量酒的"惊得呆了",武松"一双手按住胳膝,两只眼睁得圆彪彪地",把每个人的神态,写得活灵活现。书中用笔不多,把何九叔老于世故,深知武松的心理,又胆小怕事的性格,惟妙惟肖地表现出来。

《水浒传》一些地方能由说话看出人来,有些人物语言个性化,达到了很高的成就。如宋江、李逵在江州初次会面的一段对话。李逵第一句话,就问戴宗:"哥哥,这黑汉子是谁?"戴宗让他拜宋江时,他道:

“若真个是宋公明,我便下拜;若是闲人,我却拜甚鸟! 节级哥哥,不要赚我拜了,你却笑我!”当知道是宋江后,李逵拍手叫道:“我那爷! 你何不早说些个,也叫铁牛欢喜!”扑翻身躯便拜。只这三句话,就活脱出李逵粗率而又天真可爱的性格。一些次要人物的语言也写得很出色,如沧州开店的李小二两口的善良、热心而又怕事,差拨的两面三刀,都通过他们的语言表现了出来。

《水浒传》是一部从民间说唱演化而成的早期长篇章回小说,在流传和作者加工创作的过程中,不断增饰发展,情节结构由简到繁。最后,它以本书主要英雄人物被逼上梁山的道路为主线,叙述了人民起义发生发展过程;围绕着“招安”问题描写了人民起义从发生、发展到失败的过程。全书是有机的统一体。但书中人物与情节的安排,主要是单线发展,每组情节又有相对的独立性。一个中心人物的主要情节发展完毕,人物形象的塑造也就基本完成了。一个主要人物出场,便开始一篇独立的人物传奇;一篇人物传记,就是一个人物性格的成长史。有的可以成为独立的中篇小说,但它与全书又有着紧密的联系。当然也有一些片断与全书连接不紧,人物形象也有不甚一致的地方。

第三章 《西游记》

第一节 《西游记》的成书过程和作者

明中叶以后,道教得到统治者推崇,极为显赫。佛教仍有极大势力,佛教和道教思想进一步影响小说,宗教小说日盛。这些作品的内容并不都是宗教的宣传品,大多数仍是在民间流传的基础上,吸收民间传说、神话、寓言等,经作家加工创作而成的。由于这类小说中,以神魔代表义利、正邪、善恶、是非和真妄,鲁迅先生称这类作品为神魔小说,其中最优秀的作品首推《西游记》。《西游记》推衍唐僧取经的故事,如果从唐僧取经传说在民间流播开始算起,到《西游记》最后成书,大约经历了九百多年的流传过程。佛教在唐代,教派竞起。法相宗的创始人、佛经的翻译家玄奘(602—664)以艰苦卓绝的精神,克服种种困难,经十七载,完成了赴印度取经的事业。后来,他的门徒慧立、彦悰撰《大慈恩三藏法师传》,其中穿插了一些传说,借以弘扬佛法,神化玄奘。现河南巩义市石窟寺、福建泉州开元寺均保存有唐代的猴王的石刻。据欧阳修《于役志》记载,五代时扬州孝先寺曾画有玄奘取经壁画。现敦煌榆林窟存有西夏初年玄奘取经的壁画,其中有持棒的猴行者形象。唐人在敦煌石室幢幡上所绘的大摩利支菩萨脚踝前,就有猪头人形的金猪;《西游记》杂剧中,猪八戒便自称"摩利支部下御车将军"。由此可知,《西游记》人物与佛教有着密切关系。

现存《大唐三藏取经诗话》(又名《大唐三藏取经记》)形式近乎寺院中"讲唱经文"的"俗讲"。它是西游故事见于文字的最早雏形。书中出现了猴行者的形象。他原是“花果山紫云洞八万四千铜头铁额猕猴王”，化身为白衣秀士，自动护送唐三藏西行。一路经过树人国、鬼子母国、女人国、沉香国、波罗国、优钵罗国、竺国、盘律国等，杀白虎精、伏九馗龙、降深沙神，使取经事业得以“功德圆满”。这是取经的中心人物由玄奘逐渐变为猴王的开端。南宋刘克庄《释老六言十首》中有“取经烦猴行者”的诗句，可以想见猴行者的作用。宋元南戏《陈光蕊江流和尚》，金院本《唐三藏》和元代吴昌龄的杂剧，已失传。现存《西游记》杂剧，一般认为是元末明初人杨讷（杨景贤）所著（也有的人认为是元代吴昌龄所著）。还有人认为，现存杂剧是《西游记》小说产生后的修改本。这部杂剧以敷演唐僧出世的“江流儿”故事开场。这段故事同样是《西游记》小说的一个重要内容。

现存元代磁州窑的“唐僧取经枕”，已有唐僧、孙悟空、猪八戒、沙僧师徒四人取经的形象，可见取经故事元代已经开始定型。现在能够见到的《西游记》平话的材料，主要得自两个方面：一是《永乐大典》一三一三九卷“送”韵“梦”字条，保存有“梦斩泾河龙”故事遗文；二是时代相近的古代朝鲜汉语、朝语对照读本《朴通事谚解》中保存的“车迟国斗圣”的遗文和八条有关注文。由此可以想见，至迟元末明初时已有一部名叫《西游记》的平话小说。这部平话小说的内容、情节已和现存《西游记》接近。

《西游记》也有繁简本问题，杨致和《西游记传》、朱鼎臣编辑《唐僧出身西游记传》为简本，华阳洞主人校《西游记》等为繁本。论者以为简本依繁本删节。鲁迅、胡适根据《淮安府志》的《艺文志·淮贤文目》著录有吴承恩《西游记》，确定该书作者为吴承恩。学术界也有人对《西游记》的作者是吴承恩持怀疑态度，认为吴著为地理类游记而非章回小说。目前，《西游记》的作者是吴承恩，仍是最有影响的说法。

吴承恩（1510？—1582？），字汝忠，号射阳山人，山阳（今属江苏淮安）人。他的曾祖父、祖父，两世为学官。他父亲吴锐也是“自六经诸子百家，莫不流览”（吴承恩《先府君墓志铭》），但因为家境穷困，就继承了他外祖父的商店,经营彩缕文縠(即花线、花边)。他们父子两代受屈辱的遭遇对吴承恩有深刻的影响。吴承恩"髫龄即以文鸣于淮"(吴国荣《射阳先生存稿跋》),但中秀才以后,却"屡困场屋"(同上),直到嘉靖二十三年(1544),中岁贡生。他长期过着卖文鬻字的清苦生活,其间只做过短期浙江长兴县丞。吴国荣《射阳先生存稿跋》还说他"有荆府纪善之补",近年淮安出土的吴承恩棺材挡板有"荆府纪善"字样,可以证明这是吴承恩的终衔。荆府即荆王府。明代藩王府有"纪善"的官职,属王府长史司,为正八品,是"掌讽导礼法,开谕古谊及国家恩谊大节,以诏王善"(《明史・职官志》)的官吏,实际是闲员,吴承恩可能根本没有去任职。著作有《射阳先生存稿》四卷,原存故宫博物院,现存中国台湾。这些诗文对了解他的生平和思想有重要的帮助。他在《禹鼎志序》中说:"余幼年即好奇闻。在童子社学时,每偷市野言稗史,惧为父师诃夺,私求隐处读之。比长,好益甚,闻益奇。迨于既壮,旁求曲致,几贮满胸中矣。"他的《禹鼎志》是短篇志怪小说集。他在这篇序文中,还说到他的写作目的:"虽然吾书名为志怪,盖不专明鬼,时纪人间变异,亦微有鉴戒寓焉。昔禹受贡金,写形魑魅,欲使民违弗若。读兹编者,倘愀然易虑,庶几哉有夏氏之遗乎?国史非余敢议,野史氏其何让焉。作《禹鼎志》。"这段话或有助于了解他创作《西游记》的旨趣。

《西游记》现存重要明刊本有世德堂本《西游记》、朱继源刊本《唐僧西游记》、杨闽斋刊本《全像西游记》、李卓吾批评《西游记》。清刊本有黄国星定本《西游证道书》等。

第二节 《西游记》的思想内容

《西游记》是写唐僧取经的故事,但和历史上玄奘取经的事迹几乎完全不同。《西游记》虽然颇多宗教内容,有浓厚的宗教色彩,但已被民间传唱和作家创作的内容所影响,多具有神话寓言的性质。孙悟空成为全书最突出的中心人物。民间传唱的西游故事是成为鸿篇巨制的胚胎,作者的创作使这胚胎成长为硕大的成果。郑振铎在《西游记的演化》中说:“唯那么古拙的《西游记》(指平话),被吴改造得那么神骏丰腴,逸趣横生,几乎另成了一部新作,其功力的壮健,文彩的秀丽,言谈的幽默,却确远在罗氏(罗贯中)改造《三国志演义》,冯氏(冯梦龙)改作《列国志传》以上。”

《西游记》故事可分为三部分:前七回写孙悟空的来历;第八回至第十二回写唐僧的来历和取经的缘由;第十三回至第九十九回写取经过程所经历的灾难;第一百回以东返成正果结束。取经本身是宗教活动,但作者赞颂了唐僧师徒为了取真经,百折不回坚持斗争的精神,最后得成“正果”,是个富有寓意的故事。特别是作品写孙悟空取经前的经历和他在取经过程中与某些妖魔的斗争,曲折地反映了中国古代的社会现实。

“大闹天宫”是《西游记》中最成功的篇章。这段故事可能是作者的创造,到现在为止,还没找出“大闹天宫”的故事来源。作品中孙悟空这一叛逆者的反抗精神,形象地表现了人民的反抗斗争。孙悟空出生于海中的一座名山。这座山唤为花果山,是“百川会处擎天柱,万劫无移大地根”。在那座山顶上,有一块仙石,受天真地秀,日精月华,内育仙胞,产一石卵,见风化作一个石猴。他发现水帘洞,自立美猴王,“在仙山福地,古洞神洲,不伏麒麟辖,不伏凤凰管,又不伏人间王位所拘束,自由自在”。后又漂洋过海寻仙道,在灵台方寸山斜月三星洞,拜须菩提祖师为师,学成七十二般变化,一筋斗十万八千里的“筋斗云”。师父赐名孙悟空。他回花果山后,剿了混世魔王;又闹龙宫,强取了大禹治水时测定江海浅深的神铁、“重一万三千五百斤”的“如意金箍棒”;“闹地府”,硬勾掉生死簿上名,求取“不生不灭,与天地齐寿”的权利。龙王、阎王上告天庭。玉帝本欲遣将擒拿,后听从太白长庚星的话,前去招安,封他一个“弼马温”的官职。后来他识破骗局,又竖起了“齐天大圣”的旗帜。玉皇被迫封他为齐天大圣。他又闹了西王母的蟠桃会，把天兵天将打得落花流水。最后玉皇调来了二郎神，把他拿住，放在太上老君的八卦炉中，他又蹬倒八卦炉跑出来，“打得那九曜星闭门闭户，四天王无影无形”。一个猴精动摇了天界的秩序，打破了神佛的尊严。孙悟空的活泼机智带来了无穷活力，他的神通勇力惊动了天地鬼神。齐天大圣这一光彩夺目的神魔形象成为人们最熟悉的英雄的名字。

第八回至第十二回写如来有三藏真经：《法》一藏，谈天；《论》一藏，说地；《经》一藏，度鬼。要寻一个东土善信，教他历尽苦难，来西天取真经。于是作者写观音到东土访僧，魏徵斩龙，唐太宗游地府，唐僧出世，交代取经缘起。

从第十三回起开始写唐僧师徒四人去西天取经的故事，它是全书的主体。取经过程中经历了八十一难（取经前的金蝉遭贬、出胎几杀、满月抛江、寻亲报冤和取经后通天河遇险等五难也计算在内），包括四十一个故事，绝大部分里出现了作怪的妖魔。这些阻挠取经事业进行的妖魔，有的是幻化的自然力量，有的象征着社会邪恶势力。孙悟空除妖魔、祛邪恶，有为民除害的一面。书中常常提到孙悟空“专救人间灾害”，“专秉忠良之心，与人间报不平之事，济困扶危”。孙悟空借芭蕉扇灭火焰山的火，既为了打开取经的道路，也为了使百姓能“依时收种，得安生”。他连扇四十九扇，永远断绝火种。孙悟空善于识别妖魔，而无论妖魔施用什么手法和诡计，都瞒不过他的火眼金睛。三打白骨精一节，白骨精看到唐僧徒弟武艺高强，就施离间计，先变成十八岁的美貌女子，再变成八十岁的老妇人，又变成白发苍苍的老公公，虽然都被孙悟空识破，却由于唐僧不辨真伪，造成师徒的矛盾，使白骨精得售其奸。孙悟空比唐僧等有着更高的识别能力。孙悟空挥舞金箍棒逐一战胜各种妖魔，铲除了邪恶势力，也反映了人民的愿望。作品中所写的九个人间国度，所展示的社会图景是君昏臣佞，朝廷失政，生灵遭殃，明显是针对时事进行嘲讽。明代道教受到严格约束，但世宗异常崇尚道教，特别爱好“却病不老”的丹药、符箓秘方和祈风唤雨的咒术。一些方士得以擅权。《西游记》中写乌鸡国道士夺位，车迟国佞道灭佛，比丘国妖道惑乱，都在一定程度上反映了当时的社会现实。孙悟空是西天取经的主角，他排除万难，压倒一切邪恶势力，完成取经事业，是一个勇于战斗的英雄形象。

作者用游戏笔墨，通过神话故事，寄托了他对现实的激愤。关于作品的主旨，鲁迅说："故其著作，乃亦释迦与老君同流，真性与元神杂出，使三教之徒，皆得随宜附会而已。假欲勉求大旨，则谢肇淛(《五杂俎》十五)之'《西游记》曼衍虚诞，而其纵横变化，以猿为心之神，以猪为意之驰，其始之放纵，上天下地，莫能禁制，而归于紧箍一咒，能使心猿驯伏，至死靡他，盖亦求放心之喻，非浪作也'数语，已足尽之。"所谓"放心"，就是放纵恣肆之心。所谓"放心之喻"，是希望收起放纵恣肆之心。鲁迅还引用作者在第十三回中的一段话做了补充说明：

> 众僧们灯下议论佛门定旨，上西天取经的原由……三藏钳口不言，但以手指自心，点头几度。众僧们莫解其意……三藏答曰："心生，种种魔生；心灭，种种魔灭。我弟子曾在化生寺对佛说下洪誓大愿，不由我不尽此心。这一去，定要到西天，见佛求经，使我们法轮回转，愿圣主皇图永固。"

总之，作者对当时政治的腐败、社会的黑暗、世风的浇薄进行讽刺，目的是希望灭掉邪恶之心，得以实现清明的政治。由于作者假借超人间故事，讽刺、揶揄当时的世态和宗教精神，所以其性质又多近于寓言和童话，有的也带有哲理探索的意味。

第三节　《西游记》的艺术成就

古代原始社会初期是神话的繁荣时期；在国家产生之后，仍不断产生新的神话。但产生越晚的神话与宗教思想有着更密切的关系，作者自觉的艺术加工明显加强。《西游记》的产生，和佛教、道教的盛行，以及儒家思想的发展都有关系。它包含宗教故事,但它不是单纯的宣讲宗教教义,而是在民间传说、民间演唱的基础上经作者加工创作而成的文学作品。作者充分发挥了文学想象的特点,写出了光怪陆离的神魔世界。孙悟空居住的水帘洞内:

> 翠藓堆蓝,白云浮玉,光摇片片烟霞。虚窗静室,滑凳板生花。乳窟龙珠倚挂,萦回满地奇葩。锅灶傍崖存火迹,樽罍靠案见肴渣。石座石床真可爱,石盆石碗更堪夸。又见那一竿两竿修竹,三点五点梅花。几树青松常带雨,浑然相个人家。

在势镇汪洋、威镇瑶海的花果山上,水帘洞又是别有洞天,美猴王正是在这样一个环境中享乐天真。陷空山无底洞老鼠精住的洞府则是:"山脚下有一块大石,约有十余里方圆,正中间有缸口大的一个洞儿,爬得光溜溜的。""仔细往下看处,——咦!深啊!——周围足有三百余里。"这些景物既有现实生活依据,又有神异的色彩。神魔所使用的武器、法宝,也有着超自然的威力。如意金箍棒,净重一万三千五百斤,但可以缩小藏在耳朵眼里;芭蕉扇大可一丈二尺长,小可缩成一片杏叶噙在口里,扇一下,将人扇出八万四千里;猪八戒的钉耙,晃一晃也可以变成三十丈长短的钯柄。其他,如红孩儿的风火车、水泊的盂儿,以及具有魔力的净瓶、葫芦等,无不具有神奇的色彩。这些都是人们为征服自然、战胜敌人,而遐想出来的。作品中神魔人物的塑造,具有深刻的典型意义,他们既是我们在现实社会中遇到的人,又有经过想象夸张的神奇色彩;既有生活于社会之中的人的特点,又有某些动物的特点。孙悟空本来是一个石猴,具有猴子的特征,他"毛脸雷公嘴",罗圈腿,拐子步,始终是"沐猴而冠"的神情。他喜欢跳跃攀登,性情急躁,声容神态完全是一个猴子模样。但他勇敢、智慧、有正义感、斗争性强,又是人的性格、心理状态。他一个筋斗十万八千里,有七十二般变化,将人性与动物的特点融为一体,又富于神话色彩。猪八戒是天神错投猪胎,具有猪的贪淫好吃的特点,性情粗夯莽撞,爱耍小聪明,又经常露馅丢丑,他有半猪半人的形体，也有三十六般变化，能驾云使风，他虽对取经事业经常发生犹疑动摇，但还不是反对者，最后也终于走完取经的道路。此外，其他一些妖怪也多结合了原形动物的特点，写得活灵活现、千姿百态，如无底洞的老鼠精等。

《西游记》具有幽默诙谐的特点。胡适说："正因为《西游记》里种种神话都带有一点诙谐意味，能使人开口一笑，这一笑把那神话'人化'过了。"(《〈西游记〉考证》)鲁迅说："又作者禀性，'复善谐剧'，故虽述变幻恍忽之事，亦每杂解颐之言，使神魔皆有人情，精魅亦通世故，而玩世不恭之意寓焉。"(《中国小说史略》)如第七十九回在比丘国，国丈要用唐僧的心肝为药引，孙悟空变做假唐僧剖心的一段描写：

> 假僧接刀在手，解开衣服，挺起胸膛，将左手抹腹，右手持刀，唿喇的响一声，把腹皮剖开，那里头就骨都都的滚出一堆心来。唬得文官失色，武将身麻。国丈在殿上见了道："这是个多心的和尚!"假僧将那些心，血淋淋的，一个个捡开与众观看，却都是些红心、白心、黄心、悭贪心、名利心、嫉妒心、计较心、好胜心、望高心、侮慢心、杀害心、狠毒心、恐怖心、谨慎心、邪妄心、无名隐暗之心、种种不善之心，更无一个黑心。

作者完全是借题发挥，针砭世态。又如第五十一回"心猿空用千般计　水火无功难炼魔"：

> 当时四天师传奏灵霄，引见玉陛。行者朝上唱个大喏道："老官儿，累你！累你！我老孙保护唐僧往西天取经，一路凶多吉少，也不消说。于今来在金兜山金兜洞，有一兕怪，把唐僧拿在洞里，不知是要蒸，要煮，要晒。是老孙寻上他门，与他交战，那怪却就有些认得老孙，卓是神通广大，把老孙的金箍棒抢去，因此难缚妖魔。疑是天上凶星，思凡下界，为此老孙特来启奏，伏乞天尊垂慈洞鉴，降旨查勘凶星，发兵收剿妖魔，老孙不胜战栗屏营之至!"却又打个深躬道："以闻。"旁有葛仙翁笑道："猴子是何前倨后恭?"行者

道:“不敢！不敢！不是甚前倨后恭,老孙于今是没棒弄了。”

《西游记》的语言散韵相间,它汲取了民间说唱和方言口语的精华。在人物对话中,既有当时流行的官话,又运用了方言,能突出人物的个性,生动传神。书中诗词使用了大量的游戏体,全书充满了科诨而又不失风雅的文字游戏。这与作者玩世式的反抗和作品圆熟、佻侻的语言风格是一致的。

第四章　《金瓶梅》及明晚期长篇小说

第一节　《金瓶梅》

以描摹世态人情为主的小说，称为人情小说，也称世情小说。明代人情小说最著名的是《金瓶梅》，它也是我国第一部描写家庭生活的小说。它不同于神魔小说和历史演义、英雄传奇小说，它是直接从现实社会生活中撷取创作题材；所描写的人物也不再是超人或半超人的传奇人物，而是如实地描绘了现实生活中的人物，从而标志着中国小说发展的新阶段。

《金瓶梅》的成书和作者，仍无定说。仅知初刻本署名为笑笑生，兰陵人。兰陵有北兰陵、南兰陵之分。北兰陵，即今山东枣庄峄城，南兰陵指今江苏常州武进区。明代有关记载说《金瓶梅》的作者是“嘉靖间大名士”“绍兴老儒”“金吾戚里”的门客等。近年来有影响的说法，有王世贞、李开先、屠隆诸说。但也有人认为《金瓶梅》仍是在民间说唱基础上由作者加工创作而成的，作者为中下层文人。无论作者是谁，他应是十分熟悉民间说唱艺术形式的文人，这部书吸收了说唱艺术的创作成果。

《金瓶梅》在明代万历二十三年，就已有抄本流传。最早版本为万历四十五年“东吴弄珠客”序的《金瓶梅词话》。随后又有天启间《原本金瓶梅》。全书一百回。它是从《水浒传》“武松杀嫂”一段推衍而成的。全书以土豪恶霸西门庆为中心，记叙了他巧取豪夺、横行乡里的种种恶迹及荒淫无耻的生活。这部书具体地暴露了明中叶社会黑暗现实及统治阶级的罪恶。西门庆原是清河县一个破落户财主，他“专在县里管些公事，与人把揽说事过钱，交通官吏。因此满县人都惧怕他”。他与“帮闲抹嘴不守本分的人”，结为十兄弟，称霸一方。他原有一妻二妾，又骗娶富孀孟玉楼；毒死武大郎，霸占潘金莲；谋占结义兄弟花子虚的妻子李瓶儿；奸占仆妇宋蕙莲等。西门庆不只是淫棍，他霸占妇女，多是图谋金钱财物。他谈话做事离不开钱和女人。西门庆曾对其妻吴月娘说：“咱闻那佛祖西天，也止不过要黄金铺地，阴司十殿，也要些楮镪营求，咱只消尽这家私，广为善事，就是强奸了嫦娥，和奸了织女，拐了许飞琼，盗了西王母的女儿，也不减我泼天富贵。”西门庆还行贿钻营，步入官场，被任命为清河县提刑千户，认蔡京为义父，与杨太尉、巡按宋御史都有来往，贪赃枉法，任意胡为。作品通过西门庆的活动，揭示明代官场的阴私，是一部明代的官场现形记。《金瓶梅》不仅批判官场，还涉及封建婚姻和家庭制度、奴婢制度。西门庆妻妾明争暗斗的手法，阴险毒辣的心计，特别是围绕子嗣展开的斗争，更反映了宗法社会家庭的罪恶，描绘了她们的阴暗心理。此外，作品还刻画了一群帮闲人物的谄媚、卑鄙、欺诈的行为与寄生生活。作品对人情世态的描写，可以说是鞭辟入里，正如鲁迅所说：“作者之于世情，盖诚极洞达，凡所形容，或条畅，或曲折，或刻露而尽相，或幽伏而含讥，或一时并写两面，使之相形，变幻之情，随在显见，同时说部，无以上之。”（《中国小说史略》）

《金瓶梅》在中国小说发展史上有重要意义。它虽然也受说唱文学的影响，但已不是在民间传唱的基础上加工，而是经过作者的全面思考，统一安排而组织起来的一个完整的新创作的作品，它的艺术结构更为完整。作者面向现实人生，如实地写出人情世态，人物刻画更加细腻具体。作品笔调极为冷静严峻，把人间的丑恶直接展示在人们面前。然而，作者对黑暗现实只是自然主义的描绘，对于生活现象美丑不分，有些描写过于细碎，特别是大量色情淫秽的描写。当然，这与当时社会风气有关，是时代所造成的艺术缺陷。鲁迅说：“成化时，方士李孜僧继晓已以献房中术骤贵，至嘉靖间而陶仲文以进红铅得幸于世宗，官至特进光禄大夫柱国少师少傅少保礼部尚书恭诚伯。于是颓风渐及士流,都御史盛端明布政使参议顾可学皆以进士起家,而俱借'秋石方'致大位。瞬息显荣,世俗所企羡,侥幸者多竭智力以求奇方,世间乃渐不以纵谈闺帏方药之事以耻。风气既变,并及文林,故自方士进用以来,方药盛,妖心兴,而小说亦多神魔之谈,且每叙床笫之事也。"(《中国小说史略》)这种风气的出现,不只是由于统治阶级的淫靡,还与明后期思想界、文学界反对礼教,反禁欲,肯定人的情欲的潮流有直接关系。这种文学现象的出现也不无离经叛道的意味。

《金瓶梅》以后有影响的同类作品有《玉娇丽》,明代以这两部作品并称。《玉娇丽》已佚,或说现存《玉娇梨》即其复刻本。此后续书有的大谈因果,如《续金瓶梅》。另外,则是才子佳人小说,清代有《玉娇梨》《平山冷燕》《好逑传》等。鲁迅说:"至所叙述,则大率才子佳人之事,而以文雅风流缀其间,功名遇合为之主,始或乖违,终多如意,故当时或亦称为'佳话'。"(《中国小说史略》)这几部书国外都有译本。

第二节　《封神演义》及其他

神魔小说,《西游记》影响最大。在《西游记》之后,还有一批假借某一历史事件,融入神权与王权的结合、神仙与妖魔的斗争的作品,最著名的是《封神演义》。此书共一百回。关于作者,一说钟山逸叟许仲琳撰。许仲琳(约1560—约1630),号钟山逸叟,应天府(今属江苏南京)人。一说陆长庚撰。陆西星(1520—1601?),字长庚,江苏兴化人,科试不遇弃儒以道,著有多种仙释书籍。现存明金陵载阳舒文渊刊。据说作者意欲与《水浒传》《西游记》鼎立而三。实际上,无论思想或艺术,都不能和《水浒传》《西游记》并列。鲁迅说:"书之开篇诗有云:'商、周演义古今传',似志在于演史,而侈谈神怪,什九虚造,实不过假商、周之争,自写幻想,较《水浒》固失之架空,方《西游》又逊其雄肆;故迄今未有以鼎足视之者也。"(《中国小说史略》)然而《封神演义》仍不失为一部有价值的小说。

《封神演义》也有民间演唱作为创作的基础。武王伐纣的故事，宋元讲史话本有《武王伐纣平话》，因此，《封神演义》为世代累积性作品，经作者加工整理而成。它一方面假借历史事件，托古讽今，曲折地反映了社会现实，另一方面通过神魔斗法的描写，宣扬了宿命论和“三教合一”的思想。

《封神演义》自纣王女娲宫进香，题诗冒渎女神，神命三妖惑乱纣王开篇；第二至三十回，写纣王无道，设炮烙、造虿盆、剖孕妇、敲骨髓等暴行，同时写西伯脱祸，姜子牙出世，出现商、周交战的局势；以后就写战争，佛道助周为阐教，邪恶的神助商为截教，最后周武王伐纣，纣王自杀，姜子牙封神，武王分封诸侯。作品通过这些描写，表现了对暴政的批判和对仁君仁政的向往和追求。历史上的商纣王是商王朝最后一个国王，纣王在位期间对东南地区（指现在江苏西北部至长江流域）的开发与经营方面曾有过功绩，然而终因他的残暴与荒淫而遭到灭亡。武王伐纣在历史上也是应当肯定的。《封神演义》对暴政的揭露，联系它所产生的社会背景来看有一定进步意义。作品中的妲己形象，与史实相符。《书经》称纣王“惟妇言是用”；《史记》记载纣王惟“妲己之言是从”；刘向《列女传》也说：“纣王好酒淫乐，不离妲己，妲己所贵者贵之，所憎者诛之，惟妲己之言是用，故颠倒昏乱。”然而《封神演义》并不是历史小说，书中妲己是一个修行千年的九尾狐狸精变化的美女，她奉命入纣王内宫惑君乱政。《封神演义》把妲己写成亡殷的祸首，这是男权社会的产物。作品虽有动人的情节，却没有成功的艺术形象。

《封神演义》也有一些原在民间流传的神话故事，如申公豹的挑拨离间、倒行逆施，土行孙的土行法，都给人留下了深刻的印象。又如哪吒的故事，作者写哪吒剔骨还肉，生动地塑造了哪吒的反抗性格，“哪吒闹海”更是人们熟知的故事：

> （哪吒）脱了衣裳，坐在石上，把七尺混天绫放在水里，蘸水洗澡。不知这河是九湾河，乃东海口上。哪吒将此宝放在水中，把水

俱映红。摆一摆，江河晃动，摇一摇，乾坤动撼。那哪吒洗澡，不觉那水晶宫已晃的乱响……夜叉（巡海夜叉）来到九湾河一望，见水俱是红的，光华灿烂，只见一小儿将红罗帕蘸水洗澡。夜叉分水，大叫曰："那孩子将甚么作怪东西，把水映红，宫殿摇动？"哪吒回头一看，见水底一物，面如兰靛，发似朱砂，巨口獠牙，手持大斧。哪吒曰："你那畜生，是个甚东西，也说话？"夜叉大怒，"吾奉主公点差巡海夜叉，怎骂我是畜生？"分水一跃，跳上岸来，望哪吒顶上一斧劈来，哪吒正赤身站立，见夜叉来的勇猛，将身躲过，把右手套的乾坤圈望空中一举。此宝原系昆仑山玉虚宫所赐太乙真人镇金光洞之物，夜叉那里经得起，那宝打将下来，正落在夜叉头上，只打的脑浆迸流，即死于岸上。哪吒笑曰："把我的乾坤圈都污了。"复到石上坐下，洗那圈子，水晶宫如何经得起此二宝震撼，除些儿把宫殿俱晃倒了。

《封神演义》表现"恃德者昌，恃力者亡"的思想，主张仁政。但全书处处宣扬宿命论和神权、王权合一的观点，因而虽然揭露暴政，却只停留揭示一些丑恶的现象。艺术上，人物是道德标准的体现，大都是概念化的，语言也嫌平板拖沓。

其他神魔小说，值得提出的有"四游记"、《续西游记》。"四游记"包括《八仙出处东游记传》（吴元泰著）、《五显灵官大帝华光天王传》（即《南游记》，余象斗编）、《北方真武玄天上帝出身志传》（即《北游记》，余象斗编）、《西游记传》（杨志和编），其中宗教说教甚多，但也杂有民间传说。《西游记传》更保存了不少孙悟空故事的早期面目。《续西游记》，明人撰，拘滞模拟，没有摆脱前书的窠臼。《三宝太监西洋记通俗演义》，明罗懋登撰，有明万历刻本。作品写郑和七下南洋的事迹，但绝不是历史小说，而是神魔小说。这部书前十七回，多有传说依据，后八十三回以模仿为主，多模仿《西游记》《封神演义》。该书以郑和命名，而主人公为金碧峰，郑和则相当于唐僧。书中可以看到一些外国的风土人情。但情节非常荒诞，文字也较凌乱。

第三节 《新列国志》《北宋志传》及其他

明晚期长篇小说以历史演义小说、英雄传奇小说数量最多。历史演义小说以历史朝代、历史事件的演变为其内容;英雄传奇小说,以历史人物为讲说对象。但前者比较严格地依据历史记载,后者更多来自历史传说,虚构的成分更大。小说创作与诗文创作,同时存在复古思想影响,不少小说取材史书和传说故事;就是革新者也往往借几件古人的外衣,利用讲说历史故事,来反映现实矛盾。所以,历史演义小说、英雄传奇小说盛行。明代历史演义小说,从远古时代,一直写到明代末年,有一系列的作品产生,每个朝代都写到了。吴门可观道人《新列国志序》中说:

> 自罗贯中《三国演义》一书,以国史演义通俗演义百余回,为世所尚,嗣是效频日众,因而有《夏书》《商书》《列国》《南北宋》诸刻,其浩瀚与正史分签并架……

历史演义小说中较著名的有冯梦龙的《新列国志》。列国的历史故事,也是早已传唱的题材,元刊《全相平话五种》中,有《七国春秋平话》和《秦并六国平话》。到明代嘉靖、隆庆年间,余邵鱼撰辑了一部《列国志传》,全名《新刊京本春秋五霸七雄全像列国志传》。作品从"苏妲己驿堂被魅"写到"秦始皇一统天下",推衍春秋五霸、战国七雄故事。这部书继承了讲史的传统,保留了不少民间传说。明末冯梦龙又根据史书,加以改订写成《新列国志》。这是一部除《三国演义》外流传最广、影响较大的通俗历史演义。《新列国志》描写了从周宣王起至秦始皇统一中国这一段历史中春秋五霸、战国七雄的兴亡盛衰。作者对腐败残暴的骄奢淫逸的统治者给予无情的揭露,对开明君主如齐桓公、秦孝公等,则加以颂扬。同时,对深受兵燹之灾的人民寄予一定的同情。作品对春秋、战国时期几次著名战役,写得条理清晰,对一些重大事件,写得曲折生动,有声有色。不少人物刻画得很成功,如伍子胥、廉颇、蔺相如、孙膑、庞涓、范雎诸人,都给读者留下深刻的印象。文字也更生动流畅。关于明代的历史演义小说,《皇明开运英武传》演明代开国历史,《承运传》记明成祖朱棣靖难之役,《于少保萃忠全传》写于谦事迹。《梼杌闲评》又名《明珠缘》,写宦官魏忠贤与明熹宗的乳母客印月互相勾结乱政篡权的故事;同时侯一娘与魏云卿的关系,魏忠贤与客印月、侯秋鸿的关系,在书中也占有重要位置。所以《梼杌闲评》兼有"讲史"与"言情"的特点。《梼杌闲评》在创作时是直接取材当代历史,这与明末小说、戏曲积极反映时事的风气有关。

英雄传奇小说,以讲述英雄人物为主,事迹大都不见于历史记载。《隋史遗文》,明袁韫玉撰,叙秦琼等的传说。袁韫玉,名晋,又名于令,字令明,号吉衣主人、箨庵、凫公。他也是戏曲作家。《北宋志传》,明熊大木撰,写杨家将的故事。熊大木,字鳌峰,又字钟谷,号钟谷子,福建建阳人,嘉靖、万历间书坊主人、作家。他编著有《全汉志传》《北宋志传》等。《北宋志传》在英雄传奇小说中影响较大,它把自南宋以来流传的杨家将故事定型化了。小说描写了北宋杨业一家世代坚持抗辽的故事,谴责了破坏抗敌事业的佞臣。小说包括幽州大战、杨业碰碑、杨六郎把守三关口、十二寡妇征西等故事。作品着力渲染了杨业、杨六郎、杨令婆、穆桂英等的英雄形象。保留民间演说故事,又根据史书修订,兼有英雄传奇和历史演义的性质。

第五章　明代白话短篇小说

第一节　冯梦龙及“三言”

中国小说、戏曲都经历了长期民间演唱的过程，然后经文人加工创作进入到一个新的阶段。其中，白话短篇小说，即话本小说，是经明末冯梦龙的整理，才得以窥见它的全貌。白话短篇小说的编辑成集，明代开始盛行。话本在宋金元至明代初期，尚未见刊行本，只有一张元刊《新编红白蜘蛛小说》的残页。明嘉靖年间晁瑮编的《宝文堂书目》里，著录了八十余篇。《京本通俗小说》是现存最早的话本小说集。本书的发现者缪荃孙认为“的是影元人写本”。孙楷第以为是元末明初人编的，因为其中有元末明初瞿佑的词。该书只存四册残本，不知全书总卷数和所收篇数，今存十卷九篇。但也有人认为此书为前人伪作古本，或者认为是缪荃孙伪作古本。嘉靖时洪楩编刻的《清平山堂话本》，共有六集：《雨窗集》《长灯集》《随航集》《欹枕集》《解闲集》《醒梦集》。每集分为上下两卷，每卷各收话本五篇，总计收话本六十篇。现存二十七篇，其中不见于其他选本的十七篇。其中作品有文言，也有白话；多为宋元旧篇，也有明代作品。文字粗糙，体制不一。此外，还有万历时的《熊龙峰刊小说四种》。话本不仅由说话艺人继续讲说，而且成为案头阅读的作品。这种民间文学形式，逐渐引起文人作家的注意，便产生了文人整理编辑话本和模拟“话本”而写作的话本，即“拟话本”。

在白话短篇小说的整理、创作方面功绩最著的是冯梦龙。冯梦龙（1574—1646？），字犹龙，又字子犹，别号墨憨子，长洲（今属江苏苏州）

人。他与哥哥冯梦桂、弟弟冯梦熊合称为“吴下三冯”，都是风流才子。他曾任福建寿宁知县。南明唐王逃往福建时，他曾上《中兴伟略》，建言反清策略，后忧国而死。他毕生从事戏曲、民歌和白话小说等通俗文学的搜集、整理和编辑工作：刊行过《挂枝儿》《山歌》等民间歌曲；创作了《双雄记》和《万事足》两种剧本，改编别人剧本八种，合称墨憨斋《新曲十种》；编印有《笑府》《古今谭概》。在白话小说方面，增补和改编长篇小说《平妖传》《新列国志》等，选编整理刊行了话本小说《喻世明言》(1624 年刊行)、《警世通言》(1624 年刊行)、《醒世恒言》(1627 年刊行)，总称“三言”。“三言”中每个短篇小说集各四十篇，共一百二十篇。其中包括宋元明话本和明代文人的拟话本。

冯梦龙在思想上深受李卓吾的影响，对李卓吾推崇备至，奉为“蓍蔡”(占卜用的神龟和神草)。在文艺方面，他也接受了李卓吾的观点，成为晚明通俗文艺的大师。他在三部短篇白话小说集的序文中，概述了中国小说的演变历史。在《古今小说序》中，他说明了自己提倡通俗小说的原因：

> 大抵唐人选言，入于文心；宋人通俗，谐于里耳。天下之文心少而里耳多，则小说之资于选言者少，而资于通俗者多。试今说话人当场描写，可喜可愕，可悲可涕，可歌可舞；再欲捉刀，再欲下拜，再欲决脰，再欲捐金；怯者勇，淫者贞，薄者敦，顽钝者汗下。虽日诵《孝经》《论语》，其感人未必如是之捷且深也。噫，不通俗而能之乎？

他主张“情真”，要求作品表现真实感情：“且今虽季世而但有假诗文，无假山歌，则以山歌不与诗文争名，故不屑假。苟其不屑假，而吾借以存真，不亦可乎？”(《序山歌》)他还要求作品内容要“理真”，他在《警世通言叙》中说：

> 人不必有其事，事不必丽其人。其真者可以补金匮石室之遗，而赝者亦必有一番激扬劝诱、悲歌感慨之意。事真而理不赝，即事

赝而理亦真。

写作不一定要求真人真事，允许虚构，但要求合情合理，就可以发挥出小说的感染作用。冯梦龙进步的文艺思想和在通俗文学方面大量的搜集、整理和刊行工作，使他在文学史上占有重要的位置。

“三言”中约有三分之一是宋元旧篇，三分之二是明代的话本和拟话本。在明代作品中，约有半数是直接反映现实生活的，而取材历史或宗教传说的故事也多曲折地反映了当时的社会现实。明代白话短篇小说中数量最多的是暴露社会政治黑暗、礼教虚伪、家庭内部矛盾，以及僧尼道士淫乱情况的作品。《沈小霞相会出师表》是反映明代政治斗争的一篇代表作品，它取材于明代嘉靖年间一个真实的事件。《明史·沈鍊传》和江盈科《明十六种小传》卷三《沈小霞妾》里有明确的记叙。冯梦龙在他所编纂的《情史》卷四《沈小霞》篇中曾提到此事出处并有评论。这篇作品极有可能是冯梦龙加工创作的。沈鍊遭受严嵩父子迫害的情节与《明史·沈鍊传》所记基本相同。据《明史》记载：“隆庆初，诏褒言事者，赠鍊光录少卿，任一字官。”“天启初，谥忠愍。”可以推知，沈鍊冤狱平反，并受到褒奖和加封谥号时，便成为民间传说和文艺作品的重要题材。作品写沈鍊倾慕孔明的为人，手录《出师表》经常背诵，被人们称为“狂生”。他敢于直接和严嵩父子斗争，书写了严嵩父子招权纳贿、欺君误国的十大罪状，被流放口外，在宣化得到贾石的帮助。他仍继续进行斗争，又被诬为通虏妖犯处以斩刑，并株连家属。他的长子沈小霞被捕后，在押送途中，经爱妾闻淑女用计，得以逃脱，藏在沈鍊的好友冯主事家中。八年后，严嵩父子倒台，沈鍊得到平反。沈小霞以《出师表》为相认的信物，与贾石相会，得以安葬父亲，并与母亲弟弟团聚。作品写沈鍊的忠、闻淑女的智、贾石的义，又以《出师表》作为小说的主要关目，突出了与权奸不两立的正气。作者通过对权奸及其鹰犬的描述，对统治阶级的残酷、毒辣揭露得相当深刻。《卢太学诗酒傲王侯》也有史实依据。作品通过“败家县令”和县吏生事害人的种种手段揭示了政治的黑暗。卢柟是嘉靖时人，为人有才名，好使酒坐骂。当地知县汪岑因为卢柟冒犯了自己,便利用卢柟家人的罪名,罗织成死罪。又怕事情败露,企图在狱中将卢害死。卢柟遇救后,益放于诗酒。汪岑以“私怨罗织,陷人大辟”,一幅贪酷猜刻、阴险狠毒的面目,和卢柟酒癖诗狂的傲骨都给人留下强烈的印象。《灌园叟晚逢仙女》讲述秋先老人爱花,并辛勤培植起一座百花园地,却横遭宦家子弟、恶霸张委的迫害。当秋翁濒临绝境时,得到瑶池司花女的帮助,得以报仇,并因花成道升仙。作品通过秋翁的爱花、惜花,表现了人们对美的追求和热爱;通过张衙内的霸占花农秋翁花圃,揭露其“奸狡诡谲,残忍刻薄”,并寄托了作者扶善惩恶的理想。《一文钱小隙造奇冤》,讲述江西景德镇窑户家一个孩子,因为赌一文钱,和另一家孩子吵嘴,引起两家母亲口角。又由骂街的话引起夫妇猜疑,丈夫逼着妻子去人家门前上吊。这个妇女错吊在别人门口,主人发现死尸害怕,由于移尸,又造成几起命案。最后尸体又被两家争夺田产的地主用来武斗时赖诈,一直引出十三条人命案。这样一桩公案故事,对地主争产械斗、互相倾轧、随意杀害人命的罪恶行径,揭露得很深刻。此外,《汪大尹火焚宝莲寺》等故事揭露了僧尼道士淫乱的情况及假道学的虚伪面目。

这时期的话本和拟话本反映了明代,特别是明中叶以后市民的生活,为研究明代社会提供了丰富生动的历史图景。如《施润泽滩阙遇友》就反映了苏州府吴江县盛泽镇丝织业繁盛的情况:

> 镇上居民稠广,土俗淳朴,俱以蚕桑为业。男女勤谨,络纬机杼之声,通宵彻夜。那市上两岸绸丝牙行,约有千百余家,远近村坊织成绸疋,俱到此上市。四方商贾来收买的,蜂攒蚁集,挨挤不开,路途无伫足之隙;乃出产锦绣之乡,积聚绫罗之地。

《沈小官一鸟害七命》《新桥市韩五卖春情》也反映了富有的机户和丝绵铺的情况。《蒋兴哥重会珍珠衫》反映了当时商人的情况,其中湖广襄阳府枣阳县蒋兴哥专走广东做买卖,贩运珍珠、玳瑁、苏木、沉香之类;徽州新安县陈商来襄阳贩籴米豆之类。这都值得研究明史者注意。

当然这些作品的价值不仅在于提供史料，更重要的是成功地塑造了商人的形象，反映出新的思想意识。《蒋兴哥重会珍珠衫》中写王三巧的外遇，是作为一个过失来对待，并没有把她写成淫乱的女子，他们夫妻间的恩情和最后的和解也写得很自然。这是因为作者承认人性，写了一个活生生的人，对她犯错误和悔过的心理都刻画得很细致，体现了商人的思想，而不是贞操观念。

爱情主题也有了新的发展。在宋元话本基础上，继续产生一部分城市商人、下层人民为主人公的作品，并真实地反映了当时社会生活面貌，表现了反对禁欲主义，追求个人幸福和平等爱情的思想，带有人文主义的特点。《卖油郎独占花魁》通过一个挑担卖油的小贩秦重（情种的谐音）和名妓莘瑶琴的爱情故事，歌颂了秦重对待爱情的态度。莘瑶琴在逃难之中与父母失散，被卖为妓女，名美娘，成为临安城里才貌出众的名妓，被称作“花魁娘子”，结交的都是王孙公子，他们非但只知“买笑追欢”，而且随意凌辱。卖油小贩秦重，倾慕花魁，积攒银钱去会“花魁娘子”。美娘对秦重，开始表示厌恶，但秦重却恭恭敬敬，非常体贴地照顾她，这种诚恳相待的态度，深深感动了美娘。福州太守吴八公子，因美娘不愿接他，便任意轻贱凌辱，把美娘抛在僻静地方。秦重见到之后，用暖轿送回。花魁将秦重的真情与公子王孙的行为对比之后，真正感觉到秦重“知心知意”，是个“志诚君子”，于是主动提出要嫁给秦重，并表示“布衣疏食，死而无怨”。作品表现了一种新的思想观念和行为。《杜十娘怒沉百宝箱》通过杜十娘的不幸遭遇，歌颂了杜十娘对真诚爱情的热烈追求，同时也批判了李甲对爱情的出卖，鞭挞了孙富用金钱破坏杜十娘、李甲姻缘的丑恶行径。冯梦龙编纂的《情史》卷十四有《杜十娘》，录自宋懋澄《负情侬传》。冯梦龙在这篇话本小说的加工改编过程中着重写杜十娘的“情”。作品篇尾说：“不会风流莫妄谈，单单情字费人参；若将情字能参透，唤作风流也不惭。”可以看出，作者是立意谈情的，着意写的不是才子佳人风流韵事，而是把笔深深触及杜十娘的心曲，深入刻画她对真情的追求。杜十娘对行院生活已经看透，因见鸨儿贪财无义,久有从良之志,历过了多少公子王孙,却在追寻自己理想中的情人,“又见李公子忠厚志诚,甚有心向他”。两人“恩深似海恩无底,义重如山义更高”。后来李甲囊箧渐渐空虚,杜十娘对他真情相好,“见他手头愈短,心头愈热”。这里渐写出杜十娘情痴处,但杜十娘是经历世事的,她心头虽热,但思虑很深,处事慎重。鸨儿故意同意李甲用三百两银子为杜十娘赎身,没有银子也就不来上门,是常见的“烟花逐客之计”。杜十娘自己已积下赎身之资,但为了试验李甲对自己是否真心,让李甲去借贷。杜十娘的真情感动了柳遇春,代李甲凑足银两,二人得遂其愿。

杜十娘不只为自己的从良做好了准备,而且对以后的生活做了安排。如她投江前所述:

> 妾风尘数年,私有所积,本为终身之计。自遇郎君,山盟海誓,白首不渝。前出都之际,假托众姊妹相赠,箱中韫藏百宝,不下万金,将润色郎君之装。归见父母,或怜妾有心,收佐中馈,得终委托,生死无憾。

谁知停泊瓜州,陡生风波。初近江南,二人开怀畅饮,以舒向来抑郁之气。杜十娘唱《拜月亭》杂剧中《状元执盏与婵娟》一曲,表达了杜十娘对美满姻缘的向往。歌声传到邻舟,被新安富商子孙富听到,利用李甲的矛盾心理,用千金将杜十娘骗买到手。李甲是杜十娘理想爱情的寄托,杜十娘看到了李甲的风流和对自己的“忠厚志诚”,但没有看透他内心的矛盾,没有看清他由于不同社会地位而有着不同的追求和他性格上的怯懦动摇。最初杜十娘要从良时,李甲就惧怕父亲不敢应承。接杜十娘出院后,就说:“老父盛怒之下,若知娶妓而归,必然加以不堪,反致相累。展转寻思,尚未有万全之策。”杜十娘对李甲爱得深,因此没有深入体察,想以情感人,结果真情被人轻易地出卖了。这是多么沉重的打击!但在这样的打击面前,她痴情不变,以死殉情。正如冯梦龙在《情史》中对《杜十娘》的评语所说:“女不死不侠,不痴不情,于十娘又何憾焉!”杜十娘所追求的爱情,也是具有新的时代意义的。杜十娘的形象高洁而富有光彩。杜十娘真诚爱情被出卖的悲剧,反映了这种理想的爱情和社会现实的矛盾。杜十娘怒沉百宝箱,投江而死,正是对黑暗现实的一种控诉。“三言”中辛瑶琴、杜十娘被作者给予人格上的同情与肯定,并进而加以歌颂,这是一种新的社会意识在文学上的反映。《金玉奴棒打薄情郎》批判了负心的莫稽,影响也较大。

“三言”中的拟话本在艺术上也较宋元话本有所发展。由于拟话本的作者进行创作的目的比较明确,如冯梦龙《醒世恒言序》所说:“明者,取其可以导愚也;通者,取其可以适俗也;恒则习之而不厌,传之而可久。”所以作品的主题思想比较集中,因之作品结构也更严谨。如杜十娘追求的真情,在她自我赎身的过程中得到初步展现,在孙富、李甲拿她做卑鄙交易,她奋起抗争,怒沉百宝箱投江而死时,闪烁出最强烈的光辉。拟话本继承话本重视情节的传统,更注意情节的安排,不少作品更为曲折新奇。如《一文钱小隙造奇冤》《沈小官一鸟害七命》,都很离奇,对于明代城镇社会风习、生活面貌,描绘得也很具体真实。通过这些巧合的情节,展示了许多小人物的精神面貌。《沈小霞相会出师表》写闻淑女的机智,也是通过她设计让丈夫走脱,她与解差纠缠等情节表现出来的。人物刻画更为细致,如《杜十娘怒沉百宝箱》中对杜十娘了解到李甲已将自己卖与孙富之后的一段描写:

> 十娘放开两手,冷笑一声道:“为郎君画此计者,此人乃大英雄也!郎君千金之资,既得恢复,而妾归他姓,又不致为行李之累,‘发乎情,止乎礼’,诚两便之策也。那千金在哪里?”公子收泪道:“未得恩卿之诺,金尚留彼处,未曾过手。”十娘道:“明早快快应承了他,不可错过机会。但千金重事,须得兑足交付郎君之手,妾始过舟,勿为贾竖子所欺。”
>
> 时已四鼓,十娘即起身挑灯梳洗道:“今日之妆,乃迎新送旧,非比寻常。”于是脂粉香泽,用意修饰,花钿绣袄,极其华艳,香风拂拂,光彩照人。

在这悲剧性冲突中,作者着意刻画其优美坚贞的性格、纯真的情感,庄严的人格,使人物具有更强烈的感人力量。

第二节　凌濛初及“二拍”

凌濛初(1580—1644),字玄房,号初成,别号空观主人。乌程(今属浙江湖州)人。凌濛初在五十五岁做官以前,也过着风流才士、浪荡文人的生活,多住在家乡和南京,游历过苏州等地。曾任上海县丞,后擢为徐州通判。他著有杂剧《虬髯翁》,编有戏曲、散曲集《南音三籁》。编著的小说有《拍案惊奇》(1628)、《二刻拍案惊奇》(1632),合称“二拍”。

冯梦龙的“三言”问世后很受欢迎,凌濛初应书商的要求开始编写《拍案惊奇》。他在《拍案惊奇序》中说:

> 独龙子犹氏所辑《喻言》等书,颇存雅道,时著良规,一破今时陋习,而宋元旧种,亦被搜括殆尽。肆中人见其行世颇捷,意余当别有秘本图书而衡之。不知一二遗者,比其沟中之断芜略不足陈已。因取古今来杂碎事可新听睹佐谈谐者,演而畅之,得若干卷,其事之真与饰,名之实与赝,各参半,文不足征,意殊有属。总之言之者无罪,闻之者足以为戒,则可谓云尔已矣。

由此可知,“二拍”主要是凌濛初根据“古今来杂碎事”加工创作而成的。作品反映社会面较广,现实生活中的怪现状“亦无所不有”。这两部书共收七十八篇作品,故事大都有来源,但在原书中仅是记叙旧闻,至凌濛初则推衍成生动的故事,他在文学上的贡献是应该充分估计的。“二拍”和“三言”比较,它们所反映的社会内容和达到的思想高度大致相同,但“二拍”比“三言”有更多的道理说教、宿命论的观点和色情描写。然而“二拍”中也有很多作品写得较好,或有一定的认识价值,甚至在某些方面有新的突破,如《硬勘案大儒争闲气》中对程朱理学的嘲讽。“二拍”中也有相当数量的作品反映了商业发展的情况。《转运汉巧遇洞庭红》写一个破产商人文若虚随海外经商客船出海,意外致富的故事。作品描写了海外经商的客船往返贸易的情况,以及福建沿海外商波斯人玛宝哈的商业活动,反映了明代海外贸易的规模。《叠居奇程客得助》写徽州商人到关外经商的生活。作品写徽州地区有着这样一种社会风气:“以商贾为第一等生业,科第反在次着。”“徽人因是专重那做商的,所以凡是商人归家,外而宗族朋友,内而妻妾家属,只看你所得归来的利息多少为重轻。得利多的,尽皆爱敬趋奉;得利少的,尽皆轻薄鄙笑。犹如读书求名的中与不中归来的光景一般。”作品中主人公程宰得海神的帮助,指点他经商的门路,程宰发了大财,这种幻想正表现了商人精神世界的特色。在公案小说中,《进香客莽看金刚经》写常州柳太守嘱劫盗诬蔑苏州洞庭山某寺是窝贼赃的地方,以谋取该寺所藏白香山手书《金刚经》的卑劣手段;《青楼市探人踪》揭露了当时官吏退而为绅,在地方称霸一方、作恶多端的黑暗社会现实。贪酷的杨巡道在任时以贪财纳贿为事,被撤职回到四川新都县家里,“自道日暮穷途,所为愈横。家事已饶,贪心未足。终日在家设谋运局,为非作歹”。“他一向私下养着剧盗三十余人,在外庄听用。但是掳掠得来的,与他平分。若有一二处做将出来,他就出身包揽遮护。官府晓得他刁,公人怕他的势,没个敢正眼觑他。”为了不吐出已吃下去的五百两银子贿赂,竟杀害了张廪生主仆五个人的性命。作品成功地刻画了杨巡道、张廪生等卑污的灵魂。《迟取卷毛烈赖原线》谴责了地主阶级贪财夺田、互相欺诈和官府的贪赃枉法、颠倒是非等罪恶行径。在描写男女爱情与婚姻的作品中,《宣徽院仕女秋千会》肯定了拜住和速哥失里的爱情,描绘出社会的世态炎凉;《赵司户千里遗音》通过妓女苏盼对赵不敏的恋爱悲剧,赞扬了这个下层妇女追求真挚爱情的愿望;《满少卿饥附饱扬》谴责了负心的满少卿,最后被焦文姬活捉了去,是王魁式的结局。

继“三言”“二拍”之后,明末清初的“拟话本”创作甚盛,但由于这些“拟话本”的作者有意进行劝惩告诫,与话本小说相比,仅存形式,而精神迥然不同,自然步入衰途,成就日下。其中较著名的作品有:《石点头》,明末席浪仙著。席浪仙,号天然痴叟。该书有冯梦龙评。《醉醒石》,明末东鲁古狂生编辑。这两部书都是劝诫警世的作品。《石点头》中的《贪婪汉六院卖风流》,写贪官吾爱陶任荆湖路条例司监税提举,苛刻生事,专意盘剥搜刮,酷刑肆虐,削职之后,在金陵开妓院的故事。作者对这个官僚的秽污尽力布扬,写得颇为生动。《西湖二集》,明末周清原撰。作者借小说发抒“满腹不平之气”,对官场揭露也很深刻。清代还有《照世杯》等多种。明末抱瓮老人所编的《今古奇观》,包括选自“三言”“二拍”的作品四十篇。由于清初以来“三言”“二拍”曾湮没不彰,《今古奇观》便成了流传最广的白话短篇小说的选集。

第六章　明代戏剧

第一节　明初期的戏剧

明代初期戏剧仍处于新旧形式的嬗变时期，南方多演唱南曲，北方仍以北曲为盛。明王骥德《曲律》说："始犹南北画地相角，迩年以来，燕赵之歌童、舞女，咸弃其捍拨，尽效南声，而北词几废。"王骥德是万历间戏曲作家兼理论家，《曲律》著于万历时期。所以说明初期乃至中期戏曲演出，北方仍以杂剧为主。明杂剧创作完全继承元杂剧的余绪。明初期杂剧作家似多集中于明代藩王周围，如汤舜民、杨景贤、贾仲名都曾在燕王府邸；藩王本人有的也能创作，如朱有燉、朱权都是知名的作家。杂剧繁盛的城市金陵、燕京、开封，也是明代都城或重要的藩王属地。

杨景贤，名讷，号汝斋，蒙古人，长期居住杭州，卒于金陵。所作杂剧有十八种，仅存《西游记》一种及《柳耆卿诗酒玩江楼》残曲。《西游记》全剧共六本二十四折。第一本写唐僧的出身经历；第二本写唐僧奉命往西天取经，并收白马；第三本写孙悟空的来历，收沙和尚，降服红孩儿；第四本写收猪八戒；第五本写过女人国和火焰山；第六本写唐僧到了佛国取得经文，并回到长安，四人皆成正果。孙悟空诙谐风趣的性格已较突出。其中第二本中的《村姑演说》，述说村民壮王二、胖姑儿在城里看送国师唐三藏西天取经，回村演说送行时社火的情况，语言生动活泼。

贾仲明（1343—1422 后），号云水散人，原籍山东淄川，后移居兰陵。所作杂剧十六种,现存有《对玉梳记》《玉壶春》《金童玉女》《升仙梦》等。其中《升仙梦》为度脱剧,其他三种都是爱情剧。《萧淑兰》全名为《萧淑兰情寄〈菩萨蛮〉》,剧本写书生张世英在萧公让家做馆宾,萧公让妹萧淑兰主动追求张世英,被张拒绝。萧淑兰作了一首《菩萨蛮》,托管家的嬷嬷送给张世英,张世英留下书信出走。萧公让修书请张世英回来,萧淑兰又暗中写一首《菩萨蛮》放在萧公让信里。萧公让发现后,托媒说亲成就了他们的婚姻。作品塑造了萧淑兰这样一个大胆追求婚姻自由的形象,曲词绮丽。刘东生,名兑。所作杂剧存《娇红记》一种,分上下两卷,共八折。这是一个流传颇广的爱情故事,传奇小说有《娇红记》,元杂剧王实甫的《娇红记》、郗经的《鸳鸯冢》,以及明代孟称舜的《鸳鸯冢红记》,清代许逸的《两种情》,都演唱的是这一著名悲剧。

朱有燉(1379—1439),朱元璋第五子朱橚长子,袭封周王,死后谥“宪”,因此世称周宪王,别号诚斋,著有杂剧三十一种。杂剧集称《诚斋杂剧》。他的作品在开封等北方地区相当流行。明代李梦阳《汴中元宵》说:“中山孺子倚新妆,赵子燕姬总擅场,齐唱宪王新乐府,金梁桥外月如霜。”朱有燉的作品多为“庆贺剧”“度脱剧”“节义剧”,内容无甚可取。但其剧本多是演出本,因此它本身便是重要的戏曲资料。朱权(1378—1448),朱元璋第十七子,封宁献王。自号臞仙,又号涵虚子、丹丘先生。他著有杂剧十二种,现存两种,一种是“度脱剧”《冲漠子独步大罗天》,另一种是文人事迹剧《卓文君私奔相如》。朱权的《太和正音谱》记录了元及明初的杂剧剧目,品评了一些杂剧作家的作品,贾仲名的《续录鬼簿》记录了元末明初作家作品的史料,对研究杂剧有重要意义。

明前期南戏更为流行,早期南戏剧本在流播过程中不断翻改,也有翻改元杂剧为南戏剧本的。《永乐大典目录》列宋元戏文名目三十三本,明吕天成《曲品》录自元末旧传奇,《琵琶》《拜月》至明成化之《五伦》,共二十七种,当为明初仍流传戏文的部分目录。这些虽不能全面反映当时剧坛的面目,也可略见一斑。

第二节　明中期的戏剧

明中期文人改本戏文增多,《五伦全备忠孝记》是一部有代表性的作品,有意识的宣扬伦理道德的倾向更为明显。此剧第一出中说:

〔鹧鸪天〕书会谁将杂曲编,南腔北曲两皆全。若与伦理无关紧,纵是新奇不足传。风月好,物华鲜,万方人乐太平年。今宵搬演新编记,要使人心忽惕然。

“五伦”是当时社会宣教的重要内容,明宣宗宣德年间有御制《五伦书》,还有多种版本《五伦全备记》戏文,可能此剧也是原出书会先生之手,后经文人改定。韩国奎章阁藏本《五伦全备记》序中有“予偈于士大夫家得赤玉峰道人所作《五伦全备记》读之”,知作者为赤玉峰道人。或以为即丘濬(1421—1495)。明陶辅《桑榆漠志》说“玉峰丘先生,盛代之名儒”,撰作《五伦全备》。稍前邵灿作《香囊记》“以时文为南曲”。此外,徐霖《绣襦记》、王济《逆环记》等都是有影响的文人改本。

明代演唱的南曲声腔,主要有弋阳腔、海盐腔、昆腔、余姚腔等。其中弋阳腔、海盐腔势力最大。顾起元《客座赘语》记载万历以前,南京宴集渐由北曲变为南曲所用声腔的情况:

大会则用南戏。其始止二腔:一为弋阳,一为海盐。弋阳则错用乡语,四方士客喜闻之;海盐多官话,两京人用之。后则又有四平,乃稍变弋阳,而令人可通者。今又有昆山,较海盐又为清柔而婉折,一字之长,延至数息,士大夫禀心房之精,靡然从好。

昆腔元末即产生,顾坚等就是当时精于昆曲的音乐家。至嘉靖、隆庆间魏良辅等对昆腔进行改革,集中表现了南曲清柔婉折的特点,同时保存了部分北曲激昂慷慨的声腔。它的伴奏乐器兼用箫管和琵琶、月琴等弦乐,较为弋阳、海盐等腔丰富,于是昆曲遂在剧坛占有主要的位置。

梁辰鱼的《浣纱记》是首先用魏良辅改进的昆腔演唱的传奇戏。梁辰鱼(1519—1591),字伯龙,号少白,又号仇池外史,昆山(今属江苏)人。他性格豪爽,常和一些有奇技异术的人交往,过着放荡不羁的生活。后遨游吴越,曾被浙江总督胡宗宪聘为书记,与当时著名的戏曲家屠龙、张凤翼等有往来。梁辰鱼曾从魏良辅学习昆腔,并和音乐家郑思笠精研乐理,继续改革,推广昆腔。著有诗集《远游稿》;散曲集《江东白苎》《二十一史弹词》等;杂剧有根据唐代传奇小说《红线传》改编的《红线女》、根据唐代传奇小说《昆仑奴传》改编的《红绡》(已佚),这两个剧本都是写剑侠故事。

《浣纱记》,初名《吴越春秋》,写春秋时吴、越两国兴亡的故事。作品以西施、范蠡的爱情为线索,范蠡用计,越王勾践献浣纱女西施入吴,离间吴国君臣关系,越国反攻胜利后,范蠡携西施弃官泛舟而去。剧中对吴国政治黑暗、权佞当道的描述有深刻的现实意义。如《通嚭》一出中,媚上擅权的太宰伯嚭有段自白:

> 性逾枭獐,狠甚虎狼;包藏险慝,真千态万状而鬼莫能知,做下机关,似千蹊万径而人不能御。惯用倾巧之智,构成疑似之端,况兼舌剑唇枪,奴颜婢膝,屈身之际疑无骨,谈笑之中若有刀。但知奉承一人,不晓恩及百姓,由是身腾列国,权倾满朝;狐假虎而前行,何愁追捕,鼠依社而久住,不怕熏烧。一味妒贤嫉能,可以尸禄保位。

这一段话把一个权奸的面目刻画得淋漓尽致。作品歌颂了为国家而牺牲自我和功成身退的精神。《浣纱记》借助生旦爱情抒发兴亡之感的写法,对后世传奇有明显的影响。吕天成《曲品》称赞梁辰鱼的曲说:"丽调喧传于《白苎》,新歌纷咏于青楼。"可见他作品的风格及流传的情况。

在《浣纱记》前后的著名传奇作家有李开先。李开先(1502—1568),字伯华,号中麓,章丘(今属山东)人。嘉靖八年进士,官至提督四夷馆、太常寺少卿，因抨击夏言，被罢官。著作现有辑印的《李开先集》。他专力于词曲、戏曲、民歌的创作、整理和研究工作。著有杂剧《园林午梦》《打哑禅》等，传奇《宝剑记》《断发记》等，还有仿民歌的散曲集《中麓小令》等，杂著有《词谑》等。他还根据家藏的元杂剧剧本，精选订定成《改定元贤传奇》，校刊乔吉、张可久的散曲集，编选《市井艳语》等。

《宝剑记》取材于《水浒传》，经作者改编而成。《宝剑记》主要写水浒英雄林冲被逼上梁山的故事，写忠奸的斗争。林冲原为征西统制，因弹劾童贯被降为禁军提辖。又上书参奏高俅，被高俅设计陷害，刺配沧州充军。陆谦等又奉命到沧州，火烧草料场，林冲被迫上梁山聚义。最后梁山英雄起兵，清除权奸，高俅父子被问成死罪，任林冲发落。林冲夫妻得到团聚。李开先熟谙音律，但不谐南曲音律，所以受到南曲作家的嘲谑。王世贞曾对李开先说："公辞之美不必言，第使吴中教师十人唱过，随腔改字，妥乃可传。"（《艺苑卮言》）作品通过忠义之士的遭受迫害，抒发了自己的怀抱。《夜奔》一出至今仍在舞台流传。其中不少曲子为人称道，如：

> 〔驻马听〕良夜迢迢，投宿休将门户敲。遥瞻残月，暗度重关，急步荒郊。身轻不惮路迢遥，心忙只恐人惊觉。魄散魂消，魄散魂消，红尘误了武陵年少。
>
> 〔折桂令〕封侯万里班超，生逼做叛国的红巾，背主的黄巢。恰便似脱扣苍鹰，离笼狡兔，摘网腾蛟。救急难谁诛正卯？掌刑罚难得皋陶！鬓发萧骚，行李萧条。这一去，博得个斗转天回，须教他海沸山摇。

这出戏，写林冲悲愤矛盾的心情极为深刻。万历时陈与郊又改编《宝剑记》为《灵宝刀》，改本某些方面虽有所提高，但并不流行。

《鸣凤记》，作者不详。明代吕天成《曲品》把它列为无名氏的作品。清代著作中，有的记载为唐仪凤著，如王昶等纂《直隶太仓州志》：

“《凤里志》云：‘唐凤仪，吾州凤里人。才而艰于遇，弃举子业。撰《鸣凤记》传奇，表椒山公等大节。’”有的说是王世贞或其门人所作，如焦循《剧说》说：“相传《鸣凤》传奇，弇州门人作，惟《法场》一折是弇州自填。词初成时，命优人演之，邀县令同观。令变色起谢，欲亟去。弇州徐出邸抄示之曰：‘嵩父子已败矣。’乃终宴。”弇州，指王世贞。王世贞（1526—1590），字元美，别号弇州山人，江苏太仓人。《鸣凤记》是否唐仪凤或王世贞门人作，尚无确论。

《鸣凤记》描写被称为“双忠八义”的十位大臣，前仆后继与权臣严嵩父子斗争的故事。这十位大臣是夏言、曾铣、杨继盛、董传策、吴时中、张鹤楼、郭希颜、邹应龙、孙丕扬、林润。作品前半部以描写杨继盛为主，后半部以描写邹应龙为主。作品塑造了一系列忠臣的形象，同时揭露严嵩专权时政治的腐朽和残酷，有一定的现实意义。《严嵩庆寿》一出，揭露了严嵩父子的专权纳贿，特别是刻画赵文华的趋炎附势，深入骨髓。《灯前修本》写杨继盛修本，表现了他坚持斗争的精神面貌。剧本在形式上突破了以生旦为主的格局。吕天成《曲品》评论说：“《鸣凤记》纪诸事甚悉，令人有手刃贼嵩之意。词调尽畅达可咏，稍厌繁耳。”

高濂（约1527—约1603），字深甫，号瑞南道人、湖上桃花渔，钱塘（今属浙江杭州）人。曾任鸿胪寺官。他的主要活动应在嘉靖、隆庆至万历时期。他的传奇有《玉簪记》《节孝记》。《玉簪记》写陈妙常和潘必正的恋爱故事。金陵女贞观道士陈妙常，姿色才华出众。张孝祥赴任建康知府时，途中曾在女贞观借宿，见陈妙常貌美，便借与陈妙常下棋的机会，用诗词进行挑逗。陈妙常虽然拒绝了张的挑逗，但她的心却不再平静。这时，观主的侄儿潘必正因病考试落第，不愿回乡，借住女贞观。二人相遇，俱各有心，经过茶叙和琴挑，情意越深，潘必正相思成病，陈妙常也思念潘必正，写成情诗一首。一日，陈妙常在房中恍惚入睡，潘必正在房中看到诗稿，终于互诉衷肠，私自结合。事情被观主发觉，逼潘必正赴试。陈妙常赶到江边，乘船追潘。两人互赠信物而别。

后潘必正登第，两人团圆。作品先写陈妙常、潘必正二人早年经父母指腹为婚，以玉簪和鸳鸯扇坠为聘，又写秋江话别时，以玉簪、鸳鸯扇坠为信物交换，故称“玉簪记”。剧本还增加了溧阳王公子向陈妙常求婚、刺婚，后被张孝祥断结的插曲。

《玉簪记》刻画人物心理细腻，词语清丽，剧坛流传颇广。昆曲演出的《琴挑》《偷诗》，川剧演出的《秋江》，均为人们称道。然对其遣词、用律也多有批评。明代祁彪佳《远山堂曲品》评论说：“惟着意填词，摘其字句，可以唾玉生香；而意不能贯词，便如徐文长所云：‘锦糊灯笼，玉镶刀口’，讨一毫明快不得矣！”近人吴梅《曲选》说：“文彩固自可观，而律以韵律，则不可为训。”

明中期杂剧作家有王九思、康海、冯惟敏等人。王九思(1468—1551)，字敬夫，号渼陂，鄠县(今属陕西户县)人。弘治九年进士，选翰林院庶吉士，授检讨。刘瑾当政时，任吏部郎中。刘瑾败落后，被贬为寿州同知，随即勒令致仕。他与康海齐名，倡导古学，反对馆阁体。著有诗文集《渼陂集》，散曲集《碧山乐府》等。所作杂剧有《曲江春》，即《杜子美沽酒游春记》。剧本写杜甫至曲江游春，追怀往事，对奸相李林甫乱政造成的后果十分痛心，悲愤万端。后岑参约杜甫同游鄠县渼陂，杜甫产生隐栖的思想。朝廷传旨升杜甫为翰林院学士，杜甫辞退，宁愿以自由之身，沽酒游春。虽然杜甫曾游曲江，杜甫、岑参等也有游渼陂的诗，但作品中的杜甫实际是退职后作者心境的自况，并没有体现出诗人杜甫的真实面貌。剧本是作者寄情之作，戏剧结构平板，开启了明代文人案头剧的风气。王九思曲辞秀丽雄爽，受到当时人的推重。

康海(1475—1540)，字德涵，号对山，别号沜东渔夫，武功(今属陕西兴平)人。弘治十五年状元，授翰林院修撰。著有诗文集《对山集》，散曲集《沜东乐府》。所作杂剧有《东郭先生误救中山狼》和《王兰卿服信明贞烈》。他也因刘瑾而被落职。据《明史》本传记载：“正德初，刘瑾乱政。以海同乡，慕其才，欲招致之，海不肯往。会梦阳下狱，书片纸招海曰：‘对山救我。’对山者，海别号也。海乃谒瑾，瑾大喜，为倒屣迎。海因设诡辞说之，瑾意解，明日释梦阳。逾年，瑾败，海坐党，落职。”据说，康海的《中山狼》杂剧，就是讽刺李梦阳的作品。剧本写东郭先生救了中山狼，使它避过了赵简子的围猎；可是中山狼脱险后，反而要吃掉东郭先生；最后杖藜老人把狼又骗进书囊杀死。作品流露了作者对当政的统治集团的不满。第四折中杖藜老人说：“那世上负恩的好不多也！那负君的受了朝廷大俸大禄，不干得一些儿事，使着他的奸邪贪佞，误国殃民，把铁桶般的江山，败坏不可收拾。”康海曲辞跌宕，然不及王九思蕴藉。王九思、康海都擅长弹唱，精于词曲，是明代杂剧中有影响的作家。

冯惟敏(1511—1580?)，字汝行，号海浮，临朐(今属山东)人，历任涞水知县、镇江教授、保定通判等职。所作杂剧有《不伏老》《僧尼共犯》。《不伏老》写宋梁颢八十二岁中状元的故事；《僧尼共犯》写和尚明进和尼姑惠朗的爱情故事。前者抒发了作者胸中的不平，后者肯定了僧尼相爱“情有可矜”，都有一定的进步意义。冯惟敏曲辞自然本色，颇似元人风格。

第三节　明后期的戏剧

万历时期，戏曲创作繁荣，出现了众多的作家和作品，题材风格也趋多样。当时出现了两个影响最大的作家，即汤显祖和沈璟。汤显祖不仅创作了明代剧坛最伟大的作品《牡丹亭》，而且是江西宜黄腔戏曲界的领导人，对表演、导演艺术的发展做出了贡献。他在当时虽没有形成一个流派，但他的文学主张和创作倾向，却对明末清初作家有着重大影响。沈璟下面则确实形成了一个流派，史称“吴江派”。沈璟(1553—1610)，字伯英，号宁庵，又号词隐，吴江(今属江苏苏州)人。万历二年进士，官至光禄寺丞，后被迫辞官归乡，在家精研曲律，并养着一个戏班子，过着听戏写曲的生活。著有《红蕖记》《埋剑记》《双鱼记》《义侠记》《桃符记》《坠钗记》《博笑记》等十七种传奇，合称“属玉堂传奇”;并曾订定《南九宫十三调曲谱》。他很重视讲求音律,在以尚北、崇元的返古思想为主导的曲学主张指导下,要求对南曲声律进行规范,秉承有律可循、明腔识谱的传统,要求“合律依腔”。他在论曲的〔二郎神〕套曲里说:“名为乐府,须教合律依腔,宁使时人不鉴赏,无使人挠喉捩嗓。”又曾说:“宁协律而词不工。读之不成句,而讴之始协,是曲中之工巧。”他注重场上之曲,崇尚“语言本色”。他的主张成为吴江派的主要理论。这一派作家有王骥德、吕天成、叶宪祖、顾大典、卜世臣、沈自晋等。

他的《博笑记》共二十八出,包括十个小戏,每个戏只有两出至四出,以开场的末色作报幕式的联系。其中《贼救人》写结义兄弟争财相杀,《假和尚》写和尚的狠毒,《乜县丞》写官吏的昏庸无能,较有现实意义。此外《义侠记》演《水浒传》武松的故事,《红蕖记》据唐代传奇小说《郑德璘传》写书生郑德璘的爱情故事,在当时都有较大影响。

明后期著名的作家作品还有周朝俊的《红梅记》和孙钟龄的《东郭记》《醉乡记》等。

周朝俊,字夷玉,鄞县(今浙江宁波鄞州区)人。《红梅记》取材明瞿佑《剪灯新话》中的《绿衣人传》,写裴禹和卢昭容、李慧娘的爱情婚姻故事。裴禹游西湖,权臣贾似道的姬妾李慧娘称赞了一声裴禹,便被贾似道杀死。贾似道见卢昭容貌美,欲强纳为妾,裴禹帮助卢家研究对策,并到贾府拒婚。贾似道拘禁裴禹,李慧娘鬼魂与裴禹幽会,救裴生脱险。贾怀疑诸姬妾所为,李慧娘鬼魂出现,痛斥贾似道。后贾似道兵败,被郑虎臣杀死。裴生与卢昭容完婚。《脱难》《鬼辩》等出比较流行。

孙钟龄,字仁孺,号白雪楼主人。他的《东郭记》是以《孟子·离娄》篇“齐人有一妻一妾”章和《滕文公篇》陈仲子的故事为枝干,将淳于髡、王驩等穿插其间,借古讽今,而演成官场的“百丑图”。在东郭坟地讨吃的齐人,专会吃牛扯谎,最后成为齐国上卿;王驩告偷来的钱行贿,被举为大夫;淳于髡以滑稽为齐王所用;还有一些无耻之徒,竟拔掉牙齿扮作妇人,来讨好王骥。作者便借绵驹的话说:“近来齐国的风俗一发不好,做官的便是圣人,有钱的便是贤者。”全剧对“贿赂公行,廉耻丧尽”的社会现实极尽冷嘲热讽之能事。他的《醉乡记》写书生乌有生漫游醉乡,受尽鳖相公、文魔的气,而才女却嫁给白一丁,科举高中的是铜士臭,也是一个讽刺剧。

此外,明末阮大铖(1587—1646)的《燕子笺》《春灯谜》等传奇,吴炳(1595—1648)的《绿牡丹》《疗妒羹》等传奇,均曲辞典丽,是追摹汤显祖的作品,也有相当的影响。

明人杂剧以徐渭的成就最高。徐渭(1521—1593),字文长,号青藤,又号天池。山阴(今属浙江绍兴)人。他参加科举,屡试不中,曾在浙江总督胡宗宪幕下当书记,后胡被杀,他也终生不得志。他有多方面的艺术才能,诗文、书画都很著名,又是一个愤世嫉俗的狂人。徐渭有《渔阳弄》《雌木兰》《女状元》《玉禅师》四个杂剧,合称“四声猿”。他的诗文戏曲作品有汇编的《徐渭集》。

《渔阳弄》全名为《狂鼓吏渔阳三弄》,俗称“阴骂曹”,写祢衡在阴司重现击鼓骂曹的情况。祢衡与曹操的故事,见于《后汉书·文苑列传·祢衡传》记载。孔融多次向曹操称赞祢衡的才能,曹操要会见祢衡,而祢衡一直轻视曹操,不肯见,曹操怀忿,故意羞辱他,“闻衡善击鼓,乃召为鼓史,因大会宾客,阅试音节。诸史过者,皆令脱其故衣,更著岑牟、单绞之服。次至衡,衡方为《渔阳》参挝,蹀躞而前,容态有异,声节悲壮,听者莫不慷慨。衡进至操前而止,吏诃之曰:‘鼓史何不改装,而轻敢进乎?’衡曰:‘诺。’于是先解衵衣,次释馀服,裸身而立,徐取岑牟、单绞而著之,毕,复参挝而去,颜色不怍。操笑曰:‘本欲辱衡,衡反辱孤。’”后来,祢衡又坐大营门,以杖捶地大骂。曹操将祢衡送于刘表。《三国志通俗演义》中《祢衡裸体骂曹操》,就写祢衡击鼓骂曹是同时发生的事件。剧场经常演出的《击鼓骂曹》与《三国志通俗演义》中的情节相同,俗称“阳骂曹”。《渔阳弄》中历数了曹操一生的罪恶,实际是针对明代权奸佞臣弄权的现实,倾泻了作者心中的激愤:

〔寄生草〕你狠求贤为自家，让三州直什么！大缸中去几粒芝麻吧，馋猫哭一会慈悲诈，饥鹰饶半截肝肠挂，凶屠放片刻猪羊假。你如今还要哄谁人？就还魂改不过精油滑！

〔葫芦草混〕你害生灵呵，有百万来的还添上七八，杀公卿呵，那里查！借厫仓的大斗来斛芝麻，恶心肝生就在刀枪上挂，狠规模描不出丹青画，狡机关我也拈不尽仓猝里骂。曹操，你怎生不再来牵犬上东门，闲听唳鹤华亭坝？却出乖弄丑，带锁披枷。

徐复祚《三家村老委谈》称此剧："有为之作也，意气豪侠，如其为人。"祁彪佳《远山堂曲品》把这本杂剧列入"妙品"，说："此千古快谈，吾不知其何以入妙，第觉纸上渊渊有金石声。"《玉禅师》，全名为《玉禅师翠乡一梦》，写红莲与玉通禅师，月明和尚戏柳翠的故事。红莲和柳翠原为两个故事，话本小说、元杂剧中同类故事仍有流传。徐渭这个剧本中月明和尚向柳翠说法一场，是一出哑剧，中国南方、北方都有演出舞弄的风习，北京也有大头和尚戏柳翠的演出活动。明末刘侗《帝京景物略》："（正月）八日至十八日，集东华门外，曰'灯市'……戴面具，耍大头和尚。"《雌木兰》，全名为《雌木兰替父从军》。《女状元》，全名为《女状元辞凰得凤》。前者写花木兰女扮男装从军的故事，后者写黄崇嘏女扮男装考取状元的故事。这两个剧本意在歌颂女主人公反对歧视妇女，歌颂立地撑天的女性形象。剧中称赞黄崇嘏说："最难的是大海般世界狂澜也，谁似爷砥柱中流把滟滪当？"花木兰则说："休女身拚，缇萦命判，这都是裙钗伴。立地撑天，说什么男儿汉！"这是对重男轻女的社会的挑战。袁宏道说《女状元》"辞华绣艳，似女士风流"，《雌木兰》"苍凉慷慨，堪题画屏"。王骥德《曲律》称二剧："刳肠呕心，可泣鬼神！"这两部作品中也流露了作者对现实的不满，如结语："世间事多少糊涂，院本打雌雄不辨。"

此外，徐复祚（1560—1629）的《一文钱》，写卢至是天竺舍卫城第一富户，却非常吝啬。路上捡到一文钱，藏在袖中、靴中、头巾中，都怕丢掉，就紧握手中；买成芝麻吃，又恐鸟来啄食，于是藏到山上丛密处吃;最后被度化成正果。剧本写守财奴神情俱现,深刻地揭露了剥削阶级的贪婪和悭吝,是一部成功的讽刺剧。王衡(1561—1609)的《郁轮袍》写王推冒名王维,得到岐王和九公主的推荐,几乎骗取状元,王推又揭发王维受岐王庇护。后岐王察出王推的面目,王维看破世态而辞归。作品揭露了科场的肮脏内幕。他的《真傀儡》写宋丞相杜衍,穿便服看人扮木偶的傀儡戏,受人侮慢。后朝廷使臣来,杜衍穿傀儡衣冠谢恩,众人都很惊诧,杜衍却毫不介意。作品反映了人情世态。叶宪祖的《骂座记》通过汉武帝时田、窦两家外戚的兴衰和灌夫的借酒骂座,描写权贵的派系斗争。孟称舜(1599—1684)的《人面桃花》写崔护谒浆故事,《英雄成败》写黄巢的故事,风格各异,都有一定的代表性。

明末,在戏曲整理与出版方面也有很大成绩。臧懋循的《元曲选》、毛晋的《六十种曲》、沈泰的《盛明杂剧》分别是元杂剧、明传奇和明杂剧的重要选本。

第七章　汤显祖

第一节　汤显祖的生平

汤显祖是明清传奇戏曲作家的杰出代表，是中国古代戏曲的伟大作家之一。汤显祖(1550—1616)，字义仍，号海若，又号若士，自署清远道人，晚年号茧翁，临川(今属江西)人。汤显祖的祖父好道，当时社会上层，道家势力很盛，少年时代的汤显祖受道教思想影响颇大。家庭藏书很多，父亲好儒，他十二岁从理学家罗汝芳学习。罗汝芳是泰州学派创始人王艮的三传弟子。汤显祖所说的“赤子之知”“愚夫愚妇皆有天性”“天下之生皆当贵重”等观点，都是继承罗汝芳的。他还曾向徐良傅学古文词。罗汝芳与徐良傅都不屈于权贵。罗汝芳因为自己的老师颜钧被监禁，不惜变卖田产，在狱中随侍六年。因坚持讲学，被勒令致仕。徐良傅为官时，因语侵权贵，几罹不测。这两位老师威武不屈的精神，对汤显祖很有影响。汤显祖青年时代就很有文名，首辅张居正想让他的儿子和汤显祖交往，然后让他们一起考中，这样来遮蔽天下人的耳目。汤显祖拒绝和他们往来，结果汤显祖一直到三十四岁才考中。万历十一年，汤显祖中进士，但又因为拒绝执政者申时行等的结纳，放弃考取庶吉士的机会，到南京做了太常博士。南京是明初的首都，永乐皇帝迁都北京后，成为留都，仍保留一套完整的中央政府机构。但这套机构只有虚名，很少有实际政务去处理，其中有一部分官员是受到冷遇、排挤，才安排到南京任职的。因此，南京及其附近地区就成为清议的地方，在某些问题上成为当时政府的反对派。万历十九年，他上《论辅臣科臣疏》，公然指出："陛下经营天下二十年于兹矣。前十年之政，张居正刚而有欲，以群私人嚣然坏之；后十年之政，时行柔而有欲，又以群私人靡然坏之。"直接批评了皇帝，揭露辅臣以爵禄网罗党羽，破坏国家法度；科臣接受贿赂，依附权势，窃取富贵。结果他被贬到雷州半岛的徐闻县做典史。后调任浙江遂昌知县，又遭地方豪强及上级官吏的反对，最后弃官归乡。在他出仕的这段时间，他结识了当时的佛学大师紫柏和尚，即达观禅师。紫柏从禅学角度攻击朱熹，又积极关心时政。汤显祖和李贽也有交往。这两位当时思想界的雄杰都对他有影响。他也崇尚真性情，反对假道学。他与东林党的顾宪成、高攀龙、邹元标等都是好友，在批评朝政上有着共同的观点。

汤显祖的《紫箫记》写于在南京任职期间，在《紫箫记》基础上改写的《紫钗记》写于任遂昌知县期间。他的《牡丹亭》《南柯记》《邯郸记》都写于弃官家居时期。他的诗、赋、散文也很有名。现有徐朔方、钱南扬校点的《汤显祖集》。

汤显祖的文艺思想和当时进步的思潮是一致的，他认为"人生而有情"，主张"以情格理"的"至情"观，反对复古与保守，与公安派的袁宏道等持有相同的观点。他曾经和朋友讨论前后七子的领袖李梦阳、何景明和李攀龙、王世贞的作品。他说："各标其文赋中用诗出处及增减汉史唐诗字面处，见此道，神情声色已尽于昔人，今人更无雄妙者，称能而已。"他也极力反对当时知识界、文人因袭进取试墨之文，使得文章毫无生气，都是一套程式。他主张作品要有自己的风格："江以西有诗，而吴人厌其理致。吴有诗，江以西厌其风流。予谓此两者好而不可厌，亦各其风然，不可强而轻重也。"(《金竺山房诗序》)他认为文章有无生气，全在作者。他说："天下文章所以有生气者，全在奇士。士奇则心灵，心灵则能飞动，能飞动则下上天地，来去古今，可以屈伸长短，生灭如意，如意则可以无所不如。"(《序丘毛伯稿》)他还承认灵感，指出："予谓文章之妙，不在步趋形似之间，自然灵气，恍惚而来，不思而至。怪怪奇奇，莫可名状。"(《合奇序》)应该说所有这些都是对当时正统文学思想的一个抗击。他论“奇士”,讲“心灵飞动”,但也注意认真读书。他曾说:“古人云‘才须学也’,俗学虚谈,吾辈收其实用。”

汤显祖的“四梦”是为当地流行的宜黄腔而作,而吴地昆腔盛行,乃有《牡丹亭》昆腔改革。吕姜山将改本寄给汤显祖,由此引发汤显祖一再阐明自己的观点。他在《答吕姜山》中说:

> “唱曲当知,作曲不尽为知也。”此语大可轩渠。凡文以意、趣、神、色为主。四者到时,或有丽词俊音可用尔,时能一一顾九宫四声否?如必按字模声,即有窒、滞、迸、拽之苦,恐不能成句矣。

在《答凌初成》中说:

> 不佞《牡丹亭记》大受吕玉绳改窜,云便吴歌。不佞哑然笑曰:“昔有人嫌摩诘之冬景芭蕉,割蕉加梅。冬则冬矣,然非王摩诘冬景也。其中骀荡淫夷,转在笔墨之外耳。”

在《答孙俟居》中又说:

> 弟在此自谓知曲意者,笔懒韵落,时时有之,正不妨拗折天下人嗓子。

这三封信明确阐明自己的观点。主张“至情”的汤显祖要求作品“以意趣神色为主”,即强调作品的意趣、风格,重视曲的内在的美,并不是不重视文采和格律,而是说戏曲演唱歌诗者自然而然,不能拘于既有曲牌的格律。他的主张在明代后期有着重要的地位。

第二节 《牡丹亭》

《牡丹亭》以其思想的深刻和高度的艺术成就,成为明代戏曲的优秀代表。明代沈德符《顾曲杂言》称:“《牡丹亭梦》一出,家传户诵,几令《西厢》减价。”清代李渔在《闲情偶寄》中说:“使若士不草《还魂》,则当日之若士已虽有而若无,况后代乎!是若士之传,《还魂》传之也。"《牡丹亭》即《还魂记》,也称《还魂梦》或《牡丹亭梦》。

《牡丹亭》的故事也有所依据,作者在《牡丹亭题词》中说:

> 传杜太守事者,仿佛晋武都守李仲文、广州守冯孝将儿女事。予稍为更而演之。至于杜守收拷柳生,亦如汉睢阳王收拷谈生也。

"传杜太守事",即当时话本小说所记《杜丽娘记》。在明《重刻增补燕居笔记》中有《杜丽娘慕色还魂记》。写南宋光宗时南雄太守杜宝的女儿丽娘游园归来,感梦而亡。她生前曾自画小影,死后为柳太守的儿子柳梦梅所得,柳日夜思慕,遂和丽娘鬼魂幽会,并禀告父母,发冢还魂成亲。

李仲文、冯孝将事见《法苑珠林》:

> 晋时武都太守李仲文在郡丧女,年十八,权假葬郡城北,后张世之代为郡,世之男(字子常),年二十,梦一女,自言前府君女,不幸而夭,今当更生,心相爱慕,故来相就。其魂忽然昼现,遂共枕席。后发棺视之,女尸已生肉,颜姿如故。梦女曰:"我将得生,今为君发,事遂不成。"垂泪而别。

东晋冯孝将,广州太守。儿名马子,年二十余。夜梦见一女子,年十八九,言:"我是北海太守徐元方女,不幸为鬼所杀,许我更生,应为君妻。"马子至其坟祭之,祭讫发棺开视,女尸完好如故,乃抱置帐中,以青羊乳汁沥其口,始开口咽粥;既一期,肌肤气力,悉复常,遂聘为夫妇,生二男一女。

谈生事见《搜神记》《列异传》等。《列异传》记载:

> 谈生者,年四十,无妇。常感激读《诗经》,夜半有女子可年十五六,姿颜服饰,天下无双,来就生为夫妇,谓:"我与人不同,勿以火照我也,三年之后,方可照。"为夫妻,生一儿,已二岁,不能忍,夜伺其寝后,盗照视之,其腰以上生肉如人,腰下但有枯骨。妇觉,遂言曰:"君负我,我垂生矣,何不能忍一岁而竟相照也?"生辞谢,

涕泣不可复止,云:"与君虽大义永离,然顾念我儿,若贫不能自偕活者,暂随我去,方遗君物。"生随之去,入华堂,室宇器物不凡。以一珠袍与之,曰:"可以自给。"裂取生衣裾,留之而去。后生持袍诣睢阳王家卖之,得钱千万。王识之曰:"是我女袍,此必发墓。"乃取考之,生具以实对。王犹不信,乃视女冢,冢完如故。发视之,果棺盖下得衣裾。呼其儿,正类王女,王乃信之。即召谈生,复赐遗衣,以为主婿。表其儿以为侍中。

《牡丹亭》正是取材于这些笔记和话本小说。故事梗概,见第一出〔汉宫春〕词:

杜宝黄堂,生丽娘小姐,爱踏春阳。感梦书生折柳,竟为情伤。写真留记,葬梅花道院凄凉。三年上,有梦梅柳子,于此赴高唐。果尔回生定配。赴临安取试,寇起淮阳。正把杜公围困,小姐惊惶。教柳郎行探,反遭疑激恼平章。风流况,施行正苦,报中状元郎。

作品通过杜丽娘和柳梦梅生死离合的爱情故事,热情地歌颂了女主人公为"情"而死,死而复生的感人至情;歌颂了反对礼教、追求爱情自由,要求个性解放的斗争精神;暴露了礼教的冷酷和虚伪。这部作品表面看来,似是一个离奇荒诞的爱情故事,不过是在颂扬痴心妄想的儿女私情。但是,透过梦境幻想,我们领悟到作家深邃的哲学思想。汤显祖在这部作品中,在表现追求自由爱情的同时,寄寓了他所崇尚的"真性情",显露与当时社会存在的正统观念相对立的思想。他在《牡丹亭题词》中说:

人世之事,非人世所可尽。自非通人,恒以理相格耳!第云理之所必无,安知情之所必有邪!

这说明汤显祖正是要通过这个"情之所必有"的故事,驳斥理学家以"理之所必无"扼杀人们对生活的正常要求。作者还说:"情不知所起,一往而深。生者可以死，死可以生。生而不可与死，死而不可复生者，皆非情之至也。”汤显祖有意识地用“情”与“理”的冲突来贯穿全剧，抒发他对现实的愤懑和理想的憧憬。因此，《牡丹亭》比起同时代的爱情剧具有更深刻的现实意义。

《牡丹亭》塑造了一个古代戏曲中光彩照人的妇女形象。杜丽娘的家庭是一个诗书传世的名门大家，她受到严格的妇德教育。即使在衣裙上绣上成双的花鸟，空闲时候打会儿瞌睡，都被视为违反家规，要受到父亲严厉的呵斥。她不仅身体被严格拘禁，就是思想也被束缚住。她如同一只关在笼子里的小鸟，强烈地渴望冲出牢笼，自由地生活。因此当陈最良给她讲“子曰诗云”时，她一点也没有兴趣，一会谈师母的鞋子，一会问到花园里的景致。而在陈最良讲《关雎》篇所谓“后妃之德”时，却唤起了杜丽娘对爱情的向往，发出了“可以人而不如鸟乎”的怨叹。《惊梦》一出是杜丽娘性格发展的一个重要转折。杜丽娘由于《关雎》诗引起她无限情思，想借游园来排遣心中的愁闷。〔绕地游〕曲写出一个闭锁深闺的少女，在撩人心弦的春意中的惆怅心情；〔醉扶归〕曲写出她爱美的思想被压抑而没有人理解，得不到意中人的知赏：

> 你道翠生生出落的裙衫儿茜，艳晶晶花簪八宝填，可知我常一生儿爱好是天然。恰三春好处无人见。不提防沉鱼落雁鸟惊喧，则怕的羞花闭月花愁颤。

她在长期闺禁中的沉忧积郁，不自觉地倾泻出来，所以游园过程中只是一味地感叹。〔皂罗袍〕曲流露着伤春的哀怨：

> 原来姹紫嫣红开遍，似这般都付与断井颓垣。良辰美景奈何天，赏心乐事谁家院！（白）恁般景致，我老爷和奶奶再不提起。（合）朝飞暮卷，云霞翠轩；雨丝风片，烟波画船——锦屏人忒看的这韶光贱！

从被禁锢的院落，步入姹紫嫣红开遍的花园，自然应是欣喜欢快，但

“似这般都付与断井颓垣”,则全为感伤惆怅所笼罩。“良辰美景”“赏心乐事”是“四美”事,但与“奈何天”“谁家院”联系在一起,可见赏乐心情全无。她无限珍惜春光,但春光却白白逝去,所以更感到韶华虚度。杜丽娘在梦幻中会见自己钟情的青年,但一梦惊醒之后,站在他面前的却不是倾慕她的意中人,而是仍生活在不可逾越的壁垒之中。在梦境与现实的对比之下,杜丽娘心中对理想的追求更加强烈。她热烈地向往着梦中的情景,便再次到花园中寻找梦中人的踪迹;她大胆地倾诉了自己对真情的强烈追求:“这般花花草草由人恋,生生死死随人愿,便酸酸楚楚无人怨。”杜丽娘一往情深,为情而死。死前她为自己描绘了小像,放在太湖石上等待梦中的情人。接着,主人公插上幻想的翅膀,时而地府,时而人间,理想的色彩更浓烈了。她的灵魂和柳梦梅结成美好的姻缘,又与胡判官据理力争,使自己能还魂复生。杜丽娘复生后,她不用媒婆的撮合,不顾父母的反对,自己做主和柳梦梅结婚。《圆驾》一出,杜丽娘在皇帝的金殿上同父亲当面争论,承认自己无媒而嫁,坚决拒绝离开柳梦梅。

《牡丹亭》继承了元代王实甫《西厢记》等爱情故事中反对宗法礼教的主题,又有自己的时代特色,它表现了杜丽娘对生而死、死而复生的“至情”的追求。对这种“至情”的歌颂,并不仅仅是写爱情,而是反对理学的束缚,表现了要求个性解放的思想。

《牡丹亭》的艺术特色,主要在于富有浓厚的浪漫主义色彩。浪漫主义的主要特征,就是理想色彩非常浓烈。作者是理想化地描写对象,描写理想化的对象。杜丽娘就是作者理想化的化身。汤显祖通过奇情异彩的艺术境界,揭示了理想与现实的矛盾,表现了对宗法礼教的冲击,对人的真性情的发展的憧憬与追求。虽然这种冲击与追求带有受压抑的惆怅的感情色彩,但表现得非常强烈。汤显祖是饱含着感情来写作的,据说他写到春香哭祭杜丽娘时,竟跑到庭院中柴草垛上,“掩袂痛哭”。《牡丹亭》在情节结构上富有离奇、跌宕的幻想色彩。如《惊梦》《冥判》《魂游》《回生》等情节,都是只在幻想中才能存在的事情。

梦本是一种生理现象，但杜丽娘梦遇柳梦梅却只能是幻想的产物。鬼魂、地狱，本是宗教制造的世界，杜丽娘的鬼魂“随风游戏”，追随情人柳梦梅，以及“专掌惜玉怜香”的花神出现，都代表了一种“美丽、庄严、优秀的本性”。杜丽娘生前描绘了真容，拾画者恰是生前梦中幽会的情人，而且又由于才子的“痴情”，与杜丽娘灵魂相会，最终使得她从坟墓里走出来，“异香袭人，幽姿如故”。这一切都是作者大胆幻想的结果。这些幻想的艺术构思，正是《牡丹亭》戏剧结构的支柱。吕天成《曲品》说：“杜丽娘事甚奇。而着意发挥，怀春慕色之情，惊心动魄，且巧妙叠出，无境不新，真堪千古矣。”

《牡丹亭》全剧是一部抒情诗集，处处充满诗的意境。《惊梦》《寻梦》《闹殇》《冥判》《拾画》《玩真》《冥誓》等出都是广为流传的单折戏，其中许多曲词，将抒情、写景、刻画人物，紧密地结合在一起，达到了传神的境地，成为人们传诵的佳曲。如《惊梦》开始的两支曲子。

〔绕地游〕梦回莺啭，乱煞年光遍。人立小庭深院。炷尽沉烟，抛残绣线，恁今春关情似去年？

〔步步娇〕袅晴丝吹来闲庭院，摇漾春如线。停半晌，整花钿。没揣菱花，偷人半面，迤逗的彩云偏。步香闺怎便把全身现！

作品写出了深闺少女愁闷孤单的感情，顾影自怜的娇羞神态，也写出了春的信息，飘摇的游丝，既是景，又含蕴无限的情思。环境气氛的描绘与人物内心的探索融合在一起。它给读者提供了再想象的天地。《牡丹亭》里久经传诵的曲辞，说明作者驾驭语言的高超艺术，即使没有音乐，也仍然可以给人以强烈的艺术感染。

其中，《闺塾》一折，即《春香闹学》，生动地描写了春香对腐儒陈最良的辛辣嘲讽，也可以看作一个独幕短剧。

第三节 汤显祖的其他剧作

汤显祖的书斋名玉茗堂，所作《紫钗记》《牡丹亭》《南柯记》和《邯郸记》合称"玉茗堂四梦"，又称"临川四梦"。《紫钗记》的前身为《紫箫记》。《紫箫记》可能写于万历五年至万历七年之间，作品取材于唐代蒋防的《霍小玉传》，但是完全改变了原作的精神，仅仅是撷取原小说中的人物，重新结构成篇。作品敷衍"李益才人、王孙爱女"的风流浪漫生活。李益随杜相国做参军，后荣归和霍小玉团圆，"因缘好，从前嫉妒，一笔勾销"。剧中霍小玉元夜在华清宫观灯和李益走散，拾得杨贵妃的紫玉箫，所以剧名《紫箫记》。这个剧本是他在南都的几个好友的集体创作。他在《紫钗记题词》中说：

> 往余所游谢九紫、吴拾芝、曾粤祥诸君，度新词与戏，未成，而是非蜂起，讹言四方。诸君子有危心，略取所草具词梓之，明无所与于时也。记初名《紫箫》，实未成，亦不意其行如是。帅惟审云："此案头之书，非台上之曲也。"

《紫箫记》没有写完，从第一出〔凤凰台上忆吹箫〕曲所述剧情梗概来看，还有许多故事情节没有出现。沈德符《万历野获编》也记载着"汤义仍之《紫箫》亦指当时秉国首揆，才成其半，即为人所议，因改为《紫钗》"。从现存《紫箫记》剧本的故事内容、人物形象来看，找不出讽刺的痕迹。然而剧中插科打诨可能有"讥托"手笔，触动了"秉国首揆"的神经。从文学方面来看，还没有显出什么特色。

《紫钗记》约写成于万历十五年，是在《紫箫记》的基础上删润改写而成的。作品以霍小玉所戴紫玉燕钗为重要关目，开始是《插钗新赏》，霍小玉戴上紫玉燕钗；《堕钗灯影》，元夜坠钗，为李益所得，以为媒来求婚；后来霍小玉家境日落，《冻卖珠钗》，钗卖到卢太尉府；最后李益又将钗还给霍小玉，《剑合钗圆》。《霍小玉传》中李益无信的丑恶行径是批判的对象;《紫钗记》则集中鞭挞专权跋扈、阴险冷酷的卢太尉。《紫钗记》中霍小玉是一个情痴,她对爱情无比坚贞,对邪恶势力无比痛恨;黄衫客具有蔑视权贵、威慑群丑的豪侠气概:这两个人物都写得很成功。李益和卢太尉也具有特色。作品描写霍小玉对李益的痴情、李益的怀想,都很凄苦幽怨。吕天成《曲品》评论说:“仍《紫箫》者不多,然犹带靡缛。描写闺妇怨夫之情,备极娇苦,直堪下泪。绝技也。”

汤显祖晚年创作的两部传奇剧本《南柯记》《邯郸记》,取材于唐代传奇小说《南柯太守传》和《枕中记》。《南柯记》写成于万历二十八年。作品写落拓无聊的淳于棼在扬州孝感寺问禅,遇大槐安国金枝公主瑶芳择婿,后淳于棼醉梦中召入大槐安国与瑶芳成婚。国王为防御檀萝国入侵,任命淳于棼为重地南柯郡太守,政绩卓著。南柯气候炎热,在城西筑一避暑的瑶台,使瑶芳居住。檀萝国四太子兵围瑶台,淳于棼援军解围,瑶芳惊恐发病。国王召淳于棼还朝为左丞相,公主病死途中。淳于棼与瑶芳姐琼英、嫂灵芝夫人和仙姑上真人淫乱,右丞相段功借机谗谮,淳于棼被送回乡。最后淳于棼请禅师为亡父、瑶芳和大槐安国群蚁作福升天。淳于棼梦醒后被禅师点化为佛门弟子。

《南柯记》借槐安国来嘲讽明代政治的黑暗,右丞相段功便是一个权奸的形象。淳于棼被禁私室后,终于领悟:“太行之路能催车,若比君心是坦途;黄河之水能复舟,若比君心是安流。”作品着重描写了淳于棼的政绩,通过百姓的议论,表现了汤显祖的理想政治:

〔孝白歌〕(众扮父老捧香上)征徭薄,米谷多,官民易亲风景和。老的醉颜酡,后生们鼓腹歌。你道俺,捧灵香,因什么?

〔前腔〕(众扮秀才捧香上)行乡约,制雅歌,家尊五伦人四科。因他俺切磋,他将俺琢磨。你道俺,捧灵香,因什么?

〔前腔〕(众扮村妇女捧香上)多风化,无暴苛,俺婚姻以时歌《伐柯》。家家老小和,家家男女多。你道俺,捧灵香,因什么?

〔前腔〕(众扮商人捧香上)平税课,不起科,商人离家来安乐窝。关津任你过，昼夜总无他。你道俺，捧灵香，因什么？

作品还描写了这个富庶揖让的国土：

青山浓翠，绿水渊环，草树光辉，鸟兽肥润。但有人家所在，园池整洁，檐宇森齐。何止苟美苟完，且是兴仁兴让。街衢平直，男女分行。但是田野相逢，老少交头一揖。

当然这不过是儒者的仁政空想。《南柯记》也是言情之作，第一出中的〔南柯子〕说："看取无情虫蚁，也关情。"这里所说的情，有淳于棼和瑶芳的爱情，也包括更广泛的世间情。淳于棼集善情和恶情于一身，经历了思想上的苦闷和矛盾，最后情尽解脱，反映了作者愤懑苦闷的心情。这部作品的结构很严谨，清吴梅在《戏曲概论》中称赞《邯郸记》《南柯记》："直截了当，无一泛语，增一折不得，删一折不得，非张凤翼、梅禹金辈所及也。"

《邯郸记》写成于万历二十九年。剧本以沈既济《枕中记》为依据，但也吸收马致远《邯郸道省悟黄粱梦》杂剧的某些情节，作者的主旨在于批评时政。作品写吕洞宾买醉岳阳楼，看到邯郸地方有一道青气上升，便到邯郸度化卢生，使卢生经历了一枕黄粱梦，最后吕洞宾将其引至仙境，与八仙相会。主人公卢生梦中的一生是大官僚丑恶的一生。卢生为富豪崔氏女逼迫结婚，崔氏用钱资助他贿赂司礼监和满朝勋贵，得中状元。卢生任知制诰，伪造其妻诰命，被宇文融看破，贬官陕州，卢生开凿黄河石路立功；时吐蕃入侵，宇文融又奏令卢生征吐蕃，卢生施反间计，得到成功；宇文融又诬奏他接受贿赂卖国，被捕，流放广南崖州鬼门关。宇文融罪行暴露，卢生还朝做了二十年宰相，进封赵国公，至八十余岁得病，在弥留时刻，还惦念着身后加官赠谥，怕总裁国史的编载功劳不全，又为最小的儿子讨荫袭。一觉惊醒，却黄粱未熟。汤显祖对明代嘉靖、隆庆、万历的辅臣曾认真地进行了研究，所以，他生动地描绘了重臣官僚在政治上的互相倾轧、生活上的荒淫腐化，也刻画了当时的人情世态，对明朝的黑暗政治现实进行抨击，借此吐露胸中的不满。

《邯郸记》结构也很集中，语言朴实。明代王骥德《曲律》说："至《南柯》《邯郸》二记，则断削芜颣，俛就矩度。布格既新，遣词复俊。其掇拾本色，参错丽语，境往神来，巧凑妙合，又视元人别一谿径。"《南柯记》《邯郸记》在思想上、艺术上均有特色，不能简单地认为是作者思想消极衰退的表现，但这两部作品中消极出世思想较重，更多地表现了宗教思想的影响。

第八章　明代的散曲和俗曲

散曲以元代最盛行，元明最著名。明代散曲的家数和作品数量均超过元代，然而明代所作北曲不能越出元人范围，南曲虽较清新活泼，但过多注重辞藻音律，不若元人豪放不羁。民间小曲特别流行，形成新的风貌，民间口头流传的民歌也保存了一些篇什。

第一节　明代的散曲

明初散曲作家多是围绕在明皇室贵族周围的杂剧作家，思想成就不高，只是模拟元人格调。汪元亨、谷子敬、贾仲名、汤舜民、杨景贤、刘东生等都是由元入明的。汤舜民流传的散曲作品最多，语言工巧，在当时也很盛行。如〔南吕一枝花〕套《题友田老窝》：

〔一枝花〕桧当轩作翠屏，月到帘为银烛，柳绵铺白罽毡，苔绿展翠绒褥，四壁萧疏。若得琅玕护，何须藤萝补。听了些雨打窗下芭蕉，看了些日照盘中苜蓿。

与马致远同类作品比较，仿佛失去了神韵。继这些作家之后，散曲保存最多的还有朱有燉。他的散曲集名《诚斋乐府》，也缺乏新意。

弘治、正德后，才产生比较深刻反映现实和有艺术特色的作品，作家有的兼擅剧曲，有的受民间小曲的影响，语言生动流畅。北方以康海、王九思、李开先为代表，南方以陈铎、王磐最著名。康海散曲多愤慨不平，王九思较为蕴藉，李开先多仿民间歌曲。如康海的〔寄生草〕《读史有感》:“天应醉,地岂迷! 青霄白日风雷厉,昌时盛世奸谀蔽,忠臣孝子难存立。朱云未斩佞人头,祢衡休使英雄气!”

陈铎(1488? —1521?),字大声,号秋碧,下邳(今属江苏邳州)人。住家在金陵,世袭指挥使。他精通音律,教坊子弟称之为“乐王”。著有《陈大声乐府全集》。他的《滑稽余韵》,收小令一百三十六首,广泛地描绘了各行各业的人物,对于了解明代社会很有帮助。其中反映手工业劳动者生活的作品,既描写了他们的劳动情况,也倾诉了他们艰辛不平的遭遇。如〔雁儿落带过得胜令〕《铁匠》:

> 锋芒在手高,煅炼由心妙。衡钢煨的软,生铁搏的燥。彻夜与通宵,今日又明朝;两手何曾住,三伏不定交。到处里锤敲,无一个嫌聒躁。八九个炉烧,看见的热晕了。

其他如《瓦匠》《机匠》《毡匠》《镟匠》等都有同样的概括描写。作者对社会上的各种“寄生虫”,如巫师、相面、烧丹、命士、葬士等,则投以辛辣的讽刺。如《相面》:

> 指鹿为马,随心判断,劈脸称夸,十人讲论荣枯话,九个全差。胡厮赖流星斗打,胡厮缠冷帐刮刷。闻着他名儿怕,生成的骨法,贫与富且由他。

这些作品又是一幅幅的风俗画。正如陈铎自己在《刻陈大声全集自序》中所说:“曲虽小技乎,摹写人情,藻绘物采,实为有声之画。”这些作品是了解明代风习的重要材料。

王磐(1470? —1530),字鸿渐,号西楼,高邮(今属江苏)人。著有《西楼乐府》。他的散曲最富于诙谐风趣,〔朝天子〕《咏喇叭》最有名。

> 〔朝天子〕喇叭、唢哪,曲儿小腔儿大,官船来往乱如麻,全仗你抬身价。军听了军愁,民听了民怕,那里去辨什么真共假? 眼见的吹翻了这家,吹伤了那家,只吹的水尽鹅飞罢。

嘉靖三十年重刻本《西楼乐府》张守中所书序文说:“喇叭之咏,斥阉宦也。”蒋一葵《尧山堂外纪》说：“正德间阉寺当权。往来河下者无虚日，每到辄吹号头，齐丁夫。民不堪命。”明正德时期，武宗的暴政和宦官刘瑾的特务统治流毒全国。刘瑾被当时人称作“立地皇帝”。刘瑾对天下进行盘剥，“欲私取天下库藏及剥敛民财，以益其富，添设巡盐、巡捕、查盘等官，四出搜索”（《明正德实录》卷六十六）。刘瑾在摧残士气上手段毒辣，株连众多。而当时一些进步的士大夫对此十分不满。王磐的《咏喇叭》就对当权的宦官进行了无情的嘲讽。作品首三句，直接写喇叭。表面上说喇叭、唢呐所吹奏的音律简单，但它的声响却很大。实际上这也是讽刺这些得势的宦官不知高下，作威作福的丑恶面目。接下去两句写官船来往，用“乱如麻”三字形容，蔑视的态度已经很清楚，又全仗喇叭抬身价，更见其虚妄。因为官船很多，都一样装腔作势，也难辨真假。谁听了都惊怕，到处被其害，家家伤败，进一步揭示了他们带给人民的灾难。这支曲子韵密句促，结合作品的内容，它的节奏真像喇叭的旋律。词语明快飞动，既有讽刺，又直接指出灾难性的后果，于直露当中表真情。江盈科《雪涛诗话》评王磐的散曲：“材料取诸眼前，句调得诸口头。朗诵一过，殊足解颐。其视匠心学古，艰难苦涩者，真不啻啖哀家梨也。”恰说中他的长处。

常伦（1491—1524），字明卿，沁水（今属山西）人，官大理评事，散曲有《常评事写情集》。他为人作风疏狂，散曲风格也豪迈。如〔天净沙〕：

知音就是知心，何拘朝市山林，去住一身谁禁，杖藜一任，相思便去相寻。

金銮（1494—1587），字在衡，号白屿，陇西（今属陕西）人，侨居南京。散曲有《萧爽斋乐府》，“嘲调小曲极妙，每诵一篇，令人绝倒”（《列朝诗集》）。如〔北落梅风〕《咏蝇》：

从交夏，攘以秋，缠定了不离左右。饶你满身都是口，尝得出那些儿香臭。

还有些散曲嘲笑对爱情“全无志诚”的人,写得生动活泼。

冯惟敏是很有影响的散曲作家,王世贞在《曲藻》中称赞说:“近时冯通判惟敏,独为杰出,其板眼、务头、撺抢、紧缓,无不曲尽,而才气亦足发之;止用本色过多,北音太繁,为白璧微颣耳。”有才气,本色,是他散曲作品的特色。他的归田小令,反映了农村的生活面貌。如〔玉江引〕《农家苦》:

> 倒了房宅,堪怜生计蹙,冲了田园,难将双手机。陆地水平铺,秋禾风乱舞。水旱相仍,农家何日足?墙壁通连,穷年何处补,往常时不似今番苦,万事由天做。又无糊口粮,那有遮身布,几桩儿不由人不叫苦。

又如〔胡十八〕《刈麦有感》:

> 穿和吃,不索愁,愁的是:遭官棒。五月半间便开仓。里正哥过堂,花户每比粮,卖田宅无买的,典儿女陪不上。

这些散曲反映了作者对灾民的同情,它不仅写了天灾带给农民的苦难,而且直接触及了官府对人民的压迫,是散曲中思想性较高的作品。艺术风格刚劲朴直,语言浅近流利。

刘效祖,字仲修,号念庵,宛平(今属北京)人。嘉靖二十九年进士。历任卫辉推官、户部主事、陕西按察副使。所作散曲,现存清人编的《词脔》。其中多是写风情的作品,也有些写世态人情和避世的作品。如〔沉醉东风〕:

> 门巷外旋栽杨柳,池塘中新浴沙鸥。半湾水绕村,几朵云生岫,爱村居景致风流。啜卢仝茗一瓯,醉翁意何须在酒。

语言浅率清新。

薛论道(约1531—约1600),字谈德,别号莲溪居士,定兴(今属河北)人。官至神枢参将。著有《林石逸兴》。明末宦官弄权,他遭到排斥,辞职回乡。他的作品以激昂慷慨的气概,鞭挞了炎凉的世态。如

〔水仙子〕《愤世》：

> 翻云覆雨太炎凉，博利逐名恶战场，是非海边波千丈。笑藏着剑与枪，假慈悲论短说长。一个个蛇吞象，一个个兔赶獐，一个个卖狗悬羊。

又如〔桂枝香〕《蚊》：

> 形微口利，凌人得计。喜的是半夜黄昏，怕的是青天白日。侵罗帏枕席，惯能乘隙。食人膏血，残人肉皮。趋炎就热图温饱，露冷霜寒何所依？

这支散曲讽刺了那些喜欢"半夜黄昏""惯能乘隙""食人膏血"、趋炎附势的家伙，抒发了他的愤懑不平。

朱载堉，字伯勤，号句曲山人。著有《醒世词》。他是明王朝宗室，他父亲郑王因王族争夺王位，被皇帝禁锢十九年，在统治阶级内部受到打击。他对现实认识比较深刻。如〔山坡羊〕《钱是好汉》：

> 世界人睁眼观看，论英雄钱是好汉。有了他诸般趁意，没了他寸步也难。拐子有钱走歪步合款。哑巴有钱打手势好看。如今人敬的是钱，蒯文通无钱也说不过潼关。实言，人为铜钱游遍世间。实言，求人一文，跟后擦前。

此外，还有〔黄莺儿〕《骂钱》：

> 孔圣人怒气冲，骂钱财：狗畜生！朝廷王法被你弄，纲常伦理被你坏，杀人仗你不偿命。有理事儿你反复，无理词讼赢上风。俱是你钱财当车，令吾门弟子受你压伏，忠良贤才没你不用。财帛神当道，任你们胡行，公道事儿你灭净。思想起，把钱财刀剁、斧砍、油煎、笼蒸！

都是诅咒金钱万能的作品。

施绍莘(1581—1640)，字子野，号峰泖浪仙，华亭(今属上海)人。散曲有《花影集》，他的风格与众不同处，陈继儒《花影集序》说："子野词太俊，情太痴，胆太大，手太辣，肠太柔，舌太纤，抓搔痛痒，描写笑啼，太逼真，太曲折。”如〔三段子〕《惜花》：

空中似尘，淡蒙蒙是谁人梦魂？苔前似鳞，疏点点是谁人泪痕？平明一阵寒差甚，绣帘不卷风尤紧，正酒晕扶头，倦妆时分。

作品摆脱了追求音律和辞藻的风气，写情真切缠绵。他也有不少写田园风趣的作品。

明代散曲作家中，唐寅、沈仕、杨慎、黄峨、梁辰鱼、沈璟等也是有影响的作家。

第二节　明代的俗曲

明代俗曲很盛行，沈德符《万历野获编》说：

自宣(德)、正(统)至成(化)、弘(治)后，中原又行〔锁南枝〕〔傍妆台〕〔山坡羊〕之属……自兹以后，又有〔耍孩儿〕〔驻云飞〕〔醉太平〕诸曲，然不如三曲之盛。嘉、隆间乃兴〔闹五更〕〔寄生草〕〔罗江怨〕〔哭皇天〕〔干荷叶〕〔粉红莲〕〔桐城歌〕〔银纽丝〕之属……比年以来，又有〔打枣竿〕〔挂枝儿〕二曲，其腔调约略相似，则不问南北，不问男女，不问老幼良贱，人人习之，人人喜听之，以至刊布成帙，举世传诵，沁入心腑，其谱不知从何而来，真可骇叹！

明代俗曲不仅广泛流传民间，而且也引起许多作家的注目，不少作家都有大量模拟作品，且开始搜集刊刻俗曲作品集。所以卓人月说：“我明诗让唐，词让宋，曲又让元，庶几〔吴歌〕〔挂枝儿〕〔罗江怨〕〔打枣竿〕〔银纽丝〕之类，为我明一绝。”(陈宏绪《寒夜录》引)现存集有《新编四季五更驻云飞》《新编题西厢记咏十二月赛驻云飞》，以及冯梦龙选辑的《挂枝儿》《山歌》等多种。在《盛世新声》《词林摘艳》《雍熙乐府》《南宫词纪》《玉谷调簧》《词林一枝》等曲选中也有不少俗曲。流传的俗曲中，情歌占很大比重。这些作品大胆泼辣，表现了他们对婚姻自由的追求，如〔劈破玉〕《分离》：

要分离除非天做了地！要分离除非东做了西！要分离除非官做了吏！你要分时分不得我，我要离时离不得你，就死在黄泉也做不得分离鬼！

又如〔锁南枝〕：

傻俊角，我的哥！和块黄泥儿捏咱两个。捏一个儿你，捏一个儿我，捏的来一似活托；捏的来同在床上歇卧。将泥人儿摔破，着水儿重和过，再捏一个你，再捏一个我；哥哥身上也有妹妹，妹妹身上也有哥哥。

这些俗曲感情强烈，比喻新巧。对当时及后世影响都较大，其影响还及于近世。如在现代作家李季的《王贵与李香香》中，香香送别王贵时难舍难分之情的表述，应该说是从〔锁南枝〕脱胎而来的。明代还保存有直接反映压迫剥削的歌谣，如李开先《一笑散》记录的《夺泥燕口》：

夺泥燕口，削铁针头，刮金佛面细搜求，无中觅有。鹌鹑膆里寻豌豆，鹭丝腿下劈精肉，蚊子腹内刳脂油，亏老先生下手！

作品尖锐地讽刺了剥削者诛求无厌的本质和阴险狠毒的手段。又如《沅湘耆归集》记录的《一案牵十起》：

一案牵十起，一案飞十里。贫民供鞭棰，富有吸骨髓。案上一点墨，民间千点血。

文人使用俗曲创作散曲的作者很多，如朱权、刘效祖、赵南星、朱载堉、冯梦龙等。如赵南星〔时调·劈破玉〕：

俏冤家我咬你个牙厮对，平空里撞着你，引的我魂飞。无颠无倒，如痴如醉。往常时心似铁，到而今着了迷。舍死亡生只是为你。

这支小曲有明显的民间风味。

第九章　明代的诗文

明代诗文作家，流派很多，但没有出现和唐宋匹敌的大家。黄宗羲《明文案·序》说：

> 有明之文，莫盛于国初，再盛于嘉靖，三盛于崇祯……盖以一章一体论之，则有明未尝无韩、杜、欧、苏、遗山、牧庵、道园之文；若成就以名一家，则如韩、杜、欧、苏、遗山、牧庵、道园之家，有名固未尝有其一人也。

明代词不能与元代、清代比较，更无论宋代。清吴衡照《莲子居词话》说："明词无专家名家，一二才人，如杨用修、王元美、汤义仍辈，皆以传奇手为之，宜乎词之不振也。"

第一节　刘基、宋濂、高启

明初期作家大都亲身经历了元末明初的变动，作品内容比较充实，风格也颇多样。

刘基(1311—1375)，字伯温，谥文成，青田处州人。元末进士，历官高安丞、浙江儒学副提举、浙东元帅府都事、行枢密院经历、浙东行省郎中，后归青田山中。至正二十年(1360)受朱元璋征召，协助朱元璋建立明王朝，在政治、军事方面都有功绩，洪武三年授弘文馆学士，封诚意伯。后为胡惟庸所谮，忧愤而死；一说被胡惟庸毒死。著有《郁离子》《覆瓿集》《写情集》《犁眉公集》，后合编为《诚意伯文成公文集》。

刘基的作品多写于元代。他的散文富有形象性，往往穿插寓言故事，有讽刺意义。《卖柑者言》通过卖柑者和作者的对话，揭露和谴责元代官僚们欺世盗名的丑行：

> 今夫佩虎符，坐皋比者，恍恍乎干城之具也，果能授孙吴之略耶？峨大冠、拖长绅者，昂昂乎庙堂之顺也，果能建伊皋之业耶？盗起而不知御，民困而不知救，吏奸而不知禁，法斁而不知修，坐糜廪粟而不知耻？观其坐高堂、骑大马、醉醇醲而饫肥鲜者，孰不巍巍乎可畏、赫赫乎可象也？又何往而不金玉其外、败絮其中也哉！

刘基的《郁离子》是一部寓言体散文集，分十八章，共一百九十五篇。《瞽聩》章"楚有养狙以为生者"一篇，写狙公驱使群猴采果子供养自己，采不来就鞭打，最后群猴造反，逃入山林，借以讽刺统治者治民无道。他注意诗歌的教化作用，所创作的诗歌中有相当数量的讽谕诗，还有感慨人世沧桑，咏叹怀才不遇的篇章。诗歌形式多样，以乐府、古体诗为优。风格追逐杜、韩，沉着顿宕，如《梁甫吟》：

> 谁谓秋月明？蔽之往往由纤翳。谁谓江水清？淆之往往随沙泥。人情旦暮有翻覆，平地倏忽成山溪。君不见桓公相仲父，竖刁终乱齐。秦穆信逢孙，遂违百里奚。赤符天子明见万里外，乃以薏苡为文犀。停婚仆碑何震怒，青天白日生虹霓。明良际会有如此，而况童角不辨粟与稊。外间皇父中艳妻，马角突兀连牝鸡。以聪为聋狂作圣，颠倒衣裳行蒺藜。屈原怀沙子胥弃，魑魅叫啸风凄凄。梁甫吟，悲以凄。岐山竹实日稀少，凤凰憔悴将安栖？

宋濂(1310—1381)，字景濂，号潜溪。浦江(今属浙江)人，元至正九年(1349)有人荐他为翰林院编修，固辞不就，隐居小龙门山中。后与刘基一起受朱元璋征召，擢为江南等处儒学提举。洪武二年，诏征他与王祎为《元史》修撰总裁官。九年，拜翰林学士承旨、嘉议大夫、知制诰兼修国史。十年，致仕归乡里。十三年，以子事得罪连坐，特命居于茂州，行至夔州死。著作后编为《宋学士文集》。他专长散文，朱元璋称为“开国文臣之首”。他是一个理学家,主张古文与道学合而为一,他在《赠梁建中序》中说:“其文之明由其德之立;其德之立宏深而正大,则其见于言自然光明而俊伟,此上焉者之事也。”他从元末古文家黄溍学古文,他在《叶夷仲文集序》中说:“先师黄文献公(溍)尝有言曰:作文之法,以群经为根本,以迁、固二史为波澜。”所以他的文章,颇有波澜变化。从文学角度来看,宋濂的散文以传记文最为出色,如《秦士录》《王冕传》《李疑传》《杜环小传》《记李歌》等,都是比较著名的作品。《秦士录》写一个怀才不遇的奇士秦人邓弼,笔墨恣纵,人物有声有色,作品形容邓弼的眼睛,“双目有紫棱,开合闪闪如电”,写邓弼的才艺:

> 一日,独饮娼楼。萧、冯两书生过其下,急牵入共饮。两生素贱其人,力拒之,弼怒曰:“君终不我从,必杀君,亡命走山泽耳,不能忍君苦也!”两生不得已从之。弼自据中筵,指左右揖两生坐,呼酒啸歌以为乐。酒酣,解衣箕踞,拔刀置案上,铿然鸣。两生雅闻其酒狂,欲起走。弼止之,曰:“勿走也!弼亦粗知书,君何至相视如涕唾?今日非速君饮,欲少吐胸中不平气耳。四库书从君问,即不能答,当血是刃。”两生曰:“有是哉?”遽摘七经数十义叩之。弼历举传疏,不遗一言。复询历代史,上下三千年缅缅如贯珠。弼笑曰:“君等伏乎未也?”两生相顾惨沮,不敢再有问。弼索酒,被发跳叫,曰:“吾今日压倒老生矣!古者学在养气;今人一服儒衣,反奄奄欲绝,徒欲驰骋文墨,儿抚一世豪杰。此何可哉!此何可哉!君等休矣!”两生素负多才艺,闻弼言,大愧,下楼足不能成步,归,询其所与游,亦未尝见其挟册呻吟也。

作者通过邓弼的一番议论,使其豪爽奔放的个性跃然纸上。他的传记文注重通过具体的故事情节、对话,突出人物的性格,能给人较强的感染力。他的《送东阳马生序》以自己的学习经历,鼓励后辈刻苦学习,文章恳切委婉,也很有影响。

高启(1336—1374),字季迪,祖籍开封,随宋室南渡,居家山阴(今属浙江),元末战乱,卜居长洲(今江苏苏州)。自号青丘子。洪武二年召入修《元史》,授翰林院编修,升户部右侍郎,坚辞不就,归隐青丘。苏州刺史魏观在张士诚原官署的基础上改修府治,高启为其撰写《上梁文》,有“龙蟠虎踞”四字,被腰斩于南京。著有诗集《缶鸣集》,文集《凫藻集》,词集《扣弦集》。后人刻有《高太史大全集》《青丘高季迪先生诗集》。

高启对诗歌的看法与理学家不同,他强调诗歌的格调、情感、旨趣,力图摆脱理学家对诗歌的束缚,着力向古代诗人学习。他模仿古调,但能兼师众长,而且富有才情,能达到“自有精神意象存乎其间”(《四库总目提要》)的境地,是元末明初著名诗人。高启诗中最能表现其艺术特色的是歌行体和七言律诗。《登金陵雨花台望大江》一诗,怀古而不伤感:

> 大江来从万山中,山势尽与江流东。钟山如龙独西上,欲破巨浪乘长风。江山相雄不相让,形胜争夸天下壮。秦皇空此瘗黄金,佳气葱葱至今王。我怀郁塞何由开?酒酣走上城南台。坐觉苍茫万古意,远自荒烟落日之中来。石头城下涛声怒,武骑千群谁敢渡?黄旗入洛竟何详?铁锁横江未为固。前三国,后六朝,草生宫阙何萧萧!英雄来时务割据,几度战血流寒潮。我今幸逢圣人起南国,祸乱初平事休息。从今四海永为家,不用长江限南北。

诗歌四句一转韵,一转一层境界。从金陵的形势开篇,追溯它的历史,直到为国家的统一而欣喜,充满了爱国的激情。气势豪放近于李白,用典不多,语言流畅而有韵味。《明皇秉烛夜游图》,写宫廷歌舞游宴之乐,又抒发无限的感慨,色彩绚丽,笔力奔放。七言律诗,也和李白诗风相近。如《清明馆中呈诸公》的名句“白下有山皆绕廓,清明无客不思家”,笔势洒脱自然。他的乐府诗,如《田家行》《打麦词》《采茶词》《养蚕词》《里巫行》等,反映了农村生活,有一定的现实内容,还是很好的风俗画。他的写景诗有高度的概括力,有意境,能启发读者的想象力,如《龙门》:“山分两崖青,天豁一罅白。”《初夏江村》:“水满乳凫翻藕叶,风疏飞燕拂桐花。”《秋日江居写怀》之二:“千里断云随雁鹜,半村残照送牛羊。”

吴中由元入明诗人,与高启齐名的还有杨基、张羽、徐贲,号为四杰。杨基(1326—1378),字孟载,号眉庵,祖籍嘉州,家于吴县(今属江苏)。曾为张士诚记室,入明官至山西按察使,后被谗免官,供役死于工所。著有《眉庵集》。张羽(1333—1385),字来仪,浔阳(今属江西)人。从父宦江浙,居吴兴。元时为安定书院山长。入明官太常寺丞,坐事谪岭南,未至,召还,自沉于龙江。著有《静居集》。徐贲(1335—1380),字幼文,号北郭生,其先蜀人,徙常州,再徙平江(今属江苏)。入明官至河南布政,以犒军不时,下狱死。著有《北郭集》。杨基近体诗佳者,亦自清俊流逸;张羽歌行,笔力雄放,音节谐畅;徐贲才气不及高、杨、张,而法律谨严,字句熨帖。上述诸作家均死于朱元璋的繁刑。由元入明作家过后,文坛沉寂也是可以想知的了。

明初期福清诗人林鸿,与闽县周元、郑定,侯官黄元、王褒、唐泰,长乐高棅、王恭、陈亮,永福王偁,被称为“闽中十才子”。林鸿,倡以盛唐诗风。高棅所选的《唐诗品汇》确定唐代初、盛、中、晚的分期,尤主盛唐,对后世影响颇大。

永乐至天顺年间,出现了以“台阁重臣”杨士奇、杨荣、杨溥等“三杨”为代表的台阁体。杨士奇(1365—1444),名寓,字士奇,号东里,泰和(今属江西)人。建文初,召入翰林。永乐十五年,进翰林学士。洪熙元年(1425)授礼部侍郎兼华盖殿大学士。杨荣(1371—1440),字勉仁,建安(今属福建建瓯)人。建文二年(1400)进士。永乐十四年进翰林学士,十八年进文渊阁大学士。洪熙元年为工部尚书。宣德中加少傅。杨溥(1372—1446),字弘济,石首(今属湖北石首)人。建文二年进士。洪熙元年擢翰林学士,掌弘文阁事。正统中进少保,武英殿大学士。“三杨”统治十五世纪前半叶文坛,追求平正肤廓、雍容典雅的风格。茅盾《夜读偶记》说:“所谓‘台阁体’说得‘雅’一点,是雍容典雅,说得不客气,就是‘今天天气,哈哈哈’。这种以阿谀粉饰为主题,以不痛不痒,平正肤廓为风格的文学,在那时,不但是文人们明哲保身的法宝,也不失为夤缘求进的阶梯。”

第二节　茶陵诗派与前七子

李东阳祖籍茶陵(今属湖南),以他为首的诗派称茶陵诗派。李东阳(1447—1516),字宾之,号西涯。生于北京。天顺七年(1463)进士,选应吉士,任职翰林院,循升至礼部右侍郎兼侍读学士。弘治七年入阁,次年参与机务,历任礼部、户部、吏部尚书,文渊阁、谨身阁、华盖殿大学士。正德八年(1513)致仕。著有《怀麓堂集》。他也是以宰臣领袖诗坛。但较台阁体注重诗歌本身的问题,不再处处考虑“祖法国是”,认为“诗贵意”,提倡学古,以汉唐为师。他的诗文理论,开前后七子句摹字窃、矜才使气的风气。

弘治、正德时的“前七子”(李梦阳、何景明、徐祯卿、边贡、王廷相、康海、王九思),发起复古运动,主张“文必秦汉,诗必盛唐”。他们在反对“台阁体”的文风,起了一定的作用。这些作家在刘瑾、严嵩把持朝政的时候,都是敢于和大贵族、大官僚、大宦官进行斗争的人物。但他们在诗文创作上主张模拟古人,终于不免陷入另一种形式主义。

李梦阳(1473—1530),字献吉,号空同子,原籍甘肃庆阳,父官周王府教授,移居开封(今属河南)。著有《空同先生全集》。他一生多次因抗击势要下狱。袁袠《空同集序》说他“傲睨一世,以是得奇祸坎壈终身”。在文学上,李梦阳论文推重秦汉,认为“西京之后,作者勿论矣”(《空同子论学上篇》);论诗古体宗汉魏,近体宗盛唐,而七古兼及初唐。他倡导复古是为了廓清“台阁体”的流弊。他的诗论,注意到诗歌的艺术特点。他在《梅月先生诗序》中说:“故遇者物也,动者情也,情动则会,心会则契,神契则音,所以随寓而发者。”对诗歌的艺术表现,他提出“比兴错杂,假物以神变”(《缶音序》),注意外界事物与诗人心神的契合感发,以及形象化的表现手法。他的一些诗歌反映了社会现实,抒发了政治感慨。《石将军战场歌》歌颂在抗击瓦剌的北京保卫战中立下战功的石亨将军;《玄明宫行》揭露刘瑾穷奢极欲的罪恶;《秋望》直接表达了爱国感情:都有一定现实意义。他的《上孝宗皇帝书稿》,陈述时弊,语词激烈。《四库全书总目提要》说:“成化以后,安享太平,多台阁雍容之作。愈久愈弊,陈陈相因。梦阳振起痺痿,使天下复知有古书,不可谓之无功。而盛气矜心,矫枉过直。平心而论,其诗才力富健,实足以笼罩一时,而古体必汉魏,近体必盛唐,句拟字摹,食古不化,亦往往有之。”

何景明(1483—1521),字仲默,号大复山人,信阳(今属河南)人。著有《大复集》。他在政治上反对宦官专政,并和李梦阳一样遭受打击。在文学复古的总倾向上,和李梦阳相同。但他们在学古与创新的关系方面却存在着分歧。他在《与李空同论诗书》中说:

> 仆观尧、舜、周、孔、子思、孟子之书,皆不相沿袭,而相发明,是故德日新而道广,此实圣圣传授之心也。后世俗儒,专守训诂,执其一说,终身弗解,相传之意背矣。今为诗不推类极变,开其未发,泯其拟议之迹,以成神圣之功;徒叙其已陈,修饰成文,稍离旧本,便自杌棿。如小儿倚物能行,独趋颠扑。虽由此即曹、刘,即阮、陆,即李、杜,且何以益于道化也?

他明确指出古之圣贤大家,都是不相沿袭,而是相发明,不是句句模拟,尺寸不移,而是“推类极变,开其未发”,只有发展创新,才是最好的继承。这表现了他在复古中力倡变革的创造精神。他主张艺术创作要重视才情,注意发挥艺术想象,使创作具有独特的艺术风格。他还强调诗歌创作应是作者真情的抒发,肯定民歌的情真。这与李梦阳晚年所写《诗集自序》中,认为人民群众中存在着“真诗”的观点是一致的。从何景明现存诗歌看,其中有相当数量作品具有一定的现实内容,表现了他关心时事的政治态度。如《玄明宫行》《岁晏行》《城南妇行》《官仓行》等，都在一定程度上触及了当时的社会矛盾，表现了诗人对人民疾苦的同情。他的诗歌不仅表现出忧愤时事的精神，而且敢于直言，不畏权势，真实地抒写了诗人的情志。《怀李献吉》二首之二：

> 冠盖京华地，斯人独可哀。神龙在泥淖，朱凤日摧颓。世路无知己，乾坤孰爱才。梁园别业在，何日见归来。

作品对横遭迫害的李梦阳表示同情，也抒发了自己的愤愤不平之气。又《病马六首》其三：

> 从来西域种，会是渥洼生。不惜千金买，宁辞万里行。天寒思故道，岁晚滞空城。牵向闲阶下，长鸣意不平。

这里隐喻着作者渴望报国的热情，以及这种热情在现实中不能发挥的郁郁之情。又如《落花叹》：

> 君不见树上花，东风吹始开。东风吹开更吹落，世间有乐宁无哀。汝南何生未三十，头发未白心已灰。见此落花三叹息，东风吹去何时来。

诗人以落花自喻，表现了诗人落寞的心情。何景明的诗歌形式多样，富有才情，具有创作个性。

在复古运动盛行之际，吴中祝允明（1461—1527）、文徵明（1470—1559）、唐寅（1470—1523），不拘成法，不依门户，呈现出绝俗才气、浪漫狂放的诗风。如唐寅《花下酌酒歌》：

> 九十春光一掷梭，花前酌酒唱高歌：枝上花开能几日？世上人生能几何？昨朝花胜今朝好，今朝花落成秋草。花前人是去年身，去年人比今年老。今日花开又一枝，明日来看知是谁？明年今日花开否？今日明年谁得知？天时不测多风雨，人事难量多龃龉。无时人事两不齐，莫把春光付流水。好花难种不长开，少年易老不重来。人生不向花前醉，花笑人生也是呆。

这首诗不仅让我们想到李白,想到何景明的《落花叹》,也会联想到《红楼梦》中的葬花词。

第三节　后七子与唐宋派

嘉靖、万历时的“后七子”(李攀龙、王世贞、谢榛、宗臣、梁有誉、徐中行、吴国伦),继前七子之后,再次掀起复古运动高潮。李攀龙(1514—1570),字于鳞,号沧溟,历城(今山东济南历城区)人,著有《沧溟集》。他是“后七子”领袖之一,强调“文自西京,诗自天宝而下,俱无足观”。他的诗文过于模拟,散文无甚佳作,诗歌以七律和七绝较优。《送明卿之江西》是因吴国伦忤严嵩被贬官江西时的送别之作,《挽王中丞》是王抒因严嵩构陷被杀时写的挽诗,都表露了作者的真实感情。又如《杪秋登太华山绝顶》四首之二:

> 缥缈真探白帝宫,三峰此日为谁雄。苍龙半挂秦川雨,石马长嘶汉苑风。地敞中原秋色尽,天开万里夕阳空。平生突兀看人意,容尔深知造化功。

诗的意境较开阔,较富才情。李攀龙之后,王世贞独主文坛二十年,影响更大。

王世贞(1526—1590),字元美,号凤洲,又号弇州山人,太仓(今属江苏)人。著有《弇州山人四部稿》《弇州山人续稿》。他主张复古,但不偏狭,而且他的文学思想也逐渐有些变化。他认为诗是“心之精神发而声者也”,还将作者的才思与作品的格调联系起来,说“才生思,思生调,调生格”。他还认为“代不能废人,人不能废篇”,所以对宋元以后作品也不一概否定。他的诗歌长于古乐府,有不少感时伤世的政治诗,如《钦鸡行》,可能是讽刺严嵩的作品。五律《登太白楼》:

> 昔闻李供奉,长啸独登楼。此地一垂顾,高名百代留。白云海色曙,明月天门秋。欲觅重来者,潺湲济水流。

这首诗是王世贞登山东济宁太白楼所作,天空海阔,气势豪迈,作者表现了与太白精神相接的自我意识。“后七子”中的谢榛(1495—1575),字茂秦,临清(今属山东)人。他本是“后七子”初期的代表人物,最早提出论诗的系统主张。钱谦益《列朝诗集》说:“当七子结社之始,尚论有唐诸家,茫无适从。茂秦曰:‘选李杜十四家之最佳者,熟读之以夺神气,歌咏之以求声调,玩味之以裒精华,得此三要则造乎浑沦,不必塑谪仙而画少陵也。’诸人心师其言,厥后虽争摈茂秦,其称诗之指要,实自茂秦发之。”后为李攀龙所排斥。他在理论上提出“文随世变”“有意于古,而终非古也”,比李攀龙更有新意。他的诗歌也较有真情实感。宗臣(1525—1560),字子相,兴化(今属江苏)人。在“后七子”中,他的散文成就较高。他的《报刘一丈书》,揭露了封建社会官场的丑态,文章写得有声有色,语言自然横放。

嘉靖间,反对前后“七子”的拟古主义,主张文章学习唐宋古文作家的王慎中、唐顺之、茅坤、归有光等,被称为“唐宋派”。王慎中(1509—1559),字思道,晋江(今属福建)人。著有《遵岩先生集》。他说:“学六经史汉最得旨趣根源者,莫如韩、欧、曾、苏诸名家。”(《寄道原弟书九》)推重韩愈、欧阳修、曾巩、苏轼等人的散文。唐顺之(1507—1560),字应德,一字义修,武进(今江苏常州武进区)人。著有《荆川先生文集》。他所选的《文编》除《左传》《国语》《史记》外,还选了韩、柳、欧、苏、曾的古文。他与王慎中齐名,主要活动于嘉靖初年,“后七子”起来之前。茅坤(1512—1601),字顺甫,别号鹿门,归安(今属浙江吴兴)人。著有《白华楼藏稿》等。他编选的《八大家文钞》,影响很大。

归有光的文学成就更高。归有光(1507—1571),字熙甫,昆山(今属江苏)人。嘉靖四十四年进士,官长兴知县。著有《震川先生集》。他在《项思尧文集序》中说:

> 盖今世之所谓文者,难言矣。未始为古人之学,而苟得一二妄庸人,为之巨子,争附和之,以诋排前人。韩文公云:“李杜文章

在，光焰万丈长，不知群儿愚，那用故谤伤，蚍蜉撼大树，可笑不自量。”文章至于宋、元诸名家，其力足以追数千载之上而与之颉颃，而世直以蚍蜉撼之，可悲也。无乃一二妄庸人为之巨子，以倡导之欤？

这是直接批评“后七子”领袖王世贞的话。他的文章感情真挚，通俗畅达，如《项脊轩志》。这是记叙他的书斋“项脊轩”的一篇散文。文章不仅写书斋营建的过程，而且描述了家庭生活的变化。所写虽然是细碎的事情，却充满生活情趣，正如明代王锡爵所说：“无意于感人，而欢愉惨恻之思，溢于语言之外。”文章第一段记“项脊轩”的修葺和轩内外景物：

项脊轩，旧南阁子也。室仅方丈，可容一人居。百年老屋，尘泥渗漉，雨泽下注，每移案，顾视无可置者。又北向，不能得日，日过午已昏。余稍为修葺，使不上漏。前辟四窗，垣墙周庭，以当南日。日影反照，室始洞然。又杂植兰桂竹木于庭，旧时栏楯，亦遂增胜。借书满架，偃仰啸歌，冥然兀坐，万籁有声，而庭阶寂寂，小鸟时来啄食，人至不去。三五之夜，明月半墙，桂影斑驳，风移影动，珊珊可爱。然予居于此，多可喜，亦多可悲。

作者先细致地描绘自己将“百年老屋”改造成一个可爱的读书环境，接着记叙了这间书斋所系“可喜”“可悲”的事，如写妻子：

后五年，吾妻来归，时至轩中，从吾问古事，或凭几学书。吾妻归宁，述诸小妹语曰：“闻姊家有阁子，且何谓阁子也？”其后六年，吾妻死，室坏不修。其后二年，余久卧病无聊，乃使人复葺南阁子，其制稍异于前。然自后，余多在外，不常居。庭有枇杷树，吾妻死之年所手植也，今已亭亭如盖矣！

写出了夫妻间的亲密感情和对妻子的深挚怀念。《寒花葬志》《先妣事略》也是叙事抒情散文，虽都写平常事件，却无不独具韵味。

第四节　公安派和竟陵派

嘉靖万历时期，杰出的思想家李贽，在文学方面的活动对文坛也有较大影响。李贽（1527—1602），字宏甫，号卓吾，泉州晋江（今属福建）人。他发表了《童心说》等文，认为“天下之至文，未有不出于童心焉者也”。“童心”就是真心。他反对复古，提出：“诗何必古选，文何必先秦，降而为六朝，变而为近体，又变而为传奇，变而为院本，为杂剧，为《西厢记》，为《水浒传》，不可得而时势先后论也。”他还大力提倡通俗文学，评点过《三国志通俗演义》《水浒传》《琵琶记》《幽闺记》等，是明代重要的文艺理论家。

万历时，“公安派”提出“性灵说”，继续反对前后“七子”的拟古主义。其代表人物是湖北公安的袁氏三兄弟，所以称“公安派”。袁宗道（1560—1600），字伯修。他反对王、李的学古，推重唐代的白居易、宋代的苏轼，所以他的斋号“白苏”。著有《白苏斋集》。袁宏道（1568—1610），字中郎，号石公。著有《袁中郎全集》。袁中道（1570—1623），字小修，著有《珂雪斋集》。袁宏道是“公安派”的主将。“公安派”的文学理论最重要的就是把文学创作看作性灵的表现，即“性灵说”。袁宏道在《叙小修诗》中赞其弟袁中道的诗文说：

> 大都独抒性灵，不拘格套，非从自己胸臆流出，不肯下笔。有时情与境会，顷刻千言，如水东注，令人夺魂。其间有佳处，亦有疵处，佳处自不必言，即疵处亦多本色独造语。然余则极喜其疵处，而所谓佳者，尚不能不以粉饰蹈袭为恨，以为未能尽脱近代文人气习故也。盖诗文至近代而卑极矣，文则必欲准于秦汉，诗则必欲准于盛唐，剿袭模拟，影响步趋，见人有一语不相肖者，则共指以为野狐外道。曾不知文准秦汉矣，秦汉人曷尝字字学六经欤！诗准盛唐矣，盛唐人曷尝字字学汉魏欤！秦汉而学六经，岂复有秦汉之文？盛唐而学汉魏，岂复有盛唐之诗？唯夫代有升降，而法不相

沿，各极其变，各穷其趣，所以可贵，原不可以优劣论也。

“性灵说”有力地批判了复古主义的理论。文章凭自己的“性灵”，就会具有互不相同的“真面目”，自然可以从模拟中走出来，并具有反对假道学的意义。他们认为文学是随着时代变化而变化的。袁宗道说：“夫时有古今，语言亦有古今。今人所诧谓奇字奥句，安知非古之街谈巷语耶。”（《论文上》）袁中道说：“天下无百年不变之文章。”（《花云赋引》）袁宏道说：“世道既变，文亦因之。今之不必摹古者也，亦势也。”（《袁中郎尺牍·江进之》）他们对民间俗谣、小说、戏曲也很重视。

他们的创作成就主要在散文，特别是一些游记、尺牍、随笔等小品文，更体现了他们的创作主张，独抒性灵，信口而言，自然流利，清新洁净，是具有革新意义和自己艺术特点的作品，对我国散文的发展做出了一定的贡献。袁宏道的七十多篇游记，是柳宗元之后，游记文学出现的新面貌。《满井游记》是一篇名作，作品描写燕地春寒的情况，为下段写满井的春意做铺垫，更衬托出满井的景物的动人。满井在东直门外，《帝京景物略》说：“井高于地，泉高于井，四时不落。”作品写满井景物：

于时冰皮始解，波色乍明，鳞浪层层，清澈见底，晶晶然如镜之新开而冷光乍出于匣也。山峦为晴雪所洗，娟然如拭，鲜妍明媚，如倩女之靧面而髻鬟之始掠也。柳条将舒未舒，柔梢披风，麦田浅鬣寸许。

先写水，次写山，再写柳条、麦田。水面刚刚解冻，山峦刚刚为融雪所洗，柳条刚刚出现嫩芽，也已变柔，麦苗像短马鬃一样，表现了强大的生命力，显露出新的面貌。接着写游人、生物：

游人虽未盛，泉而茗者，罍而歌者，红装而蹇者，亦时时有。风力虽尚劲，然徒步则汗出浃背。凡曝沙之鸟，呷浪之鳞，悠然自得，毛羽鳞鬣之间，皆有喜气。始知郊田之外，未始无春，而城居者未之知也。

文章通过人的活动和生物的喜气,写出盎然的春意,无处不流露作者的情致。作品描写初春的景色,游人的心境,情与景会,颇有神韵,文笔自然明快,清丽秀美。《晚游六桥待月记》写西湖景致,作家个性呼之欲出,趣味盎然。《观第五泄记》记叙瀑布的景观。作品不仅从远、近不同角度,直接写景致的奇异,而且通过人物的感受来写,更有着强烈的感染力量。

"公安派"之后,值得注意的文学派别还有"竟陵派"。其代表人物有钟惺(1574—1642)和谭元春(1586—1637),他们都是竟陵(今属湖北)人。他们的主张与"公安派"近似,但他们强调从古人诗中求性灵,竟欲在诗文中开眼界,这便流入诡怪的僻路。钟惺和谭元春评选唐人之诗为《唐诗归》,又评选隋以前诗为《古诗归》,产生较大影响。钟惺在《诗归序》中说:"真诗者,精神所为也。察其幽情单绪,孤行静寄于喧杂之中;而乃以虚怀定力,独往冥游于寥廓之外。"这就形成了他们"幽深孤峭"的艺术风格。

第五节　明末的诗文作家

明末,文社很多,其中以复社最著名。它以复兴古学、务为有用号召。在政治上,自认为是东林党的继起者,坚持和阉党斗争。张溥(1602—1641),字天如,号西铭,太仓(今属江苏)人。著有《七录斋集》。他编有《汉魏六朝一百三家集》,影响较大。他写有不少抨击时政的文章,流传的文章以《五人墓碑记》最著名。此外,还有"几社","几者,绝学有兴之几,而得知几其神之义也"。代表人物有陈子龙。陈子龙(1608—1647),字卧子,松江华亭(今属上海)人。著有《陈忠裕公全集》,曾和李舒章、宋徵舆编过《明诗选》。他以诗得名,尤以七律最有特色。明亡前夕所作《辽事杂诗》八首,流露了他对救国无人的忧虑;明亡后所作《秋日杂感》十首,表现了怀念故国的悲痛,如其四:

行吟坐啸独悲秋,海雾江云引暮愁。不信有天常似醉,最怜无

> 地可埋忧。荒荒葵井多新鬼,寂寂瓜田识故侯。见说五湖供饮马,沧浪何处着渔舟。

雄浑苍凉,慷慨悲壮。

夏完淳(1631—1647),字存古,松江华亭(今属上海)人。著作有《夏完淳集》。他是陈子龙的学生,十四岁参加抗清活动,十六岁被杀,是一个少年爱国英雄。诗文均悲壮动人。《狱中上母书》是临刑前写给他生母和嫡母的信,文字血泪交萦,表现了视死如归的战斗精神。《细林夜哭》是哀悼他的老师陈子龙而作的,叙述了他们师生的情谊和抗清失败共同赴难的壮烈情景。

明末融合“公安”“竟陵”的优长而较著名的作家有张岱。张岱(1597—1679),字宗子,又字石公,号陶庵,山阴(今浙江绍兴)人。著有《陶庵梦忆》《琅嬛文集》和《西湖寻梦》等。他的小品散文写得很成功。《西湖七月半》记游人情态、社会风尚,生动逼真。《湖心亭看雪》记西湖雪景:

> 大雪三日,湖中人鸟声俱绝。是日更定矣,余拿一小舟,拥毳衣炉火,独往湖心亭看雪。雾凇沆砀,天与云与山与水,上下一白。湖上影子,惟长堤一痕,湖心亭一点,与余舟一芥,舟中人两三粒而已。

这一段文字,文笔简净,虚实相谐,富于情韵,是一幅颇具特色的风景画。

明末的作家还有瞿式耜(1590—1650)和张煌言(1620—1664)等。张煌言,字玄著,号苍水,鄞县(今属浙江)人,著有《张忠烈公集》。他的诗文朴质悲壮。《奇零草序》是他的诗集《奇零草》的序文,文章记叙了自己的战斗历程和编集经过,表现了爱国的情志。

清代文学

绪　说

明神宗万历四十四年，女真统治者努尔哈赤建立了大金（史称后金）王朝。皇太极崇德元年（1636）改国号为清。明崇祯十七年，福临即位，时李自成攻入北京，明朝灭亡，清兵乘机入关，取得了中央政权。这是清王朝作为中央王朝的开始。至宣统三年（1911）辛亥革命推翻了清政府为止，清王朝共统治二百六十余年。清代文学可分三期：清初，指顺治、康熙、雍正时期（1644—1735）；清中叶，指乾隆、嘉庆时期（1736—1820）；清晚期，指道光至宣统时期（1821—1911）。

清朝定都北京时，全国尚未统一，在西南地区和东南沿海一带尚存在抗清斗争。直到康熙三年（1664），郑成功的孙子郑克塽战败投降，清朝才最后统一全国。

清朝继承发展中央集权制度，并使之更加完备与强化。清朝原最高政治机构是"议政王大臣会议"，也称"国议"，由满洲贵族组成，凡军国大事均由这些议政王大臣协议。康熙时削弱"国议"权势，在宫内设"南书房"，雍正时设"军机处"，由皇帝亲选满汉大臣组成，进一步加强皇帝的权力，"国议"已成空名。皇帝并收缴诸王贵族的传统权力，直接掌握八旗军。最后，一切重大问题都由皇帝裁决，形成了极端专制的君主统治。康熙、雍正、乾隆三朝，连续向边疆各地用兵，逐步建立起一个国势强大的统一的国家。

康熙、雍正时期是经济上恢复发展的时期，清统治者采取了一系列恢复发展经济的措施，农业、手工业、商业逐步发展起来。康熙五十一年，公布的永不加赋、地丁合一的办法是明代一条鞭法的继续和发展，国家对农民的人身束缚削弱。乾隆时期,经济文化发展到顶点。全国垦田面积总额,嘉庆十七年(1812)的数字,是顺治时的百分之一百五十。伴随着农业生产的发展和适应贵族、大地主、大商人享乐生活的需要,城市工商业也活跃起来,呈现出繁荣景象。当时窑业、印刷业、制盐业、纺织业、矿业等的规模和水平已相当可观。在这个过程中,东南沿海一带商品经济又发展起来。这时期官行、地主聚集了巨额的财富。土地愈集中,农民愈贫困。乾隆后期,政治日趋腐败,统治集团生活奢靡,阶级矛盾日益激化。乾隆末年和嘉庆时,接连爆发大规模人民起义,如白莲教起义,历时九年,地区包括川、陕、楚、豫、甘五省;苗民起义,延续达十二年之久;天理教影响也颇大。这些战争打击了清朝统治阶级,同时加深了统治阶级的内部矛盾。道光年间,英国殖民势力的鸦片走私活动频繁,使得白银大量外流,造成财源枯竭。道光二十年(1840)发生了中英鸦片战争,中国和世界关系发生了变化。列强不断入侵,中国面临被瓜分的危险,清朝统治者不能救国,而腐朽势力却仍倒行逆施,加速了清王朝的衰败。

这一历史时期,是革命和战争的年代。鸦片战争、太平天国运动、中法战争、中日战争、戊戌变法、义和团运动、辛亥革命,都表现了中国人民不甘屈服于帝国主义及其走狗的顽强的反抗精神。

清初文人社集很盛,由于刚刚经历了明王朝覆灭的重大变动,不少文人在诗歌中寄托了故国之思。清统治者不断颁布禁止结社的命令。康熙、雍正、乾隆三朝,又大兴文字狱。前后见于记载的就有七八十起。康熙二年的“明史案”,除庄廷鑨先死,“焚其骨”外,所杀七十多人,受株连的近二百人。戴名世《南山集》之狱,死者百余人,流放者数百人。清统治者在施行高压的同时,又进行笼络。清代仍按明代旧制,采用八股取士,并扩充了取录名额。康熙十七年,又开设博学宏词科,用以罗致“名士”,取录者授以翰林院的官职。此外,又有“经济特科”“孝廉方正科”等。乾隆三十八年(1773)开“四库全书馆”征集天下遗书,搜罗了大批人才。在编书过程中销毁、抽毁和篡改的图书也有相当数量。

《四库全书》分为经、史、子、集四类，共收书三千五百零三种，七万九千三百三十七卷，是我国最大的一部丛书。从另一方面说，它也为我国保存了大量的珍贵文献，有一定贡献。康熙、雍正时曾编辑了《古今图书集成》一万卷，是继《永乐大典》之后的又一部大类书。此外，还编纂了《皇朝通志》《大清会典》等书。

清代思想领域统治严密，民主主义进步思想在斗争中有新的发展。清初进步思想家顾炎武（1613—1682）、黄宗羲（1610—1695）、王夫之（1619—1692）等，亲眼看到明末社会的黑暗腐朽，又直接参加过抗清的斗争，所以能切中时弊地批判中央集权社会。黄宗羲在《明夷待访录》中说："古者以天下为主，君为客，凡君之所毕世而经营者，为天下也；今也以君为主，天下为客，凡天下之无地而得安宁者，为君也。"并认为："天下之治乱，不在一姓之兴亡，而在万民之忧乐。"唐甄（1630—1704）在《潜书》中更提出："自秦以来，凡为帝王者皆贼也。"他们反对明末王学的空谈心性，提出"舍经学无理学"的主张，企图通过经史的研究达到唤醒人心的目的。顾炎武提出"文须有益于天下"（《日知录》）的主张。但后来乾嘉学派在文禁森严的条件下，逐渐放弃了顾炎武等清初学者的治学精神，走上为考据而考据的道路。乾嘉学派可分为吴派和皖派。吴派以惠栋（1697—1758）为代表，他著有《古文尚书考》《九经古义》《周易述》等，他们的学风是"博学""好古"；皖派以戴震（1723—1777）为代表，他曾参加《四库全书》的编辑工作，著有《孟子字义疏证》等。他比较关心现实，对程朱理学进行了尖锐的批判。他在《与某书》中说：

> 后儒不知情之至于纤微无憾，是谓理；而其所谓理者，同于酷吏之所谓法。酷吏以法杀人，后儒以理杀人，浸浸乎舍法而论理，死矣！更无救矣！

这些思想，都带有明显的初期民主主义的色彩。

晚期，在文化思想上，是激烈动荡、迅速变化的时代。今文学派在清中叶产生，到了晚清时期影响很大。从龚自珍、魏源，到王闿运、廖平、康有为、梁启超，成为支配晚清思想界的潮流。清代中西文化的接触，欧风东渐是一个长过程。由于知识分子认识到社会危机，才唤起了对西方文化的需求，直至中日甲午(1895)战争以后才形成大的潮流。制度层面的改革，随康梁维新和孙中山国民革命而展开，思想文化才有了广泛的传播。

清代文学样式繁多，具有自己的特点。明代小说主要是文人在世代累积性作品的基础上进行再创作。清代小说则是有意创作，对社会作了更深入的剖析，艺术表现形式和手法，更具有新的特色。文言小说数量很多，蒲松龄的《聊斋志异》是我国文言小说的典范。吴敬梓的《儒林外史》对文人的仕进道路和价值观念进行反思和批判，暴露自己所属人群的虚伪，构成讽刺效果。曹雪芹的《红楼梦》无论思想性和艺术性都取得了前所未有的成就。《儒林外史》《红楼梦》的出现，使小说创作得到了突出发展，登上高峰。十九世纪初叶，出现了李汝珍的《镜花缘》。此外还有英雄传奇小说、历史小说、才子佳人小说。这些作品，在小说史的发展上也占有一定的地位。晚清狭邪小说、侠义小说十分流行。随着梁启超等提倡小说为改良社会服务，产生了一批谴责小说，从不同立场对社会的黑暗进行暴露和谴责。

戏曲方面，明末清初苏州派作家对戏曲的创作和演出都产生了很大影响。南洪(洪昇)北孔(孔尚任)是著名一时的传奇作家，他们分别创作的《长生殿》《桃花扇》都是传奇中传世的作品。但杂剧传奇在清初以后，亦趋衰落。乾隆时期的《吟风阁杂剧》和《雷峰塔》传奇成就较高。地方戏则日益发展。曲艺有弹词、鼓词、子弟书等。晚清京剧日益成为影响力最大的剧种。京剧和主要地方戏都有明显的改良活动，话剧也出现在舞台上。

清代诗、文、词出现了众多有影响的流派，取得相当成就。诗歌方面，有王士禛的“神韵派”、查慎行的“宋诗派”、沈德潜的“格调派”、翁方纲的“肌理派”;词方面,有朱彝尊的“浙西词派”和张惠言的“常州词派”;散文方面,“桐城派”影响最大,恽敬的“阳湖派”是其旁支。骈文也颇流行,作者以汪中最有名。诗话、词话、文论、曲话等理论著作,也很丰富。

晚清,桐城派、宋诗运动颇有影响。中日战争以后,资产阶级改良派打出“诗界革命”的旗号,实际上就是诗歌改良运动。黄遵宪是这时期具有代表性的大诗人。他的诗歌反映了中日战争以及其后的许多重大历史事件。散文产生了梁启超“务为平易畅达的新文体”,并由陈荣衮、裘廷梁等提出语文合一的文体改革的主张,要求“崇白话而废文言”。此外,翻译文学也有很大发展。

从文学的发展演变过程来说,晚清文学的变化,不同于历史上各阶段、各朝代的变化,而是一种文学体系向另一种文学体系的演变过程。在这一演变过程中,它有许多不成熟的表现,有人把它比作“一只还没有变成蝴蝶的毛毛虫”,但是这是中国古代文学到现代新文学演变的重要阶段,具有重要的意义。文学形式的变革和提倡白话文的要求都已出现。这时期文学形式变化的总趋势是向着通俗和多样化的方向发展。

第一章 《聊斋志异》

第一节 蒲松龄的生平

蒲松龄(1640—1715),字留仙,别号柳泉,淄川(今山东淄博市)人。淄川蒲姓系出元代般阳路总管蒲鲁浑及蒲居仁。般阳路,置淄川。蒲鲁浑可能是蒙古族名氏的汉译音,而且淄川有很多蒙古族人,所以,一说蒲松龄是蒙古族。此外,尚有色目人、女真人之说。蒲氏后裔,认同汉族。他的童年正处于明清交替的时期,经历了动乱和饥荒。顺治十五年(1658)参加县、府、道考试,中秀才,受到试官、诗人施闰章的称赞。但以后屡试不中。三十一岁时,曾在江苏宝应县当了一年幕宾,宝应地近淮河流域,他得以游历许多地方,对他以后的创作有明显的影响。第二年辞幕回乡,大约四十一岁时到毕际有家教蒙馆,"自是之后,每岁设帐于缙绅先生家"(《柳泉公行述》),达三十年之久。蒲松龄不断应试,至五十岁后才停止参加,七十一岁,援例出贡,辞馆家居。他在〔大江东去〕《寄王如水》词中说:

> 天孙老矣,颠倒了几多杰士,蕊宫榜放,直教那抱玉卞和哭死!病鲤暴腮,飞鸿铩羽,同钓寒江水。见时相对,将从何处说起?
> 每每顾影自悲,可怜肮脏骨销磨如此!糊眼冬烘鬼梦时,憎命文章难恃。数卷残书,半窗寒烛,冷落荒斋里。未能免俗,亦云聊复尔尔。

这首词正是他晚年生活和心境的真实写照。由于作者社会地位较低下以及长期考场失意，所以能接触到下层民众，对社会的黑暗现实有所认识。他在《与韩刺史樾依书》中说："弟素不达时务，惟思世无知己，则顿足欲骂，感于民情，则怆恻欲泣，利与害非所计也。"从中我们可以了解到他对人民疾苦的同情和内心的愤懑。然而蒲松龄的思想比较复杂，他同情人民疾苦，不满现实，但对最高统治者存有幻想；他讽刺科举制度，又始终不忘追求功名；他有无神论的思想，却存有宿命论观点；他赞扬"真情"，爱情自由，又宣扬一夫多妻，提倡妇女忍辱顺从。

蒲松龄的著作很多，除小说、俗曲、辞赋以外，有《聊斋文集》四卷，《聊斋诗集》六卷。但成就最高的还是文言短篇小说《聊斋志异》。

蒲松龄可能从在江苏宝应县任幕宾时就开始写作《聊斋志异》，前后用了四十年，共写成四百九十余篇。此书开始以抄本形式流传，今天见到的最早抄本是乾隆十六年铸雪斋（历城张希杰）抄本，共四百九十四篇。最早的刊本是乾隆三十一年青柯亭本（知不足斋刻本），共收作品四百三十一篇。近年中华书局出版的会校会注会评本，共十六卷四百九十一篇。

第二节　《聊斋志异》的思想内容

"聊斋"是作者书斋的名字。这部小说集里大部分作品是狐鬼神怪的故事，所以叫作"志异"。由于当时思想控制极严，作者对黑暗现实不能公开揭露，只有借助于神仙鬼狐故事，曲折地进行揭露和嘲讽，并抒发自己心中的孤愤不平。蒲松龄所作《感愤》诗说："新闻总入夷坚志，斗酒难消磊块愁。"又在《聊斋自序》中说："集腋为裘，妄续幽冥之录；浮白载笔，仅成孤愤之书：寄托如此，亦足悲矣！"

关于《聊斋志异》的成书，蒲松龄在《聊斋自志》中曾说："才非干宝，雅爱搜神；情类黄州，喜人谈鬼。闻则命笔，遂以成编。久之，四方同人，又以邮筒相寄。因而物以好聚，所积益夥。"清代冯镇峦《读聊斋杂说》："此书多叙山左右及淄川县事，纪见闻也。时亦及于他省。时代则详近世,略及明代。先生意在作文,镜花水月,虽不必泥于实事,然时代人物,不尽凿空。一时名辈如王渔洋、高念东、唐梦赉、张历友,皆其亲邻世交。毕刺史、李希梅,著作俱在。聊斋家世交游,亦隐约可见。”《聊斋志异》的材料来自作者的见闻,经过加工创造而成。其中作品包括短篇小说、散文特写和杂记寓言等。

《聊斋志异》的重要主题之一,是暴露政治的黑暗,谴责贪官暴吏、土豪劣绅压迫人民的罪行。如《促织》《席方平》《梦狼》《商三官》《窦氏》等。

《促织》叙述成名因官府逼迫缴纳促织而导致家破人亡,后其子魂灵幻化为促织,又得官致富的变化过程。成名的儿子不小心弄死蟋蟀后,无路可走投井自杀:

> 儿惧,啼告母。母闻之,面色灰死,大骂曰:“业根!死期至矣!而翁归,自与汝复算耳!”儿涕而出。未几成归,闻妻言,如被冰雪。怒索儿,儿渺然不知所往;既得其尸于井。因而化怒为悲,抢呼欲绝。夫妻向隅,茅舍无烟,相对默然,不复聊赖。

这样一个善良的普通人家,为了一只蟋蟀,被逼得几乎家破人亡,走向绝路。这悲剧情节充分揭示了作品的悲剧灵魂。后来成名儿子的魂托在蟋蟀身上,才使成名转祸为福。皇帝因为得到成名所献促织,赐抚臣名马;抚军奖县令,以“卓异”保荐,成名也得以入庠,因捉促织而成秀才,“抚军亦厚赉成,不数岁,田百顷,楼阁万椽,牛羊蹄躈各千计。一出门,裘马过世家焉”。作品通过这样一个事例,揭露了官贪吏虐的社会现实,并触及皇帝。皇帝为了得到一个玩物,害得人民倾家荡产。明宣宗朱瞻基最喜欢斗促织,据吕毖《明朝小史》:“宣宗酷好促织之戏,遣使取之江南,价贵至数十金。”并记载当时就曾发生类似事件。当然《促织》不是纪实,而是在民间传说故事的基础上写作的具有典型意义的小说。

《席方平》则写席廉得罪富豪羊某,羊某先死,贿嘱冥吏使搒席廉而死。席廉子席方平赴地下代父申冤，城隍、郡司、冥王受贿后对席方平施用种种酷刑的情况。作品真实描摹了官府的贿赂公行和对人民的残害。作品写幽冥的情况：

> 羊惧，内外贿通，始出质理。城隍以所告无据，颇不直席。席忿气无所复体，冥行百余里，至郡，以官役私状，告之郡司。迟之半月，始得质理。郡司扑席，仍批城隍复案。席至邑，备受械梏，惨冤不能自舒。城隍恐其再讼，遣役押送归家。役至门辞去。席不肯入，遁赴冥府，诉郡邑之酷贪。冥王立拘质对。二官密遣腹心与席关说，许以千金。席不听。过数日，逆旅主人告曰："君负气已甚，官府求和而执不从，今闻于王前各有函进，恐事殆矣。"席以道路之口，犹未深信。俄有皂衣人唤入。升堂，见冥王有怒色，不容置词，命笞二十。席厉声问："小人何罪？"冥王漠若不闻。席受笞，喊曰："受笞允当，谁教我无钱耶！"冥王益怒，命置火床。两鬼捽捽席下，见东墀有铁床，炽火其下，床面通赤。鬼脱席衣，掬置其上，反复揉捺之。痛极，骨肉焦黑，苦不得死。约一时许，鬼曰："可矣。"遂扶起，促使下床着衣，犹幸跛而能行。复至堂上，冥王问："敢再讼乎？"席曰："大冤未伸，寸心不死，若言不讼，是欺王也。必讼！"又问："讼何词？"席曰："身所受者，皆言之耳。"

这显然也是影射人世。灌口二郎的判词，说城隍、郡司："乃上下其鹰鸷之手，既罔念夫民贫；且飞扬其狙狯之奸，更不嫌乎鬼瘦。惟受赃而枉法，真人面而兽心！"说隶役："飞扬跋扈，狗脸生六月之霜；隳突叫号，虎威断九衢之路。"形容羊某行贿："金光盖地，因使阎摩殿上尽是阴霾；铜臭熏天，遂教枉死城中全无日月。"这些话也是对当时各级官府的真实写照。《窦氏》写地主南三复诱骗了农家女窦氏，生下孩子又不承认的兽行，故事颇类《白毛女》。在这类作品中，作者热情地歌颂了受压迫者的反抗。如《商三官》写商士禹因醉忤土豪被杀，两子出讼不得结果，其女商三官为了给父亲报仇，女扮男装学做优伶，最后在仇人诞辰，借机手刃了仇人。

《聊斋志异》另一个重要的内容是揭露了科举制度的种种弊端和对知识分子的毒害。蒲松龄由于一生失意于科场，对此有深刻的切身感受，因而反映这一类问题的作品爱憎分明，生活气息浓厚，思想与艺术成就较高。如《司文郎》《于去恶》《叶生》《贾奉雉》《王子安》等。

《司文郎》写一瞽僧，在把文章烧成灰烬以后，能用鼻子嗅出文章的好坏，嘲讽了考官有目无珠：

> 平阳王平子，赴试北闱……既而场后，以文示宋，宋颇相许。偶与涉历殿阁，见一瞽僧坐廊下，设药卖医。宋讶曰："此奇人也！最能知文，不可不一请教。"因命归寓取文。遇余杭生，遂与俱来。王呼师而参之。僧疑其问医者，便诘症候。王具白请教之意。僧笑曰："是谁多口？无目何以论文？"王请以耳代目。僧曰："三作两千余言，谁耐久听！不如焚之，我视以鼻可也。"王从之。每焚一作，僧嗅而颔之曰："君初法大家，虽未逼真，亦近似矣。我适受之以脾。"问："可中否？"曰："亦中得。"余杭生未深信，先以古大家文烧试之。僧再嗅曰："妙哉！此文我心受之矣，非归、胡何解办此！"生大骇，始焚己作。僧曰："适领一艺，未窥全豹，何忽另易一人来也？"生托言："朋友之作，止彼一首；此乃小生作也。"僧嗅其余灰，咳逆数声，曰："勿再投矣！格格而不能下，强受之以膈；再焚，则作恶矣。"生惭而退。数日榜发，生竟领荐；王下第。宋与王走告僧。僧叹曰："仆虽盲于目，而不盲于鼻；帘中人并鼻盲矣。"

作者揭示科举制度埋没人才，抨击试官的"心盲"和"目瞽"。《王子安》嘲讽了醉心于科举功名利禄的人物。作品写王子安在考试之后，醉梦中被狐戏弄，以为自己高中了，便出耀乡里，辱骂长班，露出种种丑态。作品生动而形象地描绘出一个士子参加科举考试后急切等待结果时的种种变异的心理情态。

反对宗法制度下的婚姻和礼教束缚，描写青年男女爱情和婚姻生活，是全书的另一个重要主题，也是在《聊斋志异》中占篇幅最多的内容。如《婴宁》《白秋练》《香玉》《阿宝》《王桂庵》《连城》等。

《婴宁》塑造了一个纯洁无邪的少女婴宁的形象。作品写婴宁和王生在山中见面的情景：

> 媪曰："唤宁姑来。"婢应去。良久，闻户外隐有笑声。媪又唤曰："婴宁，汝姨兄在此。"户外嗤嗤笑不已。婢推之以入，犹掩其口，笑不可遏，媪瞋目曰："有客在，咤咤叱叱，是何景象？"女忍笑而立，生揖之。媪曰："此王郎，汝姨子。一家尚不相识，可笑人也。"生问："妹子年几何矣？"媪未能解。生又言之。女复笑，不可仰视。媪谓生曰："我言少教诲，此可见矣。年已十六，呆痴裁如婴儿。"生曰："小于甥一岁。"曰："阿甥已十七矣，得非庚午属马者耶？"生首应之。又问："甥妇阿谁？"答云："无之。"曰："如甥才貌，何十七岁犹未聘？婴宁亦无姑家，极相匹敌；惜有内亲之嫌。"生无语，目注婴宁，不遑他瞬。婢向女小语云："目灼灼，贼腔未改！"女又大笑，顾婢曰："视碧桃开未？"遽起，以袖掩口，细碎莲步而出。至门外，笑声始纵。

这一段文字七处写婴宁的笑。先写在门外远处传来她的隐隐的笑声，继而写她在门外近处"嗤嗤"不停的笑声，待婢女把她推进门来，她掩住口想不笑，但是仍然"笑不可遏"，老母怒目而视，她才忍笑而立。王子服问起婴宁的年龄时，她又笑得抬不起头来。老人提起两人的亲事时，王子服又"目注婴宁，不遑他瞬"，婢女重复了上元节婴宁的话，说"目灼灼，贼腔未改"时，婴宁又笑，实在不能控制自己，便对婢女说了句"视碧桃开未"，急忙站起来，"以袖掩口，细碎莲步而出。至门外，笑声始纵"。这一连串的笑声和动作，写出了她娇憨动人的神态，给读者留下了强烈的印象。《白秋练》写商人慕蟾宫与白骥女儿白秋练相爱，因吟诵诗词而相思成疾，又互相吟诵诗词医病，知己相爱，结为夫妻。《香玉》写黄生在劳山下清宫爱上白牡丹花仙香玉，与耐冬花绛雪结为良友，不幸香玉被人移去，黄生的痴情又感动花神使香玉复生。黄生死后，竟寄魂为花，茁生于香玉、绛雪身旁。《连城》写连城和乔生反对家族对爱情婚姻的干预，歌颂他们互为知己的执着爱情。《阿宝》写粤西名士孙子楚求婚于邑大贾女阿宝。阿宝开玩笑说："他去掉枝指，我就嫁她。"孙子楚果真自断其指。后来，清明日妇女出游时，一些轻薄少年，品头题足，纷纷若狂；唯独孙子楚默然无语，却离魂至阿宝家。巫师去阿宝家招回他的灵魂，但不久灵魂又附鹦鹉身上，飞到阿宝身边。孙子楚的痴情感动了阿宝，阿宝也非孙子楚不嫁。婚后三年，孙子楚死，阿宝殉情，感动冥王，使夫妇再生。作品写孙子楚的痴情，极为感人。这是一种真诚热烈的至情，与轻薄少年比较，更衬托出孙子楚专一的爱情。如写孙子楚幻化为鹦鹉一段：

> 归复病，冥然绝食，梦中辄呼宝名。每自恨魂不复灵。家旧养一鹦鹉，忽毙，小儿持弄于床。生自念：倘得身为鹦鹉，振翼可达女室。心方注想，身已翩然鹦鹉，遽飞而去，直达宝所。女喜而扑之，锁其肘，饲以麻子。大呼曰："姐姐勿锁！我孙子楚也！"女大骇，解其缚，亦不去。女祝曰："深情已篆中心。今已人禽异类，姻好何可复圆？"鸟云："得近芳泽，于愿已足。"他人饲之，不食；女自饲之，则食。女坐，则集其膝；卧，则依其床。如是三日，女甚怜之。阴使人瞷生，生则僵卧气绝，已三日，但心头未冰耳。

看似离奇，却突出了一个"痴"字，深化了主题思想。

此外，一些寓言、杂记、特写类的作品也颇多佳制。《画皮》用厉鬼披画皮扮美女蛊惑人的故事，概括了社会上两面人的鬼蜮伎俩，教育人们只有不被表面现象所迷惑，不受私心杂念所蒙蔽，才能保持清醒头脑，识破妖魔鬼怪的阴谋诡计。《劳山道士》通过王生学道的故事，告诫一切求学求知的年轻人，切不可存心投机取巧，好逸恶劳，希图侥幸成功，否则将在现实生活中碰得头破血流。《口技》《偷桃》则有声有色地描写了民间杂技艺人的高超技艺。

第三节 《聊斋志异》的艺术成就

唐代传奇小说是我国文言小说的重要阶段。宋代也有不少作家作品产生。元代作品为数不多。明初瞿佑《剪灯新话》、李祯《剪灯余话》、邵景詹《觅灯因话》等传奇小说,有一定影响。到了嘉靖时期,学唐人小说的风气又盛行起来。鲁迅说:“迨嘉靖间,唐人小说乃复出,书估往往刺取《太平广记》中文,杂以他书,刻为丛集,真伪错杂,而颇盛行。文人虽素与小说无缘者,亦每为异人侠客童奴以至虎狗虫蚁作传,置之集中。盖传奇风韵,明末实弥漫天下,至易代不改也。”(《中国小说史略》)《聊斋志异》继承志怪小说、传奇小说的传统,又吸收古文、白话小说的优长,把文言小说的创作推向了新的高峰。

《聊斋志异》具有独特的艺术成就。鲁迅说:“《聊斋志异》虽亦如当时同类之书,不外记神仙狐鬼精魅故事,然描写委曲,叙次井然,用传奇法,而以志怪;变幻之状,如在目前;又或易调改弦,别叙畸人异行,出于幻域,顿入人间;偶述琐闻,亦多简洁,故读者耳目,为之一新。”(《中国小说史略》)《聊斋志异》大部分作品主人公是花妖鬼狐,作者以其丰富的幻想把这些幽冥幻域世界的非现实事物,组织到社会现实生活中来。作品中种种奇幻莫测的矛盾冲突,乃是无数现实矛盾的反映。如《梦狼》,写白翁梦中到长子甲的衙署,看到门口一巨狼当道,又入一门,“见堂上、堂下,坐者、卧者,皆狼也。又视墀中,白骨如山,益惧”。甲唤侍者准备菜,“忽一巨狼,衔死人入。翁战惕而起,曰:‘此胡为者?’甲曰:‘聊充庖厨。’”后来金甲猛士“出黑索索甲。甲扑地化为虎,牙齿巉巉”。这一切看起来似乎全是梦幻,现实生活中没有,实际上这些正是社会现实的真实写照。正如作者在最后的议论中所说:“窃叹天下之官虎而吏狼者,比比也。——即官不为虎,而吏且将为狼,况有猛于虎者耶!”又如《罗刹海市》,写有“俊人”称号的马骥,浮海被飘风吹到媸妍不分的大罗刹国,那里的人形貌奇丑,却认为中国人形象“诡异”。该国人愈丑愈以为美，其美之极者为上卿。相国的形貌是“双耳皆背生，鼻三孔，睫毛覆目如帘”。马骥“以煤涂面作张飞。主人以为美”。这种幻域其实也是现实生活中经常存在的以丑为美。“我国所重，不在文章，而在形貌”，不正是作者面对的现实吗？这些作品正是抒发了作者心中的孤愤不平，寄托了个人的理想。

《聊斋志异》尽管写的是狐、鬼、花、木，但多具人情。鲁迅说：“明末志怪群书，大抵简略，又多荒怪，诞而不情，《聊斋志异》独于详尽之外，示以平常，使花妖狐魅，多具人情，和易可亲，忘为异类，而又偶见鹘突，知复非人。”(《中国小说史略》)如《香玉》中香玉、绛雪都是花妖，然而其艳丽多情又与人无异。黄生自窗中看到香玉，“素衣掩映花间”，“未几，女郎又偕一红裳者来，遥望之，艳丽双绝”。黄生隐身丛树中，突然出现，“二女惊奔，袖裙飘拂，香风洋溢，追过短墙，寂然已杳”。黄生题诗树下，回到书斋冥想。“女郎忽入，惊喜承迎。女笑曰：‘君汹汹似强寇，使人恐怖；不知君乃骚雅士，无妨相见。’”香玉过短墙，“寂然已杳”，又“忽入”，都有些怪异，但相处却十分痴情。他如到耐冬树下搔痒，绛雪便笑着出现，更增加生活情趣。又如《黄英》写马子才得陶黄英为妇，黄英弟陶三郎素豪饮，与曾生对饮，醉倒化为菊花：

> 二人纵饮甚欢，相得恨晚。自辰以讫四漏，计各尽百壶。曾烂醉如泥，沉睡座间。陶起归寝，出门践菊畦，玉山倾倒，委衣于侧，即地化为菊，高如人；花十余朵，皆大如拳。马骇绝，告黄英。英急往，拔置地上，曰：“胡醉至此！”覆以衣，要马俱去，戒勿视。既明而往，则陶卧畦边，马乃悟姊弟皆菊精也，益敬爱之。

何守奇评曰：“顺化委形，犹存酒气，是菊是人，几不可辨。”虚幻情节与现实情节融为一体，创造了迷离奇幻的境界，有一种强烈的艺术魅力。

《聊斋志异》在人物描写方面，有很高成就。作品塑造了社会上多种人物形象，而最大贡献在于描绘出一系列妇女的形象。这些人物都有鲜明的个性。如“瘦怯凝寒”的连琐(《连琐》)，心慕杨于畏，却“多所畏避”，与杨欢同鱼水，但还是怯于见杨的朋友，梦中见到救她的王生，“战惕羞缩，遥立不作一语”。这使孤寂独处的连琐更可怜爱。如感情诚挚、行动端谨的青凤（《青凤》），以及婴宁、鸦头、林四娘等都是人们所熟悉的名字。作者不仅在较长篇幅内，就是在几百字的短小文章里，也能把人物写得鲜明生动，如《劳山道士》写王生学道不能受苦，学一点小技，回家就炫耀自己：

道士笑曰：“我固谓不能作苦，今果然。明早当遣汝行。”王曰：“弟子操作多日，师略授小技，此来为不负也。”道士问：“何术之求？”王曰：“每见师行处，墙壁所不能隔，但得此法足矣。”道士笑而允之。乃传以诀，令自咒毕，呼曰：“入之！”王面墙而不敢入。又曰：“试入之。”王果从容入，及墙而阻。道士曰：“俯首骤入，勿逡巡！”王果去墙数步，奔而入；及墙，虚若无物；回视，果在墙外矣。大喜，入谢。道士曰：“归宜洁持，否则不验。”遂助资斧遣归。抵家，自诩遇仙，坚壁所不能阻。妻不信。王效其作为，去墙数尺，奔而入，头触硬壁，蓦然而踣。妻扶视之，额上坟起，如巨卵焉。妻揶揄之。王惭忿，骂老道士之无良而已。

虽是简短的描写，却使王生不求其道只求其术而又自鸣得意的形象，跃然纸上。

《聊斋志异》故事性强，情节曲折复杂，避免平铺直叙。如《胭脂》写胭脂有意于鄂秀才秋隼，被闺中谈友王氏看出，答应替她传递消息。王氏情夫宿某得知情况后，假冒鄂生与胭脂相会，胭脂拒绝私合，宿某强索绣鞋为信物。信物又被毛大拾得，毛大到胭脂家，误至胭脂父亲的房间，情急杀死胭脂的父亲。案发后，邑宰拘捕鄂生，鄂生抗刑不过诬服。济南府吴公复案，仔细审问，释放鄂生，拘捕宿某定罪。最后学使施愚山彻底弄清案情。这是一个十分曲折的故事，但推理细致，叙次井然。又如《宦娘》写温如春嗜琴，从道人学成绝技，遇雨借宿宦娘家，温夜不能卧，弹琴而使宦娘情动，温求婚被宦娘母亲拒绝。接着插入温如春又在葛公家弹琴，与葛公女儿良工有情，又被葛公拒绝。良工忽然拾得惜春词，出锦笺，庄书一通，被风飘去，葛公拾得以为是良工所作，想快点把良工嫁出。正好刘公子来求婚，却在刘公子座位下面发现女鞋，于是断绝这门亲事。恰好葛家绿菊枯萎，而温如春家菊花化为绿色，温又拾得惜春词，并被葛公发觉，葛公怀疑他们有私，不得已把女儿嫁给了温如春。婚后，温如春的琴夜间自鸣，取良工家古镜来，才知道宦娘为鬼，惜春词，座位下女鞋，菊花变成绿色，都是宦娘为了成全他们的婚姻而作的。宦娘向温学琴，温向宦娘学筝，最后宦娘留小像而去。作品真幻结合，宦娘若隐若现，虚写实写结合，但结构十分严谨。

《聊斋志异》篇末多以“异史氏”的名义发表评论。这些议论文字长短不拘，形式多样，与叙事互相配合，成为重要的组成部分。如《王子安》中议论与叙事文字相埒：

> 异史氏曰：秀才入闱，有七似焉：初入时，白足提篮，似丐。唱名时，官呵隶骂，似囚。其归号舍也，孔孔伸头，房房露脚，似秋末之冷蜂。其出场也，神情惝恍，天地异色，似出笼之病鸟。迨望报也，草木皆惊，梦想亦幻。时作一得志想，则顷刻而楼阁俱成；作一失志想，则瞬息而骸骨已朽。此际行坐难安，则似被絷之猱。忽然而飞骑传人，报条无我，此时神色猝变，嗒然若死，则似饵毒之蝇，弄之亦不觉也。初失志，心灰意败，大骂司衡无目，笔墨无灵，势必举案头物而尽炬之；炬之不已，而碎踏之；踏之不已，而投之浊流。从此披发入山，面向石壁，再有以“且夫”“尝谓”之文进我者，定当操戈逐之。无何，日渐远，气渐平，技又渐痒，遂似破卵之鸠，只得衔木营巢，从新另抱矣。如此情况，当局者痛哭欲死；而自旁观者视之，其可笑孰甚焉。王子安方寸之中，顷刻万绪，想鬼狐窃笑已久，故乘其醉而玩弄之。床头人醒，宁不哑然失笑哉？顾得志之况味，不过须臾；词林诸公，不过经两三须臾耳。子安一朝而尽尝之，则狐之恩与荐师等。

这段话刻画了在科举制度毒害下知识分子的病态心理,极为生动具体。作者是含着眼泪的嘲讽,旁观者自然感到可笑,但笑中又不能不带有悲哀。又如《阿宝》篇末所说:“性痴则其志凝,故书痴者文必工,艺痴者技必良;世之落拓而无成者,皆自谓不痴者也。”正说明只有“志痴”,以至诚之心,才能成事,而世界正需要这样的精神。

《聊斋志异》用古文写成,它继承了古代散文的传统并有所创造。驱遣古人现成典故语句而运转自如;吸收民间方言俗语入文,十分生动活泼。因此,语言极富形象性和表现力,能够比较好地表达出思想内容。

《聊斋志异》影响很大,清初至清中叶又涌现一批文言小说的作家和作品,而且多是效仿它的作品。较知名的,有袁枚《新齐谐》、沈起风《谐铎》等。纪昀(1724—1805)不满意《聊斋志异》,批评说:“有唐人传奇之详,又杂以六朝志怪者之简,既非自叙之文,而尽描写之致。”主张尚质黜华,追踪晋宋文风。他的《阅微草堂笔记》,也有一定影响。

第二章 《儒林外史》

第一节 吴敬梓的生平

吴敬梓(1701—1754),字敏轩,自称秦淮寓客,晚年又号文木老人,全椒(今属安徽)人。他出生时,蒲松龄六十一岁;逝世时,曹雪芹近四十岁。他出生于康熙后期,主要创作活动年代是雍正和乾隆初期。他生长在一个官僚家庭,却又经历了堕入困顿的过程。曾祖辈五人,有四人中进士,祖辈也有人中进士。所以,当时人说"国初以来重科举,鼎盛最属全椒吴"。吴敬梓自己也说:"五十年中,家门鼎盛。陆氏则机、云同居,苏家则轼、辙并进。子弟则人有凤毛,门巷则家夸马粪。"(《移家赋》)他的父亲吴霖起,曾任江苏赣榆县教谕,他随父到任所。吴檠《为敏轩三十初度作》说:"汝时十八随父宦,往来江淮北复南。何物少年志卓荦,涉猎群经诸史函。"吴霖起为人正直,看重节操,安于贫困,不慕名利,这对吴敬梓的为人也很有影响。他二十三岁时,父亲去世,家庭生活发生很大变化,族人蓄意侵夺遗产。在这样的生活经历中,他更看清世人的真面目,生活更为放诞,挥金如土,"遇贫即施",几年之间,便"田产卖尽""奴仆逃散"。

他三十三岁时,迁居南京,鄙弃功名的思想更增强了。吴敬梓二十岁中秀才,乾隆元年,安徽巡抚赵国麟荐举他入京应博学鸿词考试,他辞不赴试。他当时生活很贫困,程晋芳《文木先生传》说:

> 乃移居江城东之大中桥,环堵萧然,拥故书数十册,日夕自娱。窘极则以书易米。或冬日苦寒,无酒食,邀同好汪京门、樊圣谟辈

五六人，乘月出城南门，绕城堞行数十里，歌吟啸呼，相与应和；逮明，入水西门，各大笑散去，夜夜如是，谓之“暖足”。

有时甚至断炊。但贫困的生活却使他的眼睛更明亮，他的叛逆思想更发展。他接触到清初一些进步的思想家，如程廷祚、樊圣谟等。程廷祚是颜(元)李(塨)学派在南方的代表。戴望《颜氏学记》说：“(程廷祚)之学，以习斋(颜元)为主，而参以梨洲(黄宗羲)、亭林(顾炎武)。”樊圣谟“耻为空言炫世”(《句容县志》)。吴敬梓在一定程度上受到他们思想的影响。

吴敬梓的叛逆思想和对待现实的清醒态度，使他完成了卓越的讽刺小说《儒林外史》。这部书写于他寄居秦淮的乾隆时期，大约完成于乾隆十五年。程晋芳在《文木先生传》中说：“又仿唐人小说为《儒林外史》五十卷，穷极文士情态，人争传写之。”金和为苏州群玉斋本所写《跋》文则说：“是书原本仅五十五卷，于述琴棋书画四士既毕，即接《沁园春》一词。”五十卷本已不存，现存最早的是嘉庆八年卧闲草堂刻本，共五十六回。第五十六回，有人据金和《跋》的说法，认为是后人加的；也有人不同意此说。吴敬梓的著作，除《儒林外史》外，还有《文木山房集》及《金陵景物图诗》。

第二节 《儒林外史》的思想内容

吴敬梓生活的时代，文士们除醉心于举业、八股文之外，其他全不在意。章学诚在《答沈枫墀论学书》中说：

前明制义盛行，学问文章远不古若，此风气之衰也。国初崇尚实学，特举词科，史馆需人，待以不次；通儒硕彦，磊落相望，可谓一时盛矣。其后史事告成，馆阁无事，自雍正初年至乾隆十许年，学士又以四书文义相为矜尚。仆年十五六时，犹闻老生宿儒自尊所业，至目通经服古谓之杂学，诗古文辞谓之杂作。士不工四书文，不得为通——又成不可药之蛊矣！

吴敬梓厌恶这种社会风气，痛恨热衷于科举的人。程晋芳说："生平见才士，汲引如不及，独嫉'时文士'如仇，其尤工者，则尤嫉之。"(《文木先生传》)他把希望寄托在落拓不得意的文士和自食其力的下层人物身上。他正是怀着这种感情完成了《儒林外史》的创作。

《儒林外史》是一部讽刺小说。作品中所写故事的背景是明代中叶，而实际写的却是在清统治之下的十八世纪的中国社会。小说里的人物，大都有真人真事作为生活原型。当然，小说中人物不能简单地等同于生活原型，而是经过作家创作出来的艺术形象。

吴敬梓通过《儒林外史》表达了他反对科举，轻视功名富贵的基本思想，作品无情地揭露了形形色色的"无行文人"，剖析了在科举制度毒害下，各类知识分子的精神面貌，对当时的官僚制度、人伦关系，以至整个社会风尚都做了无情的揭露与讽刺。全书开篇〔一箩金〕词：

人生南北多岐路，将相神仙，也要凡人做。百代兴亡朝复暮，江风吹倒前朝树。功名富贵无凭据，费尽心情，总把流光误。浊酒三杯沉醉去，水流花谢知何处。

这首词是讲看破人生富贵功名的意思。第一回所举王冕，就是一位看破人生富贵功名的贤者；危素的浮沉正是"做官的都不得有什么好收场"的注脚。书中还借王冕的嘴批评科举取士之法说："这个法却定的不好！将来读书人既有此一条荣身之路，把那文行出处都看得轻了。"吴敬梓正是从这样的态度出发来撰写《儒林外史》的。

《儒林外史》最主要的成就是它描写了社会中不同类型的知识分子，尖锐地讽刺与抨击了那些利禄熏心、热衷于功名的学子，如周进、匡超人等；不学无术、趋炎附势的名流，如季苇萧、景兰江、赵雪斋等；敲骨吸髓、贪婪成性的达官猾吏，如王惠、汤奉等；蛮横狡诈、鱼肉乡里的土豪劣绅，如严致中、张敬斋等；以及一些道德堕落，到处招摇的骗子们，如权勿用、牛浦郎等，从而深刻地揭露了清代社会种种丑恶的现实，特别是抨击了科举制度对人们精神的麻醉。

第二回起小说首先写一迂腐老儒周进,除了墨卷之外胸中一无所有,受尽毕生辛苦,六十多岁还是个童生。失了馆,随几个商人到省城给商人记账。参观贡院时,见了号板痛哭,最后直哭到口里吐出鲜血来。他并没有什么家国之忧,不过是吐出做老童生的苦水。后经众人周济纳监入场,一经考中,便换了一个天地,"不是亲的也来认亲,不相与的也来认相与"。这样一个极平常的故事却极深刻地揭示了"功名"与"富贵"的紧密关系。作品成功地塑造了范进这一典型形象。范进一生醉心于科举功名,从二十岁开始应考,直考到五十四岁,也没有考中。周进被钦点为广东学道,范进得进学。他想参加乡试,便向丈人胡屠户借路费,钱没借到,被骂了一个狗血喷头。只好瞒着丈人到城里乡试。等出场回家,家里人已是饿了两三天。到出榜日,家里没有早饭米,只好抱了生蛋的母鸡去卖。没想到他中了举人。当他看到中举的喜报,竟高兴得发了疯:

> 那邻居飞奔到集上,一地里寻不见;直寻到集东头,见范进抱着鸡,手里插个草标,一步一踱的,东张西望,在那里寻人买。邻居道:"范相公,快些回去。你恭喜中了举人,报喜人挤了一屋里。"范进道是哄他,只装不听见,低着头,往前走。邻居见他不理,走上来,就要夺他手里的鸡。范进道:"你夺我的鸡怎的?你又不买。"邻居道:"你中了举了,叫你家去打发报子哩。"范进道:"高邻,你晓得我今日没有米,要卖这鸡去救命,为什么拿这话来混我?我又不同你顽,你自回去罢,莫误了我卖鸡。"邻居见他不信,劈手把鸡夺了,掼在地下,一把拉了回来,报录人见了道:"好了,新贵人回来了。"正要拥着他说话。范进三两步走进屋里来,见中间报帖已经升挂起来,上写道:"捷报贵府老爷范讳进高中广东乡试第七名亚元。京报连登黄甲。"
>
> 范进不看便罢,看了一遍,又念一遍,自己把两手拍了一下,笑了一声道:"噫!好了!我中了!"说着,往后一交跌倒,牙关咬紧,

不省人事。老太太慌了,慌将几口开水灌了过来。他爬将起来,又拍着手大笑道:“噫!好!我中了!”笑着,不由分说,就往门外飞跑,把报录人和邻居都吓了一跳。走出大门不多路,一脚踹在塘里,挣起来,头发都跌散了,两手黄泥,淋淋漓漓一身的水,众人拉他不住,拍着笑着,一直走到集上去了。众人大眼望小眼,一齐道:“原来新贵人欢喜疯了。”老太太哭道:“怎生这样苦命的事!中了一个什么举人,就得了这个拙病!这一疯了,几时才得好?”

通过范进中举发疯这一个片断的描写,充分展示了文人醉心科举的心理状态。长期考试失意所带给他的自卑感,每次考试都经受了自己心理和社会舆论的折磨,像《聊斋志异》中《王子安》篇所描写的那样,已经近于麻木了。突然考中举人变成了现实,这一强烈的刺激,使范进精神失常。作者正是抓住这一典型情节,刻画出其病态心理,入木三分地揭露了科举制度对知识分子的毒害。小说通过不同类型的人物形象,从各个不同角度揭露了科举制度是怎样地麻痹了人们的头脑,使人精神堕落、道德败坏、生活腐朽。如匡超人本来是个心地纯厚的人,由于对功名科举的迷恋使他失去了淳朴的本性,考取秀才便是他堕落的开始,最后完全成为一个吹牛说谎、忘恩负义、不知羞耻为何物的无赖。马二先生,颇有点侠魄,能做慷慨丈夫事。他资助匡超人十两银子,为帮助蘧公孙,又把自己多年积蓄都捐了出来。他自己二十多年科场不利,但仍然把科举考试看作天经地义的事。他劝匡超人说:“只是有本事进了学,中了举人、进士,即刻就荣宗耀祖。这就是《孝经》上所说的‘显亲扬名’,才是大孝,自身也不得受苦。古语道得好:‘书中自有黄金屋,书中自有千钟粟,书中自有颜如玉。’而今什么是书?就是我们的文章选本了。”可见胸中只容得八股文选,十分庸俗迂腐。

吴敬梓对伦理道德,比如孝悌,是很看重的,并将其作为一种美德加以宣扬。然而生活的现实却又使他看到了虚伪的道德面貌。很多文人都是言行不一的,口头上讲的是仁义道德,而实际行动却恰好相反。如第五回写王德、王仁弟兄都在教馆,颇有才学,是“铮铮有名”的人物。他口头上讲的是“我们念书的人,全在纲常上做工夫”,而事实上满心想着的全是雪花银子,有钱到手,便可不顾一切。严贡生为争夺遗产,立嗣兴讼,却满口说:“我们乡绅人家,这些大礼,都是差错不得的”,“务必要正名分”。作者用人物自己的言行揭露了道德在金钱和权势面前已经完全破产。此外,作者还揭示了某些道德本身的虚伪性。第四十八回写王玉辉的女儿自杀殉夫一节,写得最为深刻。王玉辉“做了三十年的秀才”,是个“迂拙之人”,他曾经立志编纂一部礼书、一部字书。他恪守伦理道德,当听到女儿要为丈夫殉节时,他向女儿说:“这是青史上留名的事,我难道反拦阻你?你竟是这样做吧。”女儿绝食而死以后,他老伴哭得死去活来,他却说:“‘你这老人家真正是个呆子!三女儿他而今已是成了仙了,你哭他怎的?他这死的好,只怕我将来不能像他这一个好题目死哩!’因仰天大笑道:‘死的好!死的好!’”但事后,在他的女儿被旌表为烈妇,送烈女祠,隆重祭奠时,作者又写了“王玉辉到了此时,转觉心伤,辞了不肯来,有时想起女儿也心里哽咽,那热泪直滚出来”。这一段描写十分生动地表现出吃人的礼教的本质和虚伪性,表现出统治者所提倡的烈女殉夫的行为是多么野蛮、残酷。

作品还辛辣地讽刺了悭吝的人,写出了社会的真实面貌。严监生非常富有,但悭吝成性,他一家四口,猪肉也舍不得买一斤吃,每当小儿要时,只在熟切店里买四个钱的哄哄就是了。在他病重将死时,因为心疼灯盏里点了两根灯草,怕浪费油,以至临死时还伸着两个指头,不肯断气。刻画得入木三分。

此外作者还描写了一批帮闲文人,一批“斗方名士”,如景兰江本是个开头巾店的;支剑峰是盐务里一个巡商,诗也写不好;匡超人看一本《诗法入门》就觉得超过他们。他们却说什么“可知道赵爷虽不曾中进士,外边诗选上刻着他的诗几十处,行遍天下,那个不晓得赵雪斋先生?只怕比进士享名多着哩!”热衷名利已深入到他们的骨髓。牛浦郎的祖父开了个小香蜡店,他因为在甘露庵读书,偷读牛布衣诗稿,便把自己的名字和牛布衣的号刻起两方图章,把牛布衣的诗稿冒为自己的作品。一心想，只要会作两句诗，“并不要进学、中举，就可以同这些老爷往来。何等荣耀！”他冒名把董知县约到亲家相会，想吓一吓两位舅爷，说明了牛浦郎的卑鄙不堪，势利熏心。

《儒林外史》在批判中不曾对整个宗法制度提出怀疑，只是批判了社会中的一些丑恶事物，但这些批判却引出了一个结果，即否定了十八世纪整个中国专制社会的合理性。正和其他杰出的现实主义作品一样，《儒林外史》描写的社会生活所表现出来的客观意义，远远地超出了作者的主观意图。

《儒林外史》还塑造了一批正面人物形象，寄托了作者的理想与主张。第一回题目是：“说楔子敷陈大义，借名流隐括全文。”显然，这里寄托了作者著书立说的用意，作者所肯定、歌颂的是王冕那样的人物。王冕本是元代一个真实人物，然而在作品里所写王冕的故事，却并非全是历史的真实。在宋濂《王冕传》里，王冕是一个自负为豪杰之士、颇有一些锋芒的人物。可是在吴敬梓的笔下，王冕却变得恬淡平和多了。作者侧重写了王冕以放牛、卖画为生，安于贫贱的品德。他以春秋战国时隐士段干木、泄柳为模范，坚决拒绝官府的邀请，逃避皇帝的征聘。他又是一个非常有学问的人，“天文地理，经史上的大学问无一不贯通”。他还具有“以仁义服人”的儒家的政治见解。王冕的这些特点，大体上包括了吴敬梓的理想的主要方面。

作者塑造的一些正面人物形象是与那些精神空虚、道德堕落的反面人物相对立而存在的。这些人物有一个共同的特点，就是尊重自己的个性和理想，不愿为功名富贵而屈辱自己，如庄绍光、迟衡山代表了一种理想化的思想，他们鼓吹“著书立说”“礼乐兵农”，是地道的儒家正统思想的化身。又如杜少卿，原是一个豪门公子，他极重孝道、轻视科举、轻视金钱、藐视封建礼教和陋俗，他醉后携着妻子的手去游清凉山，使得两边的游人，不敢仰视。巡抚推荐他进京见皇帝，他却装病不去。他对妻子说：“放着南京这样好玩的所在，留着我在家，春天秋天同你去看花吃酒，好不快活，为什么要送我到京里去？”后来杜少卿穷得“卖文为活”,但他“布衣疏食,心里淡然”,满足于朋友山水之乐。作者曾借另一个人物的口称赞杜少卿“品行文章是当今第一人”。杜少卿的形象与庄绍光、迟衡山等人有所不同,按严格的正统思想看来,已经多少带有一些离经叛道的气味。

此外,作者还写了一些儒林之外的市井小民,有写字的,卖火纸筒的,开茶馆的,做裁缝的,特别是写裁缝荆元,居然敢于把他的“贱行”提到与读书识字、弹琴作诗平等的地位。

作品描写王冕卖画为生、鲍文卿卖艺为生、杜少卿卖文为生,突出地表现了吴敬梓的一种可贵的思想,即认为自己养活自己是高尚的,用以反对那些靠出卖灵魂来换取地位、权力和财富的“儒林”人物。

从作者所塑造的正面人物来看,在他的理想中既有保守的成分,也有民主主义的成分。作者把下层的市井小民写得比当时的达官贵人更加可爱,正是表现了他本人的愤懑与不平。这种对于市井小民的赞扬、对于他所隶属的阶级来说,是一种大胆的叛逆思想的表现。但也应指出,他所赞扬、推崇的不仅仅因为“以劳动为生”,更重要的还因为他们虽是市井小民,却会弹琴、吟诗、下棋、作画,他们具有与士大夫共同的文采风流,正是由于这一点,他们才能获取作者笔下“奇人”的资格。

第三节 《儒林外史》的艺术成就

我国的讽刺文学,有很长的历史,早在先秦诸子寓言中已经有讽刺作品。在明代拟话本、传奇、杂剧和长篇小说中,讽刺文学更渐渐成为一种潮流。在这些成就的基础上,吴敬梓以其敏锐的观察力、丰富的生活体验与鲜明的爱憎,写成了这部现实主义的杰出著作。全书借人物的相互关系,写出复杂的社会生活面貌,从人物的一言一行之中细致地描绘出人物的内心世界,嬉笑怒骂自成篇章。鲁迅说:“迨吴敬梓《儒林外史》出,乃秉持公心,指擿时弊,机锋所向,尤在士林;其文又戚而能谐,婉而多讽:于是说部中乃始有足称讽刺之书。”(《中国小说史略》)

《儒林外史》巧妙地用讽刺文学手法，揭示专制社会变形世界的虚伪性和严重危机，而这些又是对社会生活的真实描绘。正如鲁迅在《什么是“讽刺”?》中所说：“它所写的事情是公然的，也是常见的，平时是谁都不以为奇的，而且自然是谁都毫不注意的。不过这事情在那时却已经是不合理，可笑，可鄙，甚而至于可恶。但这么行下来了，习惯了，虽在大庭广众之间，谁也不觉得奇怪；现在给它特别一提，就动人。”小说中许多人物都有原型，许多人情世态，都是当时社会司空见惯的现象，然而作者抓住这些材料加以典型概括，就成为绝妙的文字。如范进中举前的一段描写：

> 范进进学回家，母亲、妻子，俱各欢喜。正待烧锅做饭，只见他丈人胡屠户，手里拿着一副大肠和一瓶酒，走了进来。范进向他作揖，坐下。胡屠户道：“我自倒运，把个女儿嫁与你这现世宝穷鬼，历年以来，不知累了我多少。如今不知因我积了什么德，带挈你中了个相公，我所以带个酒来贺你。”范进唯唯连声，叫浑家把肠子煮了，烫起酒来，在茅草棚下坐着。母亲自和媳妇在厨下造饭。胡屠户又吩咐女婿道：“你如今既中了相公，凡事要立起个体统来。比如我这行事里都是些正经有脸面的人，又是你的长亲，你怎敢在我们面前装大？若是家门口这些做田的，扒粪的，不过是平头百姓，你若同他拱手作揖，平起平坐，就是坏了学校规矩，连我脸上都无光了。你是个烂忠厚没用的人，所以这些话，我不得不教导你，免得惹人笑话。”范进道：“岳父见教的是。”胡屠户又道：“亲家母也来这里坐着吃饭。老人家每日小菜饭，想也难过。我女孩儿也吃些。自从进了你家门，这十几年，不知猪油可曾吃过两三回哩！可怜！可怜！”说罢，婆媳两个都来坐着吃了饭。吃到日西时分，胡屠户吃的醺醺的。这里母子两个，千恩万谢。屠户横披了衣服，腆着肚子去了。

《儒林外史》中，胡屠户这个人物形象的言行都是这个市井人物的本色,他并没有存奸恶之心,也不是故意做作,就是社会自然磨炼造就的庸俗浅陋而已。自己是个屠户,也没有什么地位,却瞧不起平头百姓,还特意嘱咐女婿要立起个体统来。他骂范进,一方面是表示自己是长辈,一方面也是关心范进。这些都是极平常的事情。但作者笔触细致,鞭辟入里,好像用显微镜观物,和模糊望去自然不同。作者又将中举后胡屠户的态度写出,形成鲜明的对比,前后映带,更将其滑稽面目呈现于读者面前。范进中举前,他斥责范进:"我自倒运,把个女儿嫁与你这现世宝穷鬼,历年以来,不知累了我多少。""像你这尖嘴猴腮,也该撒泡尿照照,不三不四,就想天鹅屁吃!趁早收了这心!"中举后,他则说:"我常说,我的这个贤婿,才学又高,品貌又好,就是城里头那张府、周府这些老爷,也没有我女婿这样一个体面相貌!你们不知道,得罪你们说,我小老这一双眼睛,却是认得人的!想着先年,我小女在家长到三十多岁,多少有钱的富户要和我结亲,我自己觉得女儿像有些福气的,毕竟要嫁与个老爷,今日果不错。"范进中举前,胡屠户临去时"横披了衣服,腆着肚子";中举后,"低着头,笑迷迷的去了"。把人情势利写得淋漓尽致,把胡屠户的自我矛盾暴露无遗,收到了强烈的喜剧效果。艺术的真实,并不排斥夸张。范进中举后发疯,范母一喜而死等情节,都因合理的夸张而收到强烈的讽刺艺术效果,产生了深刻的批判作用。《儒林外史》描写了大量被否定的事物,揭示了士林的丑态,但并不流于鄙俗浅陋,而是给读者以美的感受,摒弃不合理的、丑的东西。这也是它的价值所在。

《儒林外史》所写人物二百多人,比较重要的人物有三十多人,其中许多人物是成功的典型形象。他们有较高的概括性,有鲜明的个性特征。卧闲草堂本评论二杜说:"慎卿、少卿俱是豪华公子,然两人自是不同。慎卿纯是一团爽气,少卿却是一个呆串皮,一副笔墨,却能分毫不犯如此。"而且对不同人物,掌握不同分寸,贬扬得当。如作者写马二先生游西湖,马二先生对西湖的风景不能欣赏;看到仁宗皇帝的御书就赶忙下拜;对游湖的女客都看在眼里,只是不敢仰视;见了好吃的东西,喉咙里咽唾沫,没有钱买,却也不论好歹,吃了一饱。作者对马二先生的迂儒本色、低俗兴趣,都写得很逼真,但又不无善意。而对于贪鄙的王惠,无赖的严贡生,则作了无情的鞭挞。

《儒林外史》里全是普通口语,语言准确、生动、洗练,富于形象性,表现力强。如范进中举后关于胡屠户的一段描写:

> 范进即将这银子交与浑家打开看,一封一封雪白的细丝锭子,即便包了两锭,叫胡屠户进来,递与他道:"方才费老爹的心,拿了五千钱来。这六两多银子,老爹拿了去。"屠户把银子攥在手里紧紧的,把拳头舒过来,道:"这个,你且收着,我原是贺你的,怎么好又拿了回去?"范进道:"眼见得我这里还有这几两银子;若用完了,再来问老爹讨来用。"屠户连忙把拳头缩了回去,往腰里揣,口里说道:"也罢,你而今相与了这个张老爷,何愁没有银子用?他家里的银子,说起来比皇帝家还多些哩!他家就是我卖肉的主顾,一年就是无事,肉也要用四五千斤,银子何足为奇!"又转回头望着女儿说道:"我早上拿了钱来,你那该死行瘟的兄弟还不肯,我说:'姑老爷今非昔比,少不得有人把银子送上门来给他用,只怕姑老爷还不希罕。'今日果不其然!如今拿了银子家去骂这死砍头短命的奴才!"说了一会,千恩万谢,低着头,笑迷迷的去了。

书中一些景物描写颇有我国古代诗歌的韵味。如第一回写王冕在湖边悟出"人在画图中"的境界的一段景物描写:

> 王冕放牛倦了,在绿草地上坐着。须臾,浓云密布,一阵大雨过了。那黑云边上镶着白云,渐渐散去,透过一派日光来,照耀得满湖通红。湖边山上,青一块,紫一块,绿一块。树枝上都像水洗过一番的,尤其绿得可爱。湖里有十来枝荷花,苞子上清水滴滴,荷叶上水珠滚来滚去。

确有诗情画意,其他如扬州、西湖、南京等地风光,都结合书中人物心理、社会风习,有简括的描写,令读者神往。

《儒林外史》的结构,独具特点。全书没有连贯全书的主要人物与中心事件,所以,有人认为这个书布局松懈。如蒋瑞藻《小说考证》引《缺名笔记》说:“《儒林外史》之布局,不免松懈。盖作者初未决定写至几何人几何事而止也。故其书处处可住,亦处处不可住。处处可住者,事因人起,人随事灭故也。处处不可住者,灭之不尽,起之无端故也。此其弊在有枝而无干。”这样的批评是不符合实际的。《儒林外史》的结构是有整体布局的。作者安排了“楔子”和“尾声”。开始介绍王冕,结尾描述四个市井奇人,互相映衬,体现了作者的思想。书中常以一回或数回,自成一环,环环相扣,情节互相转移,人物各有起落。有时这一回里的主要人物到下一回就退居次要地位了。这样的结构,具有短篇与长篇的特长,成为一种独创的文学形式。

《儒林外史》问世以后,在当时起了很大影响,在小说的发展方面也起了巨大的作用,晚清盛行一时的谴责小说就明显地受到《儒林外史》的影响。

第三章 《红楼梦》

第一节 曹雪芹和《红楼梦》的续书

《红楼梦》是中国小说史上,也是中国文学史上的高峰。关于这部书的著作权,却还存在着论争。有人认为不能实指为某人所作,如程伟元《红楼梦序》说:"《红楼梦》小说本名《石头记》,作者相传不一,究未知出自何人,惟书内记'雪芹先生删改数过'。"有人认为是曹雪芹在他人旧稿基础上写成的,如裕瑞《枣窗闲笔》。有人认为是曹雪芹所著。不过,自从胡适《红楼梦考证》发表以后,《红楼梦》作者是曹雪芹的说法,已为多数人接受,几成定论。

曹雪芹(1715? —1763?),名霑,字梦阮,号雪芹,又号芹圃、芹溪。祖籍一说辽宁辽阳,一说河北丰润。他的先世原是汉族,后来被编入正白旗内务府做"包衣"。曹雪芹的曾祖父曹玺曾任江宁织造,曾祖母做过康熙皇帝的乳母,两个姑姑被选作王妃。他家得到康熙的信任,祖父曹寅,曾充当康熙皇帝的伴读,任苏州织造、江宁织造,巡视两淮盐务监察御史等职。父辈曹颙、曹頫,也曾继任江宁织造。"江宁织造",是康熙二年开始设置的,负责掌管宫廷所需各种织物的织造、采购和供应等事项,并作为皇帝的心腹和耳目,负有暗中监督江南一带地方人民和官吏情况的特殊使命。由于这种特殊关系,曹家在康熙时期成为有权有势、显赫一时的贵族世家。

雍正继位以后,封建统治阶级内部矛盾加剧,雍正竭力排斥和打击康熙生前宠信的一些官僚集团,曹家因此失势。雍正五年(1727),曹頫因事被罢官,并抄没家产。第二年全家北返,家道遂衰。当曹雪芹十六七岁时,曹家再次受到打击,于是彻底败落。

曹雪芹可能是曹頫的儿子。他在皇族右翼宗学担任过职务。约在乾隆十六年以后,移居到北京西郊健锐营一带。裕瑞在《枣窗闲笔》中,记述曹雪芹说:“闻前辈姻戚有与之交好者,其人身胖头广而色黑,善谈吐,风雅游戏,触景生春,闻其奇谈,娓娓然终日不倦。”他很狂傲放达,善于言辩。敦诚《寄怀曹雪芹霑》诗说:“接䍦倒著容君傲,高谈雄辩虱手扪。”张宜泉《伤芹溪居士》小序说:“其人素性放达,好饮,又善诗画。”敦诚的《佩刀质酒歌》诗小注说:“秋晓遇雪芹于槐园,风雨淋涔,朝寒袭袂。时主人未出,雪芹酒渴如狂。余因解佩刀沽酒而饮之。雪芹欢甚,作长歌以谢余。余亦作此答之。”诗中还写道:“曹子大笑称快哉!击石作歌声琅琅。”这都可以使我们想到他的为人和性格。他成年之后生活非常困难,“举家食粥”,卖画度日。曹雪芹恰好经历了曹家由盛而衰的过程,生活的巨大变化,促进他对上层社会的丑恶和社会的黑暗有了清醒的认识。他对社会里种种不合理的现象怀有深刻的不满,对统治阶级的没落命运有着深切的体验。他以毕生的精力,创作了《红楼梦》这部伟大的长篇小说。

《红楼梦》完成于曹雪芹凄苦生活的晚年,创作过程十分艰苦,“披阅十载,增删五次”,作品还没有全部完成,就因爱子夭亡,感伤成疾而逝世。

《红楼梦》原名《石头记》,曹雪芹已基本定稿,大约除前八十回外,还可能有部分手稿。最初以八十回钞本形式流传于少数读者之间。曹逝世后,流传渐广。

到了乾隆五十六七年,即曹死后近三十年,高鹗续补成一百二十回,由程伟元先后两次用木活字版印行。

高鹗,字兰墅,别号“红楼外史”,铁岭(今属辽宁)人。乾隆时进士,做过内阁侍读、刑科给事中等官。著有《兰墅诗钞》《兰墅十艺》《吏治辑要》等书。

高鹗续补《红楼梦》有部分传抄稿可凭借，又基本上依据原书的线索，完成其悲剧结局，使原书成为一部有头有尾的著作，对《红楼梦》的流传是有功绩的。其中有些章节写得比较成功，如《黛玉之死》，是依据原书情节发展的线索而写的，是情节发展的高潮。又如对大观园萧索气氛的描写，写出了贾府由盛而衰的发展趋势。但也有明显的缺点，如高鹗对贾府衰败的情节描写，没有彻底打破大团圆结局的陈套，把最后结局写成贾府复兴，“荣宁两府善者修道，恶者悔祸，将来兰桂齐芳，家道复初”。这就违背了曹雪芹的原意。

在人物形象塑造上，与原著也有不太一致的地方。如宝玉中举，“高魁得贵子”，最后还成了佛，皇帝赏了一个“文妙真人”的道号。作品里写宝玉与王夫人告别时的一段话：“母亲生我一世，我也无可答报。只有这一入场，用心作了文章，好好的中个举人出来，那时太太喜欢喜欢，便是儿子一辈子的事也完了。一辈子的不好，也都遮过去了。”这显然与原著宝玉的性格是不一致的。又如对林黛玉的描写，黛玉居然也肯定起八股文来，“内中也有近情近理的，清微淡远的。那时候虽不大懂，也觉得好，不可一概抹倒。况且你要取功名，这个也清贵些”。这些都反映出高鹗对八股文、科举考试的看法。续书在艺术上，也不如原著写得精微入理。

《红楼梦》的版本很多，大致可分两个系统：

（一）脂本系统的抄本，八十回。这些抄本都附有脂砚斋等的评语，故称脂评本。现存各种脂评本共附有评语三千多条，写评语的人除脂砚斋以外，还有畸笏叟、梅溪、松斋、立松轩、绮园、鉴堂、玉兰坡等。脂砚斋可能是曹雪芹的亲族，和曹雪芹关系密切，并对《红楼梦》中所描写的生活很熟悉。现已发现的脂评本达十余种，主要有：

1. 乾隆甲戌（1754）本《脂砚斋重评石头记》，残存十六回。

2. 乾隆己卯（1759）本《脂砚斋重评石头记》，残存四十四回（内两回系抄配）。1959 年后又发现了不完整的五回。

3. 乾隆庚辰（1760）本《脂砚斋重评石头记》，存七十八回。

4. 戚蓼生序本《石头记》,民国元年(1912)有正书局石印出版。其底本是乾隆年间戚蓼生所藏抄本。以上诸本现均有影印本出版。

(二)一百二十回本:最早的就是程伟元以活字排印的本子,一般依先后次序称为“程甲本”“程乙本”。此后,还有许多版本出现,但都和程本相近。

第二节 《红楼梦》的思想内容

《红楼梦》在中国古代小说中是艺术性最高、思想性最强的作品。它就像在新时代将要到来之前,给旧时代作了一个总的判决一样,写出了社会里所孕育着的错综复杂的尖锐矛盾。《红楼梦》是以贵族青年贾宝玉和林黛玉的爱情悲剧为中心线索,通过贾、薛等家族由兴到衰的发展历史,深刻地反映了我国十八世纪中叶广阔的社会现实,集中地表现了宗法社会里种种尖锐复杂的矛盾斗争,揭露了统治阶级的罪恶本质,从而揭示了宗法社会必然崩溃的历史趋势。

《红楼梦》所写内容广泛,矛盾冲突错综复杂。主要是写以贾母、贾政、王夫人等为代表的旧势力和以贵族阶级的叛逆者贾宝玉为代表的新生势力的矛盾斗争。这种矛盾冲突,突出地表现了社会意识形态领域里的尖锐斗争。

在“儿孙一代不如一代”的贾家,贾母、贾政等统治者本来对贾宝玉抱以很大希望,盼望他读书、中举,扬名显亲,成为继承地主阶级事业的忠臣孝子。可是贾宝玉却走着一条与此相反的道路,他是由贵族统治阶级内部分化出来的叛逆者。在第三回,作者借〔西江月〕词,概括地介绍了他的叛逆性格:“潦倒不通庶务,愚顽怕读文章。行为偏僻性乖张,那管世人诽谤?”所谓“愚顽”“偏僻”“乖张”就是指他不肯“留意于孔孟之间,委身于经济之道”,不愿走统治者为其所规定的读书应举的生活道路。

宝玉对八股文更是深恶痛绝,斥之为“饵名钓禄之阶”,是“拿它诓功名,混饭吃”的工具。他说程朱理学等儒家的书,“都是前人无故生事”“杜撰”出来的。但是宝玉平素却“杂学旁搜”,如饥似渴地阅读《西厢记》《牡丹亭》一类“小说淫词”。他把“读书上进的人”称作“全惑于功名二字”的“国贼禄鬼”,将“仕途经济”的说教斥之为“混帐话”。贾宝玉明确地表示鄙弃功名利禄,平时更“懒与士大夫诸男人接谈”,最厌恶“峨冠礼服贺吊往还之事”。他对儒家所提倡的最高道德标准,“文死谏”“武死战”进行了批判,认为此“皆非正死”。他不肯去走当时一般贵族子弟所走的“学而优则仕”的“为官做宦”的道路。

贾宝玉对贵族的富贵生活,也感到束缚和窒息,他说:“可恨我为什么生长在这侯门公府之家,绫锦纱罗,也不过裹了我这枯株朽木;羊羔美酒,也不过填了我这粪窟泥沟。富贵二字真把人荼毒了。”

贾宝玉还反对“男尊女卑”“尊卑有序”“贵贱有别”等森严的等级制度。他厌恶贾雨村之流的官僚,不愿与官宦交往,却与演员艺人蒋玉函结为好友。在贾府内,他无视“主仆之分”,与丫鬟小厮“没上没下”,毫无拘束。可以说,贾宝玉在一定程度上打破了尊卑贵贱等级观念的束缚,体现了民主主义思想。

贾宝玉的这一切言行,都被家族认为是大逆不道,深深地触怒了贾政,因此,造成了叛逆者与旧势力的正面冲突与矛盾(如第三十三回“宝玉挨打”)。作者在这里写出骨肉之情是从属于家族利益的,揭露了统治者的狰狞面目。

贾宝玉的叛逆思想,正是曹雪芹反对程朱理学,反对科举功名、八股取士制度的进步思想的表现,是作者反对专制等级制度,希望改变人与人之间不合理的隶属关系的初步平等思想的反映。

贾宝玉和林黛玉的爱情悲剧是《红楼梦》里的中心故事,是贯穿全书的主要线索,全书所有的人物和事件,几乎和它都有联系。

虽然曹雪芹并没有把这个悲剧写完,但贾宝玉在梦游太虚幻境时所见的《红楼梦》十二支曲里,已经预示了这个爱情故事的结局将是不幸的。

〔终身误〕都道是金玉良缘，俺只念木石前盟。空对着山中高士晶莹雪，终不忘世外仙姝寂寞林。叹人间，美中不足今方信；纵然是齐眉举案，到底意难平。

这里说，宝玉后来虽然和薛宝钗结婚了，却仍然不能忘怀林黛玉，仍然认为这是终身的恨事。如果说这支曲子还比较含蓄，只是说“美中不足”“意难平”，那么在另一支曲子里就把宝黛互相恋爱而不能结合的苦痛写得很深沉了，简直就是一首声泪并下的悲歌：

〔枉凝眉〕一个是阆苑仙葩，一个是美玉无瑕。若说没奇缘，今生偏又遇着他；若说有奇缘，如何心事终虚话？一个枉自嗟呀，一个空劳牵挂。一个是水中月，一个是镜中花。想眼中能有多少泪珠儿？怎禁得秋流到冬，春流到夏？

在叛逆的道路上，贾宝玉得到了林黛玉的同情和支持，他们在共同思想基础上，结成了忠实的伴侣，产生了深挚的爱情。

林黛玉父母早亡，无依无靠，投奔外祖母家，过着寄人篱下的生活。但她无视“温柔敦厚”的礼教要求，对贵族家庭中种种黑暗与丑行深恶痛绝，对此，她经常给予无情的嘲讽和揭露。她目无下尘，又不会向家长讨好，因此被视为“孤高”“刻薄”“专爱挑剔别人的不是”的人。她也不遵从“女子无才便是德”的信条，而且她与宝玉一样，最爱看“杂书”，从不劝宝玉为官做宦，不讲“仕途经济”，因而受到宝玉的格外敬重。黛玉是作品里另一个叛逆者的形象。太多的敏感，使她有着对美的强烈的追求，对人生意义的思索；太多的自尊，使她不屈服于现实的压力。著名的《葬花吟》最集中地表现了林黛玉的叛逆性格。

宝黛的爱情从一开始，就与礼教、家族的根本利益发生尖锐的冲突。这一对叛逆者的爱情命运，必然是悲剧的结局。

家族为贾宝玉选择什么样的对象做妻子，是要由贾府的切身利益，特别是贾府日益衰败的客观形势来决定的。林黛玉本人是一个礼教的叛逆者，而且家道早衰，薛宝钗的家族则“根基不错，现今大富”。薛、贾两家联姻，可以加强他们“扶持遮饰，皆有照应”的关系。而且更重要的还在于家长想要贾宝玉“重振家业”，就必须为他选择一个符合社会规范要求，能够帮助宝玉走上“正路”，挽回整个家庭颓败局面的理想人物。出于家族利益的需要，贾母、王夫人虽然平素对宝玉娇纵无比，但在这样一个关系到家族根本利益的重要时刻，他们宁要宝玉受精神上的折磨，也不肯迁就他的愿望，终于强迫他与薛宝钗结婚，逼死林黛玉。

曹雪芹对宝黛爱情的讴歌，反映了作者对爱情的理想，作者是从他们叛逆思想的发展中来描写他们的爱情关系的。他通过贾宝玉对于“德、言、工、容”俱全的薛宝钗与“从不劝他去立身扬名”的林黛玉的选择上，展开了矛盾冲突，从而提出爱情必须建立在思想情志一致的基础上。这就与过去历代的“郎才女貌”“一见钟情”“金榜题名”的爱情俗套大不一样。他们的爱情是以具有共同的理想为基础的。作者对爱情的描写，赋予了新的色彩、新的内容，使爱情具有更深刻的意义。

作品通过荣宁二府和其他有关社会生活的描写，揭露统治阶级穷奢极欲、腐朽荒淫的生活；揭露他们勾结官府、以势压人的种种罪恶。他们为元春归省，特意修建了一所“大观园”，这连贵妃也感到“太奢华过费”了。一个孙子媳妇死了，送丧的“浩浩荡荡地压地银山一般”长达好几里。一口棺材价值一千两银子。作者还通过刘老老进大观园的描写，为我们展现了贾府的挥霍无度的生活、奢侈的家宴、豪华的卧室……这一切都达到了惊人的地步。

他们凭借其政治地位可以直接操纵官府，肆无忌惮地残害百姓，强占财物，如第十五回石呆子被逼自杀。又如王熙凤弄权铁槛寺一回，写她为贪图三千两银子的贿赂，仅用贾琏的名义写了一封信，长安节度使云光就遵命行事，活活拆散了张金哥的婚姻，害死两条人命。

此外，作者还揭露了贵族生活的腐朽，揭露了所谓伦理道德的虚伪无耻。诸如贾琏夫妇、贾珍父子，他们会酒观花，聚赌嫖娼，无所不为。作品为我们勾画出了贵族之家的一切奢侈、荒淫无度的丑行。

贾府在经济上则疯狂地剥削广大人民。他们征收高额地租、房租，发放高利贷，经营商业，大量贪污受贿。荣国府每年收入地租银子竟达“三五十万来往”，王熙凤一个人盘剥和贪污来的“体己钞”就有“五十万金”。这些贵族的奢侈生活，正是建立在对广大农民的严酷剥削的基础之上的。当乌庄头到贾府交租时，贾珍看着交租单子，皱着眉道：“我算定你们至少也有五千银子来，这够做什么的。”“这一二年里赔了许多，不和你们要，找谁去？”一笔便勾画出地主阶级贪得无厌的本性。又如第一回，写乡宦甄士隐因失火移居田庄，偏值“水旱不收，盗贼蜂起，官兵剿捕”，使他难以安身，只好又投岳丈家去。这些简略的描写，正是清中叶社会面貌的反映。

奴婢制度，是一种萎缩了的奴隶制度。清代中叶蓄奴之风极盛，《红楼梦》对奴婢生活作了大量的描写。贾府的贵族统治者，总共不过二三十人，却役使着几百名的奴婢。每一个少爷小姐就要由十来个奴婢服侍。这些奴婢，无论是世代为奴的所谓“家生子”，还是家庭无力偿债而被迫卖身的奴婢，主子可以任意打骂，蹂躏甚至虐杀致死。如王熙凤协理宁国府时，一个仆人迟到一步，就被带出去责打二十大板，并革去一个月的粮米；婢女金钏儿不过和贾宝玉说了句笑话，一向所谓“宽仁慈厚”的王夫人就连打带骂，金钏儿被逼不过，投井而死。在贾府统治阶级的淫威下，无数奴婢横遭迫害。第七十回抄检大观园，逐司琪，撵晴雯，许多奴婢接二连三地被迫害而死。作者对笔下数以百计的奴婢，写得形象生动，如实地展示了他们的生活处境和精神面貌。焦大在贾府内处于特殊的地位。焦大酒后骂贾府，倒是为贾府好，然而口中却被塞以马粪。安于奴隶地位，具有奴隶性格的兴儿，他背着凤姐说了凤姐若干话，但当着凤姐面，又跪在那里，自己打嘴巴。袭人作为一个符合礼教规范的女奴，也写得非常成功。特别应该提到，作者以其无限同情的笔触，描绘了奴隶们纯洁的心灵，歌颂了他们的斗争。鸳鸯是一个有骨气的婢女，她洞悉贾府龌龊的内幕，当贾赦逼她做妾时，她断然拒绝，表示不但不当小老婆，即使“三媒六聘，娶我去做大老婆，我也不能去”,“就是老太太逼着我,一刀抹死了,也不能从命”。然而她最后也只有悬梁自杀。晴雯是一个不明籍贯、不详姓氏、地位低下的女奴,她在抄检大观园时所表现的反抗精神,给人留下了深刻的印象。晴雯之死也是一幕悲剧。司琪被逐出大观园和表兄潘又安双双自杀,也是《红楼梦》中壮烈的场面。

总之,《红楼梦》深刻地揭露了上层社会的面貌,对科举制度、婚姻制度、奴婢制度、伦理道德观念,进行了全面的批判和否定,从而揭示了旧社会必然崩溃的历史趋势。作者在揭露与批判的同时也流露出惋惜和感伤之情。

第三节 《红楼梦》的艺术成就

《红楼梦》是古典小说中艺术成就最高的。《红楼梦》写作的重要特点之一,是在广阔的社会背景里,通过对平凡的日常生活的精心提炼和反复细致的描绘,如实地再现了当时社会上各式各样人物的本来面貌。鲁迅说:“至于说到《红楼梦》的价值,可是在中国底小说中实在是不可多得的。其要点在敢于如实描写,并无讳饰,和以前的小说叙好人完全是好,坏人完全是坏的,大不相同,所以其中所叙的人物,都是真的人物。总之自有《红楼梦》出来以后,传统的思想和写法都打破了。——它那文章的旖旎和缠绵,倒是还在其次的事。”(《中国小说的历史的变迁》)所写的人物,尽是如实描写,如金钏跳井之后,宝钗劝慰王夫人说:“据我看来,他并不是赌气投井,多半他下去住着,或是井旁边儿玩,失了脚掉下去的。他在上头拘束惯了,这一出去,自然要到各处去玩玩逛逛儿,岂有这样大气的理?纵然有这样大气,也不过是个糊涂人,也不为可惜。”又说:“姨娘也不劳关心。十分过不去,不过多赏他几两银子发送他,也就尽了主仆之情了。”宝钗这席话在她说来是很自然的,也很会体察人意,不失“温婉贤淑”的大家风度,但这恰恰暴露了她一副主子的面孔,和在大家庭中会做人的一面。这无数的真实描摹，再现了生活，但并不是无选择的表面现象的累积，而是深刻地揭示了现实社会的本质方面，塑造了一大批活生生的典型人物形象，其中不少人物，如凤姐、宝玉、黛玉、宝钗、刘老老、晴雯、袭人等早已长期流传在人民群众之中。这些人物血肉饱满，个性鲜明。如写凤姐第一次出场（第三回），未见其人，先闻其声，表现了她在贾府中的特殊地位；然后用众多丫鬟媳妇的簇拥，表现她的威势；又细写其全身衣着打扮，表现她的雍容华贵；接着用一连串明快而又得体的语言及符合身份的举动，表现出她的老于世故：

> 一语未完，只听后院中有笑语声，说："我来迟了，没得迎接远客！"黛玉思忖道："这些人个个皆敛声屏气如此，这来者是谁，这样放诞无礼？……"心下想时，只见一群媳妇丫鬟拥着一个丽人从后房进来。这个人打扮与姑娘们不同：彩绣辉煌，恍若神妃仙子。头上戴着金丝八宝攒珠髻，绾着朝阳五凤挂珠钗；项上戴着赤金盘螭璎珞圈；身上穿着缕金百蝶穿花大红云缎窄褙袄，外罩五彩刻丝石青银鼠褂，下着翡翠撒花洋绉裙。一双丹凤三角眼，两弯柳叶掉梢眉。身量苗条，体格风骚。粉面含春威不露，丹唇未启笑先闻。
>
> …………
>
> 这熙凤携着黛玉的手，上下细细打量一回，便仍送至贾母身边坐下，因笑道："天下真有这样标致人儿！我今日才算看见了！况且这通身的气派竟不像老祖宗的外孙女儿，竟是个嫡亲的孙女儿似的。怨不得老祖宗天天嘴里心里放不下。——只可怜我这妹妹这么命苦：怎么姑妈偏就去世了呢？"说着，便用手帕拭泪。贾母笑道："我才好了，你又来招我。你妹妹远路才来，身子又弱，也才劝住了。快别再提了。"
>
> 熙凤听了，忙转悲为喜道："正是呢。我一见了妹妹，一心都在他身上，又是欢喜，又是伤心，竟忘了老祖宗了。该打，该打。"又忙拉着黛玉的手问道："妹妹几岁了？可也上过学？现吃什么

药？在这里别想家。要什么吃的，什么玩的，只管告诉我。丫头老婆们不好，也只管告诉我。”黛玉一一答应。一面熙凤又问人：“林姑娘的东西可搬进来了？带了几个人来？你们赶早打扫两间屋子叫他们歇歇儿去。”

说话时，已摆了茶果上来。熙凤亲自布让。又见二舅母问他：“月钱放完了没有？”熙凤道：“放完了。刚才带了人到后楼上找缎子，找了半日，也没见昨儿太太说的那个，想必太太记错了。”王夫人道：“有没有，什么要紧！”因又说道：“该随手拿出两个来给你这妹妹裁衣裳啊。等晚上想着再叫人去拿罢。”熙凤道：“我倒先料着了。知道妹妹这两日必到，我已经预备下了，等太太回去过了目好送来。”王夫人一笑，点头不语。

作者还通过“毒设相思局”“协理宁国府”“弄权铁槛寺”等情节，逐步刻画出她性格中阴险、毒辣、残忍、贪婪、虚伪的各个方面。把一个“嘴甜心苦，两面三刀，上头笑着，脚底下就使绊子，明是一盆火，暗是一把刀”的凤辣子的形象，塑造得十分丰满生动。

作者不是只凭主观想象，把人物写成某种思想的化身，而是按照现实生活中不同人物的本来面貌，真实地塑造出具有不同个性的人物形象。即使是出身于同一阶级或阶层的人，也因其环境、条件和生活教养的不同而显出个性的差别。如迎春、探春、惜春姊妹三人，同是贵族小姐，但并不是一副面孔，而是各有其不同的外貌风度、思想倾向和趣味爱好。又如贾政、贾赦是一母兄弟，但一个是道貌岸然、昏庸无能的卫道者，一个是荒淫无耻的老色鬼。对同一个人物，作者也不是简单的、类型化的描写，同样展现了人物性格的复杂性。对于宝钗，作品也赞颂了她的才貌，特别是描写了由于遵奉伦理道德给她带来的悲剧命运。

《红楼梦》在塑造人物时，善于用大段的心理描写深入地揭示出人物的精神世界。如第三十二回写黛玉听到宝玉称赞她不讲“仕途经济”之类的混账话以后的一段内心独白：

黛玉听了这话，不觉又喜又惊，又悲又叹。所喜者：果然自己眼力不错，素日认他是个知己，果然是个知己。所惊者：他在人前，一片私心，称扬于我，其亲热厚密，竟不避嫌疑。所叹者：你既为我的知己，自然我亦可为你的知己，既你我为知己，又何必有“金玉”之论呢？既有“金玉”之论，也该你我有之，又何必来一宝钗呢？所悲者：父母早逝，虽有铭心刻骨之言，无人为我主张。况近日每觉神思恍惚，病已渐成，医者更云：“气弱血亏，恐致劳怯之症。”我虽为你的知己，但恐不能久待；你纵为我的知己，奈我薄命何！——想到此间，不禁泪又下来。待要进去相见，自觉无味，便一面拭泪，一面抽身回去了。

这里把人物灵魂深处极为复杂的心理活动，淋漓尽致地刻画出来，从而丰富了人物的性格。又如第五十七回“慧紫鹃情辞试莽玉”，写宝玉听了紫鹃说的顽笑话和试探的话两次发呆，揭示了贾宝玉痴情的心理。

《红楼梦》的景物描写也非常成功。写景抒情融为一体，从而有力地烘托出人物的性格与气质。如写林黛玉所居住的潇湘馆，是“翠竹夹路”“苍苔满地”，有垂地的湘帘和巧舌的鹦鹉。这里的一草一石，似乎都含有这个孤女的幽怨和悲哀。如写探春房中的摆设则是大案、大鼎、大盘和宝砚，一切都显得开阔而爽朗，表现出这里的主人公不同于一般的贵族小姐，更加烘托出探春精明、干练的性格。又如第三十六回林黛玉在宝玉园外吃闭门羹时的伤感神态和景物描写：“越想越觉伤感，便也不顾苍苔露冷，花径风寒，独立墙角边花阴之下，悲悲切切，呜咽起来。原来这黛玉秉绝代之姿容，具有稀世之俊美，不期这一哭，那些附近的柳枝花朵上宿鸟栖鸦，一闻此声，俱忒楞楞飞起远避，不忍再听。正是：‘花魂点点无情绪，鸟梦痴痴何处惊。’”这完全是中国古典诗歌的意境。根本分不开哪是情，哪是景，俱是情语。

《红楼梦》在艺术上的另一巨大成就表现在语言方面。作品以北方人民群众的口语为基础，并吸收了传统文言中尚有生命力的部分。突出的特点是，准确、精练、生动、流畅、色彩鲜明，富于表现力。叙述文字不只是交代性质，如第六回，写刘老老一进荣国府：

> 次日，天未明时，刘老老便起来梳洗了，又将板儿教了几句话。五六岁的孩子，听见带了他进城逛去，欢喜的无不应承。于是刘老老带了板儿进城，至宁荣街来。到了荣府大门前石狮子旁边，只见满门口的轿马。刘老老不敢过去，掸掸衣服，又教了板儿几句话，然后溜到角门前。只见几个挺胸叠肚指手画脚的人坐在大门上说东谈西的。刘老老只得蹭上来问："太爷们纳福！"众人打量了一会，便问："是那里来的？"刘老老陪笑道："我找太太的陪房周大爷的。烦那位太爷替我请他出来。"那些人听了，都不理他，半日，方说道："你远远的那墙畸角儿等着，一会子，他们家里就有人出来。"内中有个年老的，说道："何苦误他的事呢？"因向刘老老道："周大爷往南边去了。他在后一带住着，他们奶奶儿倒在家呢。你打这边绕到后街门上找就是了。"

作者抓住一系列富有特征的生活细节，既表现了刘老老不得已而进城的农村妇女那种小心翼翼的神情，又十分自然地写出了这个贵族之家的煊赫声势。

《红楼梦》人物的语言，无不带有鲜明的个性，恰合人物的身份。如在宝玉挨打以后，袭人、宝钗、黛玉等人的语言表现了不同的思想感情、不同的人物身份和关系。袭人说："我的娘！怎么下这般的狠手？你但凡听我一句话，也不到这个份儿。幸而没动筋骨，倘或打出个残疾来，可叫人怎么样呢！"宝钗叹道："早听人一句话，也不至有今日！别说老太太、太太心疼，就是我们看着，心里也——"黛玉来得最迟，话也说得最少，但感情却最深："只见他两个眼睛肿得桃儿一般，满面泪光……""半天方抽抽噎噎的道：'你可都改了罢！'"只有一句话，却准确地表现了林黛玉的无限深情。又如第十六回写王熙凤协理宁国府后对贾琏说的一席话：

> "我那里管的上这些事来！见识又浅，嘴又笨，心又直，人家

给个棒槌,我就拿着认作针了。脸又软,搁不住人家给两句好话儿。况且又没经过事,胆子又小,太太略有点不舒服,就吓的也睡不着了。我苦辞过几回。太太不许,倒说我图受用,不肯学习。那里知道我是捻着把汗儿呢!一句也不敢多说,一步也不敢妄行。你是知道的,咱们家所有的这些管家奶奶,那一个是好缠的?错一点儿,他们就笑话打趣;偏一点儿,他们就'指桑骂槐'的抱怨。'坐山看虎斗','借刀杀人','引风吹火','站干岸儿','推倒了油瓶儿不扶':都是全挂子的本事!况且我又年轻,不压人,怨不得不把我搁在眼里。更可笑那府里蓉儿媳妇死了,珍大哥再三在太太跟前跪着讨情,只要请我帮他几天。我再四推辞,太太做情应了,只得从命。到底叫我闹了个马仰人翻,更不成个体统。至今珍大哥还抱怨后悔呢。你明儿见了他,好歹赔释赔释,就说我年轻,原没见过世面,谁叫大爷错委了他呢!"

这段话全是口语,把凤姐表面上装模作样说自己怎样不行,而实际上却洋洋自得地在贾琏面前卖弄的神情,活灵活现地写了出来,措辞与语气都恰如其分地表现了王熙凤独特的情态与个性。

《红楼梦》以宝黛的爱情故事为主线,以贾府的衰败过程为背景,把大大小小的事件、矛盾冲突穿插起来,形成一个有机的整体,结构完整严谨。作者对全书布局做了精心安排,后四十回因为是经后人补续完成,已不能做具体的考察,但全书开篇确实是经过仔细斟酌的。首先是《石头记》缘起,一块无才补天、被女娲弃在大荒山无稽崖青埂峰的顽石,由茫茫大士、渺渺真人携入红尘的经历,是全书的楔子。这与《水浒传》等的楔子很相像。但《红楼梦》对创作意旨的说明则更有近世小说的思想。前五回对整个背景、荣国府和一些主要人物作了一个初步的介绍。特别是第五回贾宝玉神游太虚境,对贾府作了总的概括,对书中重要女主人公十二金钗一生的遭遇,也作了预示,是一部书的大纲领。十八回以前具体写荣国府、宁国府和大观园这些环境,以及贾宝玉、林黛玉、薛宝钗、王熙凤、秦可卿等人物,其中刻画最多的是王熙凤。

特别是通过秦可卿之死、贾元春省亲,极写贾府之盛。十九回至四十五回主要是写宝玉与黛玉之间的爱情试探、宝玉与封建正统势力的矛盾。四十六回至七十二回,宝黛已经互相了解,消除猜忌,故事进一步向深广开展,其中鸳鸯抗婚,探春理家,尤三姐、尤二姐之死,都是重要的关目。七十二回以后,转入贾府衰败的描写,写这大家庭的入不敷出,抄检大观园和晴雯之死等。这四个部分各有重点,而又和全书的主线及主要人物联系在一起,而且每个部分又不只是写了它的中心内容,还写了许多其他情节、许多人物。所有这些线索、情节和人物,复杂地交错在一起,呈网状结构。作者还利用刘老老、贾雨村这两个可游离的人物,在书中起着穿插衬托,转换情节的作用。曹雪芹在艺术结构方面,明显地接受了中国古代小说、戏曲和绘画理论的影响,并有新的创造。

曹雪芹以其卓绝的艺术才华,创造了杰出的长篇巨著——《红楼梦》,他把我国古典小说创作艺术推向了空前的顶峰。两百多年以来,他和他的不朽作品在国内外起着深远的影响。

第四章　其他长篇小说

第一节　《水浒后传》及其他

清初至清中叶,英雄传奇和历史小说仍有不少作品产生。《水浒后传》是最早的一部。作者陈忱,生卒年不详,约生活在明朝末年至清代康熙初年,浙江乌程(今嘉兴)人,曾与顾炎武、归庄等组织"惊隐诗社"。《乌程县志》记载说:"陈忱,字遐心,号雁荡山樵。居贫,卖卜自给。究心经史,稗编野乘,无不贯串。好作诗文,驱策典故,若数家珍,而无聊不平之气,时复盘旋于褚墨之上,乡荐绅咸推重之。身名俱隐,穷饿以终,诗文杂著,多散佚不传。"据《水浒后传》序诗"千秋万世恨无极,白发孤灯续旧编"句看来,应是他晚年的作品。另有《痴世界乐府》《续二十一史弹词》等,已佚。

《水浒后传》,共四十回,是百回本《水浒传》的一部续书。作品叙梁山未死的英雄,重举义旗,抵抗金兵,后来到海外建立王国的故事。作者明显的意图是借北宋历史,总结明朝亡国的教训,借抗金抒发他的民族思想。其中写混江龙李俊自梁山泊事业失败后,回太湖打鱼。当地乡宦巴山蛇丁自燮和常州太守吕志球勾结,截湖征税,鱼肉乡民,逼得李俊等又走上反叛的道路。这段故事流传较广。此外,还有阮小七的粗豪、乐和的多谋,也刻画得较为鲜明。陈忱的忠君思想比较浓厚,他把起义将领都写成忠于宋王朝的人物。作者最后让蔡京、高俅、童贯、蔡攸等奸党直接死于梁山英雄之手。英雄们当面斥责奸党,樊瑞说:

> 我老爷们是天不怕地不怕的。这四个奸贼不要说把我一百单八个弟兄弄得五星四散,你只看那锦绣般江山都被他弄坏,遍天豺虎,满地尸骸,二百年相传的大宋瓦败冰消,是什么世界!

这些话里也寄托了他自己胸中的积闷。

《水浒后传》部分回目写得较好,但是总的来说,有一些情节与《水浒传》雷同,深度广度都不及《水浒传》。

明代演岳飞故事的小说有熊大木的《武穆演义》、邹元标的《精忠全传》等书。清初钱采、金丰在前人的基础上加工增订成八十回的《说岳全传》。钱采,字锦文,仁和(今浙江省杭州市)人;金丰,字大有,永福(今福建省永泰县)人。金丰在《序》中说:"从来创说者不宜尽出于虚,而亦不必全出于实:苟事事皆虚则过于诞言,而无以服考古之心;事事皆实则失于平庸,而无以动一时之听。"他们广泛吸取了说唱文学的成果,有不少精彩的描写。作品通过一系列战争,成功地塑造了杰出的爱国将领岳飞的形象,描叙陆登、李若水、梁红玉、汤怀等人为国捐躯的事迹,表彰了他们的爱国忠君精神。作品谴责了张邦昌和秦桧等的卖国行为,可以看出作者假借南宋历史教训,谴责奸党误国的用心。《说岳全传》以《水浒》续书自居,在岳家军中写了不少民间英雄,呼延灼及许多虚构的梁山后代,都是得力的将领。作品还写了一个李逵式的英雄——牛皋。他曾独闯金营,投递战书;也曾扯旨,不接受皇帝的诏书。《说岳全传》在戏曲舞台上也有很大影响。

此外,还有褚人获根据《隋史遗文》《隋唐志传》《隋炀帝艳史》以及其他的民间传说写成的《隋唐演义》。全书一百回,从隋文帝杨坚伐陈写起,到唐代平定安史之乱,唐玄宗返回长安止。其中讲述了隋炀帝骄奢淫逸的生活,各路起兵反隋的英雄,唐太宗平定天下的过程,武则天的事迹以及李杨的故事。此书具有集隋唐故事大成的性质,正如作者自己在序言中所说,这部作品好像一本账簿,因此,其内容庞杂,缺少集中加工。清代乾隆时期还有一部无名氏的《说唐演义全传》,共六十八回。叙事从北周吞并北齐,北齐大将军秦彝托孤写起,到唐高宗李渊传位给唐太宗李世民为止。作品风格粗犷，语言通俗，保留了民间艺人讲述的色彩。

第二节 《醒世姻缘传》及其他

明末清初的一部有影响的婚姻问题小说，名《醒世姻缘传》，又名《恶姻缘》。原题为“西周生辑著”，或说作者即蒲松龄，但证据不足。或说明末作品。《醒世姻缘传》写一个冤仇相报的两世姻缘故事。头二十二回写武城县晁源射死一只仙狐，又娶妓女珍哥为妾，纵妾虐妻，逼死嫡妻计氏。二十三回以后为再世姻缘，绣江县狄希陈为晁源托生，妻薛素姐即仙狐托生，妾童寄姐为计氏，妾婢珍珠即珍哥。寄姐又逼死珍珠，狄希陈则倍受妻妾的虐待。后经高僧点明因果，狄希陈诵一万遍《金刚经》，方才解除宿孽。作者宣扬伦理道德观念和因果迷信思想，想用此来警世，维持纲常，但客观上暴露了政治的黑暗和道德的虚伪。如晁思孝通过行贿得官，其子晁源则仗势横行乡里。他和妾逼死嫡妻，竟逍遥法外。后来珍哥被判处死刑入狱，他又贿赂典史，在死牢中大摆寿筵。晁源父子死后，族众就抢夺财产，素姐怕公公的妾生了儿子夺了家产，竟想阉割公公。县刑房书手张瑞凤看上了珍哥，在监中放火，烧死了另一妇人，把珍哥换回家中做妾。这些都有助于我们认识封建社会。《醒世姻缘传》是用山东方言写成的，具有浓厚的地方色彩。

明末清初才子佳人小说颇为风行，鲁迅说：“世情小说在一方面既有这样的大讲因果的变迁，在他方面也起了别一种反动。那是讲所谓‘温柔敦厚’的，可以用《平山冷燕》，《好逑传》，《玉娇梨》来做代表。”（《中国小说的历史的变迁》）《好逑传》又名《侠义风月传》，十八回。作者署名“名教中人”，真实姓名不详。作品男主人公铁中玉的父亲铁英弹劾大夬侯强抢民女，反被以毁谤功臣的罪名关入监狱。铁中玉代父亲向皇帝上书辩诬，并救出民女。女主人公水冰心的父亲流放在边廷充军，她叔父想霸占家产，同意将她嫁给花花公子过其祖。铁中玉到山东游学,搭救了水冰心。水冰心敬服铁中玉。铁中玉暴病,水冰心到其家护视。但二人为了表明心迹,都不肯成婚。水冰心说:“始之无苟且,赖终之不婚姻,方明白到底;若到底成全,则始之无苟且,谁则信之?此乃一生名节大关头,断乎不可。”铁中玉说:“凡婚姻之道,皆父母为之,岂儿女所能自主哉!”后来水冰心父亲冤情平反,官复原职。经双方父母同意,并经皇后召宫人验明水冰心是清白之身,证明她守身如玉,才奉旨结婚。《平山冷燕》共二十回,题“荻岸山人编次”。作品写燕白颔和山黛、平如衡和冷绛雪两对青年的婚姻故事。这两部书都反映了婚姻问题。鲁迅《论睁了眼看》一文说:“中国婚姻方法的缺陷,才子佳人小说作家早就感到了,他于是使一个才子在壁上题诗,一个佳人便来和,由倾慕——现在就得称恋爱——而至于有‘终身之约’。但约定之后,也就有了难关。我们都知道,‘私定终身’在诗和戏曲或小说上尚不失为美谈(自然只以与终于中状元的男人私订为限),实际却不容于天下的,仍然免不了要离异。明末的作家便闭上眼睛,并这一层也加以补救了,说是:才子及第,奉旨成婚。‘父母之命媒妁之言’经这大帽子来一压,便成了半个铅钱也不值,问题也一点没有了。假如有之,也只在才子的能否中状元,而决不在婚姻制度的良否。”这是论述得很透彻的。作品中对伦理道德的宣扬也是十分明显的。但是《好逑传》“文辞较佳,人物之性格亦稍异,所谓‘既美且才,美而又侠’者也”(鲁迅《中国小说史略》)。这部书很早就翻译或转译成英、法、德文。《好逑传》在欧洲很有名,歌德和席勒也称赞过这部书。

《歧路灯》与《红楼梦》同时产生于乾隆时代。作者李海观(1707—1790),字孔堂,号绿园,新安(今属河南)人。作品描写一个青年由于母亲的溺爱,家庭管教不良,以致走入歧路。后经亲朋挽救,幡然悔悟。书中记录了封建社会末期形形色色的怪现象,反映了当时的社会人情,有一定认识价值。语言也颇具特色,带有河南地方色彩,朴素而生动。

第三节 《镜花缘》

李汝珍(1763？—1830？),字松石,直隶大兴(今属北京)人。曾任河南县丞,多数时间生活在淮南、淮北一带。他学问渊博,“读书不屑章句帖括之学,以其暇旁及杂流,如壬遁、星卜、象纬、篆隶之类,靡不日涉以博其趣。而于音韵之学,尤能穷源索隐,心领神悟”(余集《李氏音鉴序》)。著有《李氏音鉴》五卷。《镜花缘》一百回,是他消磨了三十年心血写成的。作品写武则天女皇令百花于冬天开放,后众花神遭到天谴,被谪下凡,花神领袖百花仙托生为唐敖女小山。唐敖科举落第,游历海外各国,小山出海寻父。回国后正遇武则天考试才女,百女得以重会。作者借此对很多社会问题发表意见,相当生动地表达了自己对社会黑暗现实和种种恶俗的憎恨。如写两面国的人正面是一张笑脸,后面浩然巾里藏着一张恶脸,讽刺掩藏真面目的阴谋家。写长人国讽刺脸皮厚,目空一切。君子国严禁臣民献珠宝,有献的便将珠宝烧毁还要办罪,这是讽刺当时的贿赂公行。作品写林之洋在女儿国被其国王选为贵妃,强迫穿耳缠足的情况,把妇女所受的摧残,形象地刻画出来:

> 刚把酒饭吃完,只听下面闹闹吵吵,有许多宫娥跑上楼来,都口呼“娘娘”,磕头叩喜。随后又有许多宫娥捧着凤冠霞帔,玉带蟒衫并裙裤簪环首饰之类,不由分说,七手八脚,把林之洋内外衣服脱的干干净净。——这些宫娥都是力大无穷,就如鹰拿燕雀一般,那里由他作主。——刚把衣履脱净,早有宫娥预备香汤,替他洗浴。换了袄裤,穿了衫裙,把那一双“大金莲”暂且穿了绫袜;头上梳了鬏儿,擦了许多头油,戴上凤钗;擦了一脸香粉,又把嘴唇染的通红;手上戴了戒指,腕上戴了金镯。把床帐安了,请林之洋上坐。此时林之洋倒像做梦一般,又像酒醉光景,只是发痿。细问宫娥,才知国王将他封为王妃,等选了吉日,就要进宫。
>
> 正在着慌,又有几个中年宫娥走来,都是身高体壮,满嘴胡须。

> 内中一个白须宫娥,手拿针线,走到床前跪下道:“禀娘娘:奉命穿耳。”早有四个宫娥上来,紧紧扶住。那白须宫娥上前,先把右耳用指将那穿针之处碾了几碾,登时一针穿过。林之洋大叫一声:“疼杀俺了!”望后一仰,幸亏宫娥扶住。又把左耳用手碾了几碾,也是一针穿过。林之洋只疼的喊叫连声。两耳穿过,用些铅粉涂上,揉了几揉,戴了一副八宝金环。白须宫娥把事办毕退去。接着有个黑须宫人,手拿一匹白绫,也向床前跪下道:“禀娘娘:奉命缠足。”又上来两个宫娥,都跪在地下,扶住“金莲”,把绫袜脱去。那黑须宫娥取了一个矮凳,坐在下面,将白绫从中撕开,先把林之洋右足放在自己膝盖上,用些白矾洒在脚缝内,将五个脚指紧紧靠在一处,又将脚面用力曲作弯弓一般,即用白绫缠裹,才缠了两层,就有宫娥拿着针线上来密密缝口:一面狠缠,一面密缝。林之洋身旁既有四个宫娥紧紧靠定,又被两个宫娥把脚扶住,丝毫不能转动。及至缠完,只觉脚上如炭火烧的一般,阵阵疼痛。不觉一阵心酸,放声大哭道:“坑死俺了!”

这实际是对宗法社会妇女遭遇的抗议。但作者正处于新旧思想矛盾之中,仍跳不出旧思想的限制,如第十六回写黑齿国中,男人走路由右边行走,妇女都在左边行走,来来往往,男女并不交言,都是目不斜视,俯首而行。第九十八回又写几位才女,以死殉夫。全书多处卖弄才学,后半部更是多种游艺节目和多种学问的大杂烩。杨懋建在《梦华琐簿》中说:“作者自命为博物君子,不惜獭祭填写,是何不径作类书而必为小说耶?即如放榜谒师之日,百人聚饮,行令纠酒,乃至累三四卷不能毕其一日之事,阅者昏昏欲睡矣。作者津津有味,何其不惮烦也!”鲁迅《中国小说史略》中说:“惟于小说又复论学说艺,数典谈经,连篇累牍而不能自已,则博识多通又害之。”

第五章　清初戏曲作家

第一节　李玉及苏州地区作家

明末清初，苏州地区有一批戏曲作家，形成了一个戏曲流派。他们的作品密切联系舞台实际，戏剧性强，对昆曲及地方戏演出有很大的影响；并有一些作品反映了明末清初的社会现实，或多或少地表现了时代特征。这些作家是李玉、朱素臣、朱佐朝、毕万後、叶雉斐、丘园、陈二白等，他们还经常进行集体创作。

李玉（1605？—1680？），字玄玉，别号苏门啸侣，吴县（今江苏苏州）人。焦循《剧说》说“元玉系申相国家人，为孙公子所抑，不得应科试，因著传奇以抒其愤”，吴伟业说他在明代“连厄于有司，晚几得之，仍中副车。甲申以后，绝意仕进”（《北词广正谱序》）。苏门啸，是用晋隐者孙登的典故。孙登隐于苏门山，嵇康曾从之游。阮籍往观，孙登一啸作鸾凤音。这与李玉在《一捧雪·谈概》〔木兰花〕曲中所说“扣角狂歌，击壶长啸，英雄空与天公闹，买曲青山学种瓜，寻溪碧水闲垂钓”是一致的。苏门啸侣是隐者伴侣的意思，也有以曲抒发其不平的意思。他共编写了四十多个剧本，现存近二十种。他在明末的作品以《一捧雪》《人兽关》《永团圆》《占花魁》著名，合称“一人永占”。《一捧雪》写严世蕃为谋取玉杯“一捧雪”迫害莫怀古的故事；《人兽关》写桂薪“负德背恩”，最后其妻变狗的故事；《永团圆》写江纳嫌贫爱富的故事；《占花魁》即话本《卖油郎独占花魁》的故事。作品意在用伦理道德来挽救社会的衰落，用因果报应来警世，但作品对明末社会现实有所反映，特别是着力鞭挞世风的浇薄。清初所写《万里圆》叙黄向坚万里寻父的故事，直接反映了清初动乱的现实。《千忠戮》写明燕王与建文帝争夺帝位的事件。剧中建文帝化妆成和尚逃亡时唱的〔倾杯玉芙蓉〕曾是一支流行的曲子：

收拾起大地山河一担装，四大皆空相。历尽了渺渺程途，漠漠平林，垒垒高山，滚滚长江。但见那寒云惨雾和愁织，受不尽苦风凄雨带怨长，雄城壮，看江山无恙，谁识我一瓢一笠到襄阳！

《清忠谱》是李玉、朱素臣、毕万後和叶雉斐的集体创作。它反映了明末东林党人和以阉党魏忠贤为首的统治集团的斗争，鞭挞了魏忠贤等的专横残暴，歌颂了疾恶如仇、不畏强暴的周顺昌，并反映了颜佩韦等苏州下层人民的反抗斗争。这部作品的写作目的很清楚，作者在《清忠谱・谱概》〔满江红〕曲中说：

珰焰烧天，正亘古忠良灰劫。看几许骄骢嘶断、杜鹃啼血。一点忠魂天日惨，五人义气风雷掣。遡从前词曲少全篇，歌声咽。思往事，心欲裂；挑残史，神为越。写孤忠纸上，唾壶敲缺。一传词坛标赤帜，千秋大节歌白雪。更锄奸律吕作阳秋，锋如铁。

作者以《清忠谱》为词场正史，歌颂忠臣义士。作品的主人公是一忠五义。一忠即周顺昌，他是一个清廉忠正、疾恶如仇的形象。开篇《傲雪》一出，写周顺昌虽被株连削夺官职，但白雪肝肠、坚冰骨骼不变。风寒雪冷，面对白雪，他抒发了自己的心志，〔啄木儿〕：

我清霜操，白雪篇，坐此彻骨冰壶聊自遣。助高人闭户安眠，济忠臣餐毡饥喘。怕只怕弥漫白占江山遍，何日里雪消见日冰山变？少不得有脚阳春遍九天。

接着通过在魏忠贤祠堂骂像（《骂像》出），梦中面君弹劾魏忠贤并亲自用朝笏击贼（《忠梦》出），和在被诬刑讯时，当面叱责魏忠贤（《叱勘》出）等情节，把周顺昌的劲骨正气表现得很突出。五义指颜佩韦、杨念如、周文元、马杰、沈扬等五位义士。魏忠贤派遣校尉到苏州逮解周顺昌，五位义士纠合百姓，恳求官府出疏保留。《义愤》《闹诏》二出写群众请愿闹诏的场面，声势很大，表现了颜佩韦等的义烈。如〔北小桃红〕曲，颜佩韦说：

义侠吴门遍九垓，千古应无赛。今日里公愤冲天难宁耐，怎容得片时挨？任官旗狼虎威风大，俺这里呼冤叫枉，喧天动地，管教您一霎扫尘霾。

《戮义》出写五位义士就义，慷慨悲壮。〔泣颜回〕曲，五人合唱：

刚强，仗义久名扬，说甚身遭无妄。权珰肆虐，堪嗟毒流天壤。锄奸击贼，五人儿也愧东林党。痛孤忠万里俘囚，枉吾侪一朝倾丧。

京剧《五人义》即据此改编。此外，《麒麟阁》演隋末起义的英雄和唐高宗李渊建立唐王朝的历史故事，《牛头山》演岳飞抗金的历史故事。这些剧本在舞台上都有一定影响。李玉还与朱素臣参订《北词广正谱》，是研究北曲曲谱的重要著作。

朱素臣，名㿥，又字笙庵，吴县（今江苏苏州）人，与李玉同时稍晚。著有传奇等二十余种，以《双熊梦》最著名。《双熊梦》又名《十五贯》，是从话本《错斩崔宁》演化而来。其中一些主要场次流传很广，是改编昆曲《十五贯》的主要依据。作品写熊友蕙、熊友兰兄弟的两宗冤案，成功地刻画了正直廉明、认真查勘的况钟和主观专断的过于执的形象。朱良卿，名佐朝。著有传奇三十余种，现存《渔家乐》等十五种。《渔家乐》演东汉时渔家女邬飞霞得神针，刺死权奸梁冀，救护清河王刘蒜的故事。《藏舟》《刺梁》，都是著名的折出。毕万後，名魏，一字晋卿，著有《竹叶舟》《三报恩》两种传奇。叶雉斐，名时章，号牧拙。现存他的作品有《琥珀匙》《英雄概》、《四大庆》第一本等传奇。焦循《剧说》引《茧瓮闲话》说："《琥珀匙》，吴门叶雉斐作。变名陶佛奴，即传奇中翠翘故事。中有句云'庙堂有衣冠禽兽，绿林内有救世菩提'，为有司所恚,下狱几死。”孙岳颁《牧拙生传》说:“翁尝避兵安溪,见乡民捕鱼为业者俱受制于势豪,愁苦万状,因感作《渔家哭》一帙。此亦不忍人之心随处触发,而不知祸从此起矣。城中势豪,以其不利于己也,而迁怒于翁,摘传奇中数语诬为诽谤,讼于官,系狱。”《剧说》所引曲词不见于现存本《琥珀匙》。从这两则记载来看,叶雉斐曾因写戏而入狱是真实的。丘园(1617—1689),字屿雪,常熟(今属江苏)人,寄居苏州。与尤侗、吴伟业有往还。他的作品现存《虎囊弹》《幻缘箱》《百福带》《党人碑》、《四大庆》第二本等传奇。《虎囊弹》演鲁智深救金翠莲打死郑屠,后经金翠莲丈夫帮助到五台山出家的故事。不过,增加了赵员外被人告发窝藏罪犯,金翠莲去总制府告状;总制府有用虎囊弹弹告状人的旧例,弹中不死才收状;后其冤得申等情节。作品并不成功。其中《山门》一出写得紧张生动,流传很广。如“醉打山门”一段:

(净上)呀!

〔哪吒令〕听钟鸣鼓挝,唔!恨禅林尚遐,把青山乱踏,似飞归倦鸦;醉熏熏眼花,任旁人笑咱!才过了碧峰尖,早起到山门下。阿呀天色尚早,怎么就把山门闭上了?我原说这些和尚都是没用的!只好受闭户波喳。

呔!开门(丑)开弗得个。(净)你不开,咱就取把火来烧你这鸟寺哩!(付)要放火了,开了罢!(净)你当真不开,洒家就打!(跌介)(丑、付)阿弥陀佛,跌杀了倒也罢。(净扒起)跌坏了。你们见咱倒在地下,不上前扶咱一扶,嘴反在那里咕喇咕嘟的骂咱,我把你狗抓的!(丑、付)阿唷唷,师兄!我们在这里念佛。(净)念佛?(丑、付)念佛。(净)来!咱问你:两旁两个鸟大汉他叫什么?(丑)这是哼、哈二将。(净)什么“哼、哈二将”?(付)这个哼将军,专恼和尚吃酒肉;若是和尚吃了酒,拿起来一哼两半。(净)那呢?(丑)这哈将军是个好人。说:“哈哈哈!且由他!”(净)我把两个狗抓的,由着咱在那厢叫门,不替咱开开山门,你反管谁?咱喝酒,与你鸟什么?我把你狗抓的,打!(丑、付)拿什么打?

（净）把山门上的门闩抬过来。（丑、付抬介，下）（净）呔！

〔鹊踏枝〕觑着伊挂天衣，剪绛霞，毗罗帽压金花；他装什么护法空门，与那古佛排衙。怪俺他有些装聋做哑，又怪他眼睁睁、笑哈哈两眼儿瞧着咱。

这出戏以表演见长，经常演出，至今仍具有舞台生命。陈二白，字于令，长洲人。他的作品现存《双冠诰》，写书生冯琳如避难外出，仇人追杀，误杀他人。冯生妻妾都改嫁，婢碧莲教子成人，冯生及其子都贵显，碧莲得双冠诰。京剧《三娘教子》就是根据此剧改编的。

第二节　李　渔

李渔（1611—1680），字笠鸿，号笠翁、随庵主人、新亭樵客，兰溪（今属浙江金华）人。生于今江苏如皋。十几岁回到故乡，二十七岁中秀才，多次应乡试未中。顺治八年左右，移居杭州。他在这一年元旦所写的《辛卯元旦》诗中说："易衣游舞榭，借马系垂杨。"此后，他开始从事戏曲、小说的写作。顺治十五年左右，迁居南京，住了将近二十年。他在南京的住所和所开的书肆，都叫芥子园。李渔在此期间，还自蓄家妓，到处献艺，长期从事戏曲活动，曾到过苏、粤、皖、赣、闽、鄂、鲁、豫、陕、甘、晋及京师。康熙十六年春，他又回到杭州。李渔共写作传奇剧本十六种。他在《闲情偶寄·词曲部》中说："自手所填诸曲，如已经行世之前后八种及已填未刻之内外八种。"自编《怜香伴》《风筝误》《意中缘》《蜃中楼》《奈何天》《玉搔头》《比目鱼》《凤求凰》《巧团圆》《慎鸾交》，合刻为《笠翁十种曲》。《风筝误》演韩世勋、戚施与詹爱娟、詹淑娟的婚姻纠纷。韩世勋早年丧父，住戚补臣家，与戚补臣子戚施同学。近邻詹家有二女，长女爱娟，次女淑娟。爱娟貌奇丑，淑娟才貌双全。戚施是一纨袴子弟，清明节，戚施放风筝，求韩世勋画风筝。韩题诗一首，风筝断线后，为詹淑娟拾得，和诗一首，又被戚家要回。韩生见后，剥下风筝纸，另用一纸糊上，再题诗一首，故意落入詹家。詹爱娟拾得风筝后,与韩生密会,韩生见其貌丑,惊逃。纨袴子弟戚施奉父命与詹爱娟成婚。后来韩世勋中状元与詹淑娟成婚。其中《惊丑》《前亲》《逼婚》《后亲》等出尚在舞台上流行。剧本情节新奇、结构巧妙,语言生动,擅于制造笑料;但情趣低俗,只能说是一部闹剧。

李渔在戏曲理论方面的著作有较高价值。他的《闲情偶寄》内容很庞杂,共分词曲、演习、声容、居室、器玩、饮馔、种植、颐养等八部。其中词曲和演习两部是关于戏曲创作和导演的理论著作。词曲部从结构、词采、音律、宾白、科诨、格局六方面论戏曲文学,演习部从选剧、变调、授曲、教白、脱套五方面论戏曲表演。李渔在戏曲结构、语言、题材以及人物形象的塑造等方面都提出了有价值的见解,有较强的系统性。他重视舞台演出效果,重视戏曲文学,提出"立主脑",并且要求有主脑人物、主脑事件作为戏剧矛盾的基础;"减头绪""密针线"以突出主脑;还主张选材要"奇",有"脱窠臼";要求戏曲语言浅显、尖新、洁净和有机趣。

第三节　尤侗和其他戏曲作家

尤侗(1618—1704),字展成,号晦庵,又号艮斋,长洲(今江苏苏州)人。顺治年间,以贡生除永平推官,所作游戏文,及《读离骚》杂剧,曾得到清世祖的赏识。康熙十年举博学鸿词科,授翰林院检讨,曾参加修《明史》。后以年老辞官回乡。著有《清平调》五种杂剧。其《钧天乐》写文才出众的沈子虚,应试落第,乃上书揭发时弊,反被乱棒打出,后哭诉于霸王庙,最后中天界状元,赐天宴,乐部奏钧天乐,并由上帝许婚。作品是影射作者自身,抒发个人的牢骚。吴梅《顾曲麈谈》说:"其词戛戛独造,直步元人,而牢落不偶之态,时见于楮墨之外。如《送穷》、《哭庙》诸折,几欲搔首问天,拔剑斫地。如第一折〔金络索〕云:'我哭天公,十载青春负乃翁。黄衣不告相如梦,白眼谁怜阮客穷。真蒙懂,区区科目困英雄。一任你小技雕虫,大笔雕龙,空和泪铭文家。'"《读离骚》写屈原怀沙而死,宋玉为之招魂的故事。《吊琵琶》写昭君出塞和文姬吊青冢的故事。《桃花源》写陶渊明入桃花洞成仙的故事。《黑白卫》写女侠聂隐娘的故事。《清平调》写李太白的故事。这些作品也同样流露了作者的怨愤。

吴伟业(1609—1672),字骏公,号梅村,太仓(今属江苏)人。崇祯四年中进士,授翰林院编修,升南京国子监司业。南明福王时拜少詹事。入清,受任秘书院侍讲国子监祭酒,顺治十四年辞职回乡。著有《秣陵春》传奇,《通天台》《临春阁》杂剧。《秣陵春》写南唐亡国后徐适和黄展娘的恋爱故事。《通天台》写梁朝灭亡后,沈炯凭吊通天台遗迹的故事。《临春阁》写陈朝灭亡后,冼夫人入山修道的故事。吴梅《顾曲麈谈》说:"吴梅村所作曲,如《秣陵春》、《临春阁》、《通天台》,纯为故国之思,其词幽怨悲慷,令人不堪卒读。"

第六章 《长生殿》

第一节 洪昇的生平和创作

洪昇(1645—1704),字昉思,号稗畦,又号稗村、南屏樵者,钱塘(今浙江杭州)人。出身于仕宦家庭,藏书很多。毛先舒〔水调歌头〕《与洪昇》说:“子家素号学海,书籍拥专城。”(《鸾情集选》)十五岁便以诗名。康熙七年到北京国子监肄业。第二年又回到故乡,但由于与父母的关系恶化,最终分居。康熙十三年又到京师,此后长期寄寓北京,过着“旅食”的生活。洪昇曾先后从陆繁弨、朱之京、毛先舒受业,王士禛对他的诗很赞赏,他也曾从之受业。王士禛《香祖笔记》说:“昇,予门人,以诗有名京师。”洪昇接受家庭的影响,得到很好的教育,文学修养很深,诗词曲都很有名。在此期间,他父亲曾“罹事远适”,受到遣戍处分,后“逢恩赦免”。他对功名的追求也屡遭坎坷,充满怀才不遇的感慨,对现实多有不满。徐麟《长生殿序》说:“稗畦洪先生以诗鸣长安,交游宴集,每白眼踞坐,指古摘今,无不心折。”当时明珠擅权,洪昇所创作的《长生殿》被明珠党所厌恶,后借口在佟皇后丧期演唱《长生殿》,被革去了国学生籍,回到浙江家乡。晚年出游南京,酒后坠水,死于乌镇。著作今存诗集《稗畦集》《稗畦续集》等,戏曲现存有《长生殿》和《四婵娟》两种。《四婵娟》是由四个单折短剧组成,分别写谢道韫、卫茂漪、李清照、管仲姬四位才女的故事。

第二节 《长生殿》的思想内容

《长生殿》是洪昇的代表作,写唐明皇、杨贵妃的故事。在《长生殿·例言》中,他讲到这个作品的创作过程:

> 忆与严十定隅坐皋园,谈及开元、天宝间事,偶感李白之遇,作《沉香亭》传奇。寻客燕台,亡友毛玉斯谓排扬近熟,因去李白,入李泌辅肃宗中兴,更名《舞霓裳》,优伶皆久习之。后又念情之所钟,在帝王家罕有。马嵬之变,已违夙誓,而唐人有玉妃归蓬莱仙院,明皇游月宫之说,因合用之,专写钗合情缘,以《长生殿》题名,诸同人颇赏之。乐人请是本演习,遂传于时。盖经十余年,三易稿而始成,予可谓乐此不疲矣。

他的初稿《沉香亭》,可能写于康熙十二年。由于当时仕途失意,自然联想到终身怀才不遇的唐代诗人李白。他的"狂言骂五侯"(吴雯《怀昉思》诗)和李白的"安能摧眉折腰事权贵,使我不得开心颜",也会发生共鸣。严定隅名曾槼,余杭监生,是洪昇的朋友。二稿《舞霓裳》,写于康熙十八年。剧本的主角由李白转为唐明皇、杨贵妃,超出抒写个人身世的范围,反映了更广阔的社会内容。三稿定名《长生殿》,写于康熙二十七年。作品暴露社会现实更深刻,而且突出"钗合情缘"。作者在《自序》中更讲到长生殿故事的继承关系和创作意图:

> 余览白乐天《长恨歌》及元人《秋雨梧桐》剧,辄作数日恶。南曲《惊鸿》一记,未免涉秽。从来传奇家非言情之文,不能擅场;而近乃子虚乌有,动写情词赠答。数见不鲜,兼乖典则。因断章取义,借天宝遗事,缀成此剧。凡史家秽语,概削不书,非曰匿瑕,亦要诸诗人忠厚之旨云尔。然而乐极哀来,垂戒来世,意即寓焉。且古今来逞侈心而穷人欲,祸败随之,未有不悔者也。玉环倾国,卒至陨身。死而有知,情悔何极。苟非怨艾之深,尚何证仙之与有。

孔子删《书》而录《秦誓》,嘉其败而能悔,殆若是欤?

很明显,洪昇的《长生殿》直接受白居易《长恨歌》、白仁甫《梧桐雨》的影响,他自己说读这两部作品后,由于感情激动,好几天心境不好。《长生殿》还吸收了这两部作品的情节、意境、词语。关于创作意图,作者是有意歌颂唐明皇、杨贵妃的爱情,同时也有用开元、天宝由盛而衰的历史“垂戒来世”的意思。

李、杨爱情是全剧的中心线索,也是剧中描写的重点。第一出《传概》:

〔满江红〕今古情场,问谁个真心到底?但果有精诚不散,终成连理。万里何愁南共北,两心那论生和死。笑人间儿女怅缘悭,无情耳。

感金石,回天地。昭白日,垂青史。看臣忠子孝,总由情至。先圣不曾删《郑》《卫》,吾侪取义翻宫徵。借太真外传谱新词,情而已。

作品从《定情》发端,到《密誓》,李、杨爱情已趋专一;《惊变》是一个转折,《埋玉》是生死之别;但他们精诚不散,《冥追》《闻铃》《情悔》《哭像》和《雨梦》等出集中写他们真心到底,最后他们同登仙籍,终成连理。如《情悔》中,杨贵妃对天哀祷说:

〔三仙桥〕对星月发心至诚,拜天地低头细省。皇天,皇天!念杨玉环,重重罪孽,折罚来遭横祸。今夜呵,忏愆尤,陈罪眚,望天天高鉴,宥我垂证明。只有一点那痴情,爱河沉未醒。说到此悔不来,惟天表证。纵冷骨不重生,拼向九泉待等。那土地说,我原是蓬莱仙子,谴谪人间。天呵,只是奴家恁般业重,敢仍望蓬莱座的仙班,只愿还杨玉环旧日的匹聘。

这支曲子写出杨玉环忏悔罪行,并一心重寻钗盒旧盟的痴情。当然,由于洪昇思想的局限和李、杨帝妃的地位,所写爱情都离不开宫廷奢靡的生活、争风夺宠的场面，并有一些艳情的描写。

作品有意写唐明皇、杨贵妃“逞侈心穷人欲”而造成的祸乱，希望封建统治者从这一历史经验中吸取教训。通过《賂权》《禊游》《疑谶》《权哄》《进果》等出揭露统治者的穷奢极侈、杨氏兄妹挟势弄权、权臣的互相倾轧，以及对人民的迫害等。如《疑谶》中郭子仪和酒保的对话：

> (丑)客官，你一面吃酒，我一面告诉你波。只为国舅杨丞相并韩国、虢国、秦国三位夫人，万岁爷各赐造新第，在这宣阳里中，四家府门相连，俱照大内一般造法。这一家造来，要胜似那一家的；那一家造来，又要赛过这一家的。若见那家造得华丽，这家便拆毁了，重新再造，定要与那家一样，方才住手，一座厅堂，足费上千万贯钱钞。今日完工，因此合朝大小官员，都备了羊酒礼物，前往各家庆贺，打从这里过去。(外惊科)哦，有这等事！(丑)待我再去看热酒来波。(下)(外叹科)呀，外戚宠盛到这个地位，如何是了也！
>
> 〔醋葫芦〕怪私家恁僭窃，竞豪奢，夸土木。一班儿公卿甘作折腰趋，争向权门如市附。再没有一个人呵，把舆情向九重分诉。可知他朱甍碧瓦，总是血膏涂。

“朱甍碧瓦，总是血膏涂”，正是作者对社会现实的深刻认识。在《进果》中，写进荔枝的驿马踏坏了庄稼，踏死了人，也揭示了人民的痛苦，表现了作者对人民的同情，对当时政治现实的愤慨。

作品还通过《骂贼》，借乐工雷海青之口痛骂了那些辜负“君恩”，贪生怕死，觍颜事敌的新贵。

> 〔元和令〕恨仔恨泼腥膻莽将龙座渰，癞虾蟆妄想天鹅啖，生克擦直逼的个官家下殿走天南。你道恁胡行堪不堪？纵将他寝皮食肉也恨难劖。谁想那一班儿没掂三，歹心肠，贼狗男。
>
> 〔上马娇〕平日价张着口将忠孝谈，到临危翻着脸把富贵贪。

早一齐儿摇尾受新衔，把一个君亲仇敌当作恩人感。咱，只问你蒙面可羞惭？

《弹词》中李龟年演唱：“唱不尽兴亡梦幻，弹不尽悲伤感叹。”充满穷途流落的感叹，也寄托了作者的心声。

作者以爱情故事写社会政治，主要借这样一个“国倾而复平”的例子，用唐明皇穷奢极欲造成祸乱、肃宗中兴的史实，达到劝惩的目的。同时，又借这部作品表达对人生的感悟和悲哀。

第三节 《长生殿》的艺术成就

《长生殿》产生于中国昆曲艺术发展至巅峰之后，以昆曲艺术的文学剧本来看它，它是昆曲艺术成就的代表作品。梁廷枏《曲话》中说：“钱塘洪昇昉思撰《长生殿》，为千百年来曲中巨擘。”洪昇既是诗人，又通音律，所以《长生殿》曲辞与音律俱佳，文情与声情并茂。吴舒凫《长生殿序》说：“爱文者喜其词，知音者赏其律，以是传闻益远。蓄家乐者，攒笔竞写，优伶能是，升价什佰。”

《长生殿》音乐的安排，长期以来一直为评论者所称赞。戏曲音乐理论家傅雪漪《千秋一曲舞霓裳》说：“《长生殿》在创作时，就预先注意到舞台的实际演出效果。在每折戏中应选择那些适合于表现相应人物情节的同一笛色曲牌（当然也有随剧情转折发展而转调之处）来构思和填曲。剧本场与场之间，故事的衔接，冷暖的安排，角色的分配，情绪的变化，音乐布局上曲牌的浓淡，节奏的起伏，演唱形式的转换，合情入理，错综参差。对观众既能悦耳娱目，又从情绪上有张有弛，使人动激情、得回味，同感染、共呼吸。真正是从舞台艺术与观众的交流出发。”《长生殿》在音乐方面也有新的发展突破，如《觅魂》出〔后庭花滚〕：

没来由向金銮出大言，运元神排空如电转。一口气许了他上下里寻花貌，莽担承向虚无中觅丽娟。非是俺没干缠、自寻驱遣，单则为老君王钟情生死坚,旧盟不弃捐。想当日乱纷纷乘舆值播迁,翻滚滚羽林生闹喧,恶狠狠兵骄将又专,焰腾腾威行虐肆煽,闹炒炒不由天子宣,昏惨惨结成妃后冤,扑剌剌生分开交颈鸳,格支支轻捋扯并蒂莲,致使得娇怯怯游魂逐杜鹃。空落得哭哀哀悲啼咽楚猿,恨茫茫高和太华连,泪漫漫平将沧海填。那上皇呵,精诚积岁年,说不尽相思累万千。镇日家把娇容心坎镌,每日里将芳名口上编。听残铃剑阁悬,感衰梧秋雨传。暗伤心肺腑煎,漫销魂形影怜。对香囊呵惹恨绵,抱锦袜呵空泪涟,弄玉笛呵怀旧怨,拨琵琶呵忆断弦。坐凄凉,思乱缠,睡迷离,梦倒颠。一心儿痴不变,十分家病怎痊!痛娇花不再鲜,盼芳魂重至前。生怜他意中人缘未全,打动俺闲中客情慢牵。因此上不辞他往返蹎,甘将这辛苦肩。猛可把泉台踏的穿,早又将穹苍磨的圆。谁知他做长风吹断鸢,似晴曦散晓烟。莽桃源寻不出花一片,冷巫山找不着云半边。好教俺向空中难将袖手展,伫云头惟有睁目延。百忙里幻不出春风图画面,捏不就名花倾国妍,若不得红颜重出现,怎教俺黄冠独自还!娘娘呵,则问他那精灵何处也天?

这支曲子,自第六句始,一连增添四十八句不计衬字在内的五字句,吸收了弋阳腔加滚的手法,进一步丰富了昆曲的曲牌和唱法。《弹词》出,选用了北曲〔九转货郎儿〕一套,并根据角色行当的要求,随着剧情文词的感情意境,进行了处理,音乐的性格化很强,具有充分的表达能力。

《长生殿》曲词清丽流畅,有着浓厚的抒情色彩,是一部出色的诗剧。如《闻铃》中写唐明皇思念杨贵妃的凄切心情:

〔武陵花〕淅淅零零,一片凄然心暗惊。遥听隔山隔树,战合风雨,高响低鸣。一点一滴又一声,一点一滴又一声,和愁人血泪交相迸。对这伤情处,转自忆荒茔。白杨萧瑟雨纵横,此际孤魂凄冷,鬼火光寒,草间湿乱萤。只悔仓皇负了卿,负了卿!我独在人间，委实的不愿生。语娉婷，相将早晚伴幽冥。一恸空山寂，铃声相应，阁道崚嶒，似我回肠恨怎平！

而在《疑谶》《骂贼》《弹词》中，郭子仪、雷海青、李龟年等的唱词又多慷慨激昂的情调。这些曲词当时非常流行。康熙时北京流传着"家家收拾起，户户不提防"的说法。"收拾起"即指李玉《千忠戮》中《惨睹》出的〔倾杯玉芙蓉〕曲。"不提防"即指《长生殿》中《弹词》出的〔南吕·一枝花〕曲：

不提防馀年值乱离，逼拶得歧路穷途败。受奔波风尘颜面黑，叹衰残霜雪鬓须白，今日个流落天涯，只留得琵琶在。揣羞脸上长街，又过短街。那里是高渐离击筑悲歌，倒做了伍子胥吹箫也那乞丐。

又如《惊变》，在清代演出时分为《醉妃》《惊变》两出，现在仍经常演出，今称《小宴》《惊变》。这出戏用中吕南北合套曲。开场第一支曲〔北中吕·粉蝶儿〕，与元白仁甫《梧桐雨》杂剧〔中吕·粉蝶儿〕基本相同。

〔北中吕·粉蝶儿〕天淡云闲，列长空数行征雁。御园中秋色斓斑：柳添黄，蘋减绿，红莲脱瓣。一抹雕栏，喷清香桂花初绽。

杂剧中"秋色斓斑"原作"夏景初残"，"蘋减绿"原作"荷减翠"，"一抹雕栏，喷清香桂花初绽"原作"坐近幽阑，喷清香玉簪花绽"。这出戏与《梧桐雨》杂剧第二折很接近，这支曲子更袭用白仁甫的原文，只是洪昇改夏景为秋景。这都说明洪昇并不排斥、贬低《梧桐雨》杂剧。接下去〔南泣颜回〕曲，写唐玄宗与贵妃携手散步：

〔南泣颜回〕携手向花间，暂把幽怀同散。凉生亭下，风荷映水翩翻。爱桐阴静悄，碧沉沉并绕回廊看。恋香巢秋燕依人，睡银塘鸳鸯蘸眼。

洪昇是当时闻名的诗人，诗笔多变化。这两支曲子写御园中景物，不是用浓笔绘出富丽气象，而是以疏淡清丽的风格描摹秋日风光。所写柳、蘋、荷、桐，既有秋色斑斓，又有清幽静悄。长空新雁、桂花初绽，更是点明时令。秋燕、鸳鸯则写出唐玄宗、杨贵妃恋恋之情。而秋日开始出现的残落景象，也预示着将要发生的人世变化。

《长生殿》关目布置，场次安排很出色。上卷，一方面通过从《定情》到《密誓》的过程，反映爱情的发展，一方面通过《贿权》到《陷关》，反映日益尖锐的社会矛盾。场次与场次之间，互相对照，交错发展，取得强烈戏剧效果。王季烈《螾庐曲谈》说："其选择宫调，分配角色，布置剧情，务令离合悲欢，错综叁伍，搬演无虑劳逸不均，观听者觉层出不穷之妙，自来传奇排场之胜，无过于此。"

第七章 《桃花扇》

第一节 孔尚任的生平

孔尚任(1648—1718),字聘之,又字季重,号东塘,别号岸堂,自号云亭山人,曲阜(今属山东)人。孔子六十四代孙。康熙二十年典田捐纳为国子监生。二十三年,康熙南巡北归时到曲阜祭孔,孔尚任被选为御前讲经人员,讲《大学》首节受到褒奖。康熙面谕侍臣"著不拘定例,额外议用",从优升国子监博士。二十四年,被召进京任职,在国子监开坛讲经。二十五年,随工部侍郎孙在丰往淮阳,疏浚黄河海口。二十九年,还京,仍官国子监博士。后曾官户部主事,宝泉局监铸,户部广东司员外郎。孔尚任年轻时,就已博采遗闻,注意了解南明王朝的史料。后来随孙在丰治河,先后到过扬州、泰州、兴化、仪征、丹徒、无锡、常州、苏州、金陵等地,又曾寻访南明遗老、遗迹。此后,又曾考证文献资料,询问当事人。他住在泰州期间,就曾从事《桃花扇》的创作。《小说枝谈・桃花扇》引《脞语》说:"孔东塘尚任随孙司空在丰勘里下河浚河工程,住先映碧枣园中,时谱桃花扇未毕,更阑按拍,歌声呜呜,每一出成,辄邀映碧共赏。"他经过十余年的经营,于康熙三十八年完成《桃花扇》的创作。孔尚任在《桃花扇本末》中说:

> 予未仕时,每拟作此传奇,恐闻见未广,有乖信史;寤歌之余,仅画其轮廓,实未饰其藻采也。然独好夸于密友曰:"吾有《桃花扇》传奇,尚秘之枕中。"及索米长安,与僚辈饮燕,亦往往及之。又十余年,兴已阑矣。少司农田纶霞先生来京,每见必握手索览。

予不得已，乃挑灯填词，以塞其求；凡三易稿而书成，盖己卯之六月也。

《桃花扇》书成后，被广泛传抄演出。第二年，孔被罢官。他在《和蔡纲南赠扇原韵，送之南还》诗中说："满眼浮云幻莫测，逢君说破古今疑。"自注："予被谪疑案，纲南颇知。"又在《放歌赠刘雨峰》中说："命薄忽遭文字憎，缄口金人受谤诽。"可见他是因文字遭受诽谤而被谪官的。康熙四十一年暮冬，回到家乡。孔尚任的诗文集有《湖海集》《岸堂集》《长留集》等。他的戏剧著作除《桃花扇》外，还有和顾彩合撰的《小忽雷》传奇。吴穆《小忽雷传奇序》说："孔门星座立传周详，顾氏仙才填词秀雅。"孔尚任《桃花扇本末》说："前有《小忽雷》传奇一种，皆顾子天石，代予填词。予虽稍谙宫调，恐不谐于歌者之口。"由此可知，《小忽雷》的创作，是孔尚任构思设计，顾彩执笔填词。但顾彩《桃花扇叙》则说："犹记岁在甲戌，先生指署斋所悬唐朝乐器小忽雷，令余谱之。一时刻烛分笺，叠鼓竞吹，觉浩浩落落，如午夜之联诗。"可见孔尚任也写了曲文。《小忽雷》演唐代郑盈盈与梁厚本的爱情故事。郑盈盈善弹小忽雷，作品以小忽雷为主要关目，故名。

第二节 《桃花扇》的思想内容

《桃花扇》是以侯方域、李香君的爱情故事为线索，写南明王朝兴亡的历史剧。作者在《桃花扇小引》中说："桃花扇一剧，皆南朝新事，父老犹有存者。场上歌舞，局外指点，知三百年之基业，隳于何人？败于何事？消于何年？歇于何地？不独令观者感慨涕零，亦可惩创人心，为末世之一救矣。"这是一部有意创作的政治历史剧。清初，不少知识分子认真思索明亡的原因，通过对前代历史的研究，吸取经验教训。这不是抒发遗民的故国之思，或不仅是抒发故国之思，更重要的是"亦可惩创人心，为末世之一救。" 黄宗羲的《明夷待访录》、查继佐的《罪惟录》、谈迁的《国榷》、孔尚任的《桃花扇》都是这种思想背景的产物。戏曲方面早有“借离合之情，写兴亡之感”的传统，同时吴伟业的《秣陵春》、洪昇的《长生殿》也是这类作品，所不同的是孔尚任的《桃花扇》更重视历史的真实。作者在《桃花扇凡例》中说：“朝政得失，文人聚散，皆确考时地，全无假借。至于儿女钟情，宾客解嘲，虽稍有点染，亦非乌有子虚之比。”

南明王朝为什么会很快覆灭呢？南明王朝不仅没有面对现实，整肃政治，而且一切统治阶级内部的矛盾都在继续激化。夏完淳《续幸存录》说：“朝堂与外镇不合，外镇与外镇不和，朋党势成，门户大起，虏寇之事，置之蔑闻。”吴伟业《清忠谱序》说：“甲申之变，留都立君，国是未定，顾乃先朋党，后朝廷，而东南之祸亦至。”《桃花扇》通过艺术形象同样揭示了这一历史时期的史实。作品揭露了南明王朝的那些阉党余孽的腐化堕落。福王初立，所想的大事是选优，及时行乐，点缀太平。马士英、阮大铖等阉党余孽则想的是把持权位，排斥异己，立刻捕拿复社党人，“传缇骑，重兴狱囚”，企图一网打尽。当时江防上游是左良玉的兵力，江北四镇黄德功、高杰、刘良佐、刘泽青为了争夺扬州地盘，起了内讧。高杰为睢州镇将许定国暗害。左良玉要引兵东下，声称要剪除朝中奸佞。马士英调黄、刘三镇去阻截左良玉，致使清兵乘虚南下。马士英、阮大铖对于调黄、刘三镇的后果不是不知道，而是他们认定“宁可叩北兵之马，不可试南贼之刀”。作品使我们清楚地看到南明覆亡的道路。

然而，《桃花扇》并非史书，而是通过人物形象和戏剧冲突，来反映社会生活。孔尚任对剧中人物有一个完整的设计。作品谴责了导致南明亡国的阉党余孽马士英、阮大铖，正面肯定了史可法、侯方域、李香君等人。特别是作品塑造了坚贞不屈、疾恶如仇的李香君的形象。李香君和侯方域的爱情，除了双方在才华、容貌上的倾慕外，还有她对复社政治态度的支持，所以当她知道阮大铖为了收买侯方域而出资使他们结合时，便把阮家之物丢了一地，对侯方域说：“官人之意，不过因他助俺妆奁，便要徇私废公，那知道这几件钗钏衣裙，原放不到我香君眼里！

脱裙衫，穷不妨；布衣人，名自香。”侯方域不为阮大铖所买，正是由于李香君的激励。后奸党得势，漕抚田仰出三百两银子为聘金要李香君做妾，李香君坚决拒绝。马、阮逼嫁，她守楼不从，撞得血喷满地，也要立志守节。在《骂筵》一出里，她更冒着生命危险痛骂马士英、阮大铖：

〔五供养〕堂堂列公，半边南朝，望你峥嵘。出身希贵宠，创业选声容，后庭花又添几种。把俺胡撮弄，对寒风雪海冰山，苦陪觞咏。

〔玉交枝〕东林伯仲，俺青楼皆知敬重。干儿义子从新用，绝不了魏家种。冰肌雪肠原自同，铁心石腹何愁冻。吐不尽鹃血满胸，吐不尽鹃血满胸。

剧本所以取名《桃花扇》，也正是为了表彰她的这种不肯辱于权奸的精神。诗扇本是她和侯方域定情之物，遭受迫害，她不惜血溅诗扇，以死相守，后经画家点染成桃花扇。作者在《桃花扇小识》中说：

桃花扇何奇乎？其不奇而奇者，扇面之桃花也；桃花者，美人之血痕也；血痕也，守贞待字，碎首淋漓不肯辱于权奸者也；权奸者，魏阉之余孽也；余孽者，进声色，罗货利，结党复仇，隳三百年之帝基者也。帝基不存，权奸安在？惟美人之血痕，扇面之桃花，啧啧在口，历历在目，此则事之不奇而奇，不必传而可传者也。

这是对李香君的最高评价。同时作品通过李香君的悲剧命运，反映出南明亡国的痛史。作品中侯方域是一个具有一定政治抱负和才能，坚持与阉党余孽进行斗争，但有时表现出软弱和动摇的文人形象。侯方域鄙薄阮大铖的为人，李香君却奁，更激发起他的义气。侯方域投入史可法幕中后，马士英等准备迎立福王，侯方域替史可法修书，提出“三大罪五不可立”。史可法受到马士英等的排挤，侯方域又随史可法去扬州督师，并为史可法调停四镇关系。侯方域随高杰防河，不料高杰被许定国所杀，清兵直下江南。侯方域逃回南京后即被阮大铖拘捕。作者通过这一系列的矛盾，揭示了南明王朝统治阶级内部反对马、阮阉党余孽的斗争,也成功地塑造了侯方域在反权奸斗争中的正义立场,显示了他的精神面貌。

作者对具有民族气节的史可法热情歌颂。史可法在南明王朝奸佞当权,被排挤在外的情况下,仍然“忧国事,不顾残躯”,要“同心共把乾坤造”,最后沉江殉国。作品给予他以极大的同情,《沉江》中写侯朝宗等哭拜史可法:

〔古轮台〕(合)走江边,满腔愤恨向谁言。老泪风吹面,孤城一片,望救目穿。使尽残兵血战,跳出重围,故国苦恋,谁知歌罢剩空筵。长江一线,吴头楚尾路三千,尽归别姓。雨翻云变,寒涛东卷,万事付空烟。精魂显,大招声逐海天远。

从《桃花扇》这些人物的刻画中,我们可以看到作者对权奸误国的痛恨,对爱国将领、复社文人、下层妓艺人的同情,但是作者拥护清王朝的立场和正统观念又使他把这一切归之天命。他通过老赞礼的口说:“地难填,天难补,造化如斯。释尽了,胸中愁,欣欣微笑;江自流,云自卷,我又何疑。”

无限兴亡的感叹最后归之于虚幻,情调是低沉的。梁启超《论桃花扇》说:“中国文学大都有厌世思想,《桃花扇》也其一也。而所言尤亲切有味,切实动人,盖时代精神使然耳。《修札》演白云,那热闹局面便是冷淡的根芽,爽快事就是牵缠的枝叶,倒不如把剩水残山,孤臣孽子,讲他几句,大家滴些眼泪罢。”

第三节 《桃花扇》的艺术成就

《桃花扇》是一部历史剧,原书有《考据》一篇,列举传奇中许多重要历史事实所依据的材料,所以梁启超称他为“历史戏剧家”,又说:“云亭作曲,不喜取材于小说,专好把历史上实人实事,加以点梁穿插,令人解颐。这是他一家的作风,特长的技术。”(《桃花扇注·著者略历及其他著作》)孔尚任对史料进行了提炼加工,使人物形象更具有典型意义。

关于李香君的事迹,侯方域《李姬传》说:

> 李姬者名香……雪苑侯生己卯来金陵,与相识……皖人阮大铖者,以阿附魏忠贤论城旦,屏居金陵,为清议所斥。阳羡陈贞慧、贵池吴应箕实首其事。持之力,大铖不得已,欲侯生为解之。乃假所善王将军,日载酒食与侯生游。姬曰:"王将军贫,非结客者,公子盍叩之。"侯生三问,将军乃屏人述大铖意。姬私语侯生曰:"妾少从假母识阳羡君,其人有高义,闻吴君尤铮铮。今皆与公子善,奈何以阮公负至交乎!且以公子之世望,安事阮公?公子读万卷书,所见岂后于贱妾耶!"侯生大呼称善,醉而卧。王将军者怏怏,因辞去,不复通。未几,侯生下第,姬置酒桃叶渡,歌琵琶词以送之。

在《桃花扇》中,作者将李、侯的结合与分离直接和统治阶级内部的派系斗争联系起来,从而揭示出南明王朝很快覆亡的原因。特别是描摹出人物的精神面貌,如《却奁》《骂筵》中写李香君的深明大义、疾恶如仇、不贪富贵、不惧横暴的品格,就很突出。

历史上侯方域在崇祯十二年到南京应试时,是位挥霍万金的公子,驰骛诗酒声色之场。特别是入清之后,曾在顺治八年参加河南乡试,中副榜贡生,在政治上并没有坚守立场。而且在历史上提出七不可立之说的是吕大器,为史可法调停四镇关系的是万元吉和应廷吉。对比之下,我们不难以看出作者是如何进行新的概括和加工、塑造一个戏剧中的人物形象的。而这种创造是戏剧文学所需要的。

《桃花扇》并没有囿于史料,作者描摹人物力求神似。如《骂筵》中阮大铖奉承马士英的一段:

> (付净向净介)荒亭草具,恃爱高攀,着实得罪了。(净)说那里话。可笑一班小人,奉承权贵,费千金盛设,十分丑态,一无所

取,徒传笑柄。(付净)晚生今日扫雪烹茶,清谈攀教,显得老师相高怀雅量,晚生辈也免了几笔粉抹。(净)呵呀!那戏场粉笔,最是厉害,一抹上脸,再洗不掉;虽有孝子慈孙,都不肯认做祖父的。(末)虽然厉害,却也公道,原以儆戒无忌惮之小人,非为我辈而设。(净)据学生看来,都吃了奉承的亏。(末)为何?(净)你看前辈分宜相公严嵩,何尝不是一个文人,现今《鸣凤记》里抹了花脸,着实丑看。岂非赵文华辈奉承坏了。(付净打恭介)是是!老师相是不喜奉承的,晚生惟有心悦诚服而已。

表面说不奉承,实际上正是一种奉承,充分显露出他们卑污的灵魂。

《桃花扇》的结构也独具匠心。作者在《桃花扇凡例》中说:"排场有起伏转折,俱独辟境界;突如而来,倏然而去,令观者不能预拟其局面。凡局面可拟者,即厌套也。"全剧结尾摆脱大团圆的俗套。侯方域、李香君双双入道,张道士说:"你看国在那里,家在那里,君在那里,父在那里,偏是这点花月情根,割他不断么?"最后,以抒发兴亡感慨的一套北曲〔哀江南〕作结:

〔哀江南〕〔北新水令〕山松野草带花挑,猛抬头秣陵重到。残军留废垒,瘦马卧空壕;村郭萧条,城对着夕阳道。

〔驻马听〕野火频烧,护墓长楸多半焦。山羊群跑,守陵阿监几时逃。鸽翎蝠粪满堂抛,枯枝败叶当阶罩;谁祭扫,牧儿打碎龙碑帽。

〔沉醉东风〕横白玉八根柱倒,堕红泥半堵墙高,碎琉璃瓦片多,烂翡翠窗棂少,舞丹墀燕雀常朝,直入宫门一路蒿,住几个乞儿饿殍。

〔折桂令〕问秦淮旧日窗寮,破纸迎风,坏槛当潮,目断魂消。当年粉黛,何处笙箫。罢灯船端阳不闹,收酒旗重九无聊。白鸟飘飘,绿水滔滔,嫩黄花有些蝶飞,新叶无个人瞧。

〔沽美酒〕你记得跨青溪半里桥,旧红板没一条。秋水长天人过少，冷清清的落照，剩一树柳弯腰。

〔太平令〕行到那旧院门，何用轻敲，也不怕小犬哰哰。无非是枯井颓巢，不过些砖苔砌草。手种的花条柳梢，尽意儿采樵；这黑灰是谁家厨灶？

〔离亭宴带歇指煞〕俺曾见金陵玉殿莺啼晓，秦淮水榭花开早，谁知道容易冰消。眼看他起朱楼，眼看他宴宾客，眼看他楼塌了。这青苔碧瓦堆，俺曾睡风流觉，将五十年兴亡看饱。那乌衣巷不姓王，莫愁湖鬼夜哭，凤凰台栖枭鸟。残山梦最真，旧景丢难掉，不信这舆图换稿。诌一套哀江南，放悲声唱到老。

这套曲转引自贾凫西的《木皮鼓词》。一切都是没有答案的渺茫，传达了同时代文人的心声。

《桃花扇》语言的运用也很出色，作者对曲词、说白的写作都很有功力。他要求："词曲皆非浪填，凡胸中情不可说，眼中景不能见者，则借词曲以咏之。""说白则抑扬铿锵，语句整练，设科打诨，俱有别趣。宁不通俗，不肯伤雅，颇得风人之旨。"它的缺点是当行不足。

第四节　《雷峰塔》和清中叶戏曲

昆曲到清中叶逐渐进入衰落期，传奇的创作在洪昇和孔尚任之后，也没有产生大家。值得注意的作家有唐英、蒋士铨等。唐英（1682—1755），字隽公，号蜗寄居士，官九江关监督。著有《古柏堂曲》十七种。他的部分剧目是依照民间戏曲改编的，可以通过它看到一些民间戏曲的面貌。但作为官僚，他也多选择地方戏中落后的东西改编，又编写了一些宣扬伦理道德的作品。较可取的作品有《十字坡》《面缸笑》等。蒋士铨（1725—1784），字心馀，号清容，又号藏园，铅山（今属江西）人。乾隆二十二年进士，任翰林院庶吉士、编修。休官后，曾主讲浙江绍兴蕺山书院。诗曲兼长。著有《忠雅堂文集》《铜弦词》《红雪楼九种曲》等。他共有剧作十六种。《红雪楼九种曲》包括《一片石》《第二碑》

《四弦秋》等杂剧,和《空谷香》《桂林霜》《雪中人》《香祖楼》《临川梦》《冬青树》等传奇。《临川梦》演汤显祖故事,是有意把这位戏曲家的生平搬上舞台,把汤显祖剧中人物及因读《牡丹亭》而死的俞二娘,全部写入剧中。吴梅《顾曲麈谈》说:"世皆以《四弦秋》为佳,余独取《临川梦》,以其无中生有,达观一切也。"《四弦秋》又名《青衫泪》,演白居易贬官江州的故事,写白居易的抑郁心曲,沉痛凄婉。

这时产生的优秀剧目是经作家、艺人反复加工创作的《雷峰塔》和佚名的《孽海记》。《雷峰塔》为乾隆初黄图珌所作,后由戏曲艺人陈嘉言父女改编,又经方成培加工。黄图珌,字容之,别号蕉窗居士,松江(今属上海)人,曾任杭州、衢州同知。他的《雷峰塔》刊于乾隆三年。现存陈嘉言父女的《雷峰塔》旧钞本,流行于乾隆中叶。方成培,字仰松,歙县(今属安徽)人。他的《雷峰塔》刊于乾隆三十六年。《雷峰塔》写白蛇和许宣的爱情故事,剧本突出了白娘子忠于爱情、勇于反抗的性格和自我牺牲精神;同时控诉了以法海为代表的恶势力的罪恶。作品对人物的刻画极为深刻。如方本《断桥》一场,写许宣被法海蒙蔽上了金山,白蛇与法海斗法失败后,回到临安,在断桥与逃下山的许宣相会的情景。白蛇爱许宣,但又恨他信谗言;许宣充满疑虑,但仍割不断与白蛇的恩情;侍女青蛇不相信许宣,却与白蛇有很深的友情。这场戏心理刻画极为细腻深刻:

(生跪向旦)(旦)冤家吓?(生与旦挽发介)(旦推开)(贴挽介)(旦唱)〔商调过曲〕〔金落索〕曾同鸾凤衾,指望交鸾颈。不记得当时曾结三生证,如今负此情,反背前盟。(小生)卑人怎敢?(旦)吓!你听信谗言忒硬心!(小生)卑人不是了。(旦)追思此事真堪恨,不觉心儿气满襟。(小生)娘子,不要气坏了!(旦)真薄幸,原何屡屡起狠心?(小生)娘子,不要动气!(贴)不许开口!(旦)害得奴几丧残生,进退无门,怎不叫人恨!

(转坐哭介)(贴揉旦背介)娘娘,不要气坏了身子!

〔前腔〕(小生)娘行须三省,乞望生怜悯;我感你恩情,指望皆欢庆。(旦)你既念夫妻之情,怎么听信秃驴言语?(小生)娘行见慈心,望垂情。啊呀,叵耐他言忒煞狠,教人怎不心儿惊?听他一划胡言,几做鸾凤分。(旦)啊呀,气死我也!(小生)娘子!望海涵。(小生作揖科)(旦)啐!(贴)这时候陪罪,可不迟了?(小生)也烦伊劝解,全仗赖卿卿。伏望娘行,暂息雷霆,容陪罪生欢庆。

(生跪介)(旦)起来!下次可敢了?(小生)以后再不敢了。(贴)未必。(旦)起来。(小生)多谢娘子。

旧钞本、方本,较黄本增加了《端阳》《求草》《水斗》《断桥》《合钵》等出,增强了全剧的悲剧性冲突,人物形象的刻画更深刻,在戏曲舞台上有着重要的影响。

此外,《思凡》是一个经艺人反复加工流行于剧场的单折戏,它可能产生在乾隆初期。这一折戏虽短,但它代表了封建社会末期反对宗教思想,肯定人的正当生活要求的思想,是具有近代启蒙思想意义的作品。它写青年尼姑赵法空,渴望自由的生活,反对宗教的束缚,最终逃下山去的故事。这场戏描写赵法空的心理活动,既深刻又大胆:

你看两旁的罗汉,塑得来好庄严也!

〔哭皇天〕又只见那两旁罗汉,塑得来有些傻角:一个儿抱膝舒怀,口儿里念着我;一个儿手托香腮,心儿里想着我;一个儿眼倦开,朦胧的觑着我;惟有布袋罗汉笑呵呵!他笑我时光挫,光阴过,有谁人,有谁人肯娶我——这年老婆婆?降龙的恼着我,伏虎的恨着我。那长眉大仙瞅着我,说我老来时有甚么结果!

清中叶杂剧作家有杨潮观、桂馥等。杨潮观(1710—1788),字宏度,号笠湖,无锡(今属江苏)人。著有《吟风阁杂剧》三十二种。每种一折,剧前作小序,说明创作目的,仿照白居易《新乐府》的作法。他长期任知县、知州一类地方官,这些短剧都作于他在四川做官时。《吟风阁杂剧》哲理色彩较浓,创作目的是为了发挥戏曲的劝惩作用。其中

《寇莱公思亲罢宴》表现了戒奢崇俭的思想,在舞台上有较大影响。作品写宋莱国公寇准为其生日设宴,府中刘婆婆为蜡油滑倒,想起往事哭泣。寇准问她,她讲寇准幼时,其母靠手工供寇准读书的困苦情况。寇准决定罢宴。《阮籍醉骂财神》借阮籍狂傲纵酒的性格,在财神庙大骂钱与权的罪恶,揭露社会的黑暗。《灌口二郎初显圣》写二郎神为民除害治水的事迹。《吟风阁杂剧》风格多样,语言精辟,有自己的特色。

桂馥(1736—1805),字冬卉,号未谷,曲阜(今属山东)人。乾隆五十五年进士,官永平知县。著有《放杨枝》《投溷中》《谒府帅》《题园壁》四种杂剧,合称"后四声猿",写白居易、李长吉、苏东坡、陆放翁的故事。戏剧性强,语言华美。

第八章　清初至清中叶诗文

第一节　清初的诗文

清代初年诗词、散文的创作都很繁盛。清初文风是明末文风的反动,努力改变明代的空疏弇陋。梁启超说:“这个时代的学术主潮是:厌倦主观的冥想而倾向于客观的考察。”清诗不满于明诗的只知模仿,有综合唐宋诗的成果前进的一面,较明诗自然得多,具有创造力。清词大有使词的创作复兴的势头。散文也多大家。

清代学术界的先驱顾炎武、黄宗羲、王夫之诸家,既是重要的思想家,也是当时文坛的主将。他们主张明经致用,反对虚谈,要求文学明道纪事,反对模拟。顾炎武(1613—1682),字宁人,号亭林,别号蒋山佣,昆山(今属江苏)人。清初他积极抗清,失败后,又到山东、河北、山西等地考察,写有《天下郡国利病书》,是为日后抗清复明作准备的,晚年定居华阴,卒于曲沃。诗文有《亭林诗文全集》。他论文时说:“文之不可绝于天地间者,曰:明道也,纪政事也,察民隐也,乐道人之善也。若此者有益于天下,有益于将来,多一篇多一篇之益也。若夫怪力乱神之事,无稽之言,剿袭之说,谀佞之文,若此者,有损于己,无益于人,多一篇多一篇之损矣。”(《日知录》卷十九)又说:“君诗之病在于有杜,君文之病在于有韩、欧。有此蹊径于胸中,便终身不脱依傍二字,断不能登峰造极。”(《与人书十七》)总之,他主张文章有益于世,反对无稽、剿袭、谀佞之文。

顾炎武写了一系列的诗篇,记录了清初的抗清斗争。如《京口即事》写史可法督师扬州,《秋山》写江阴、昆山、嘉定抗清失败后所遭受的屠杀等。他的诗作表现出不屈不挠的顽强意志和沉雄悲壮的艺术风格。如《白下》:

白下西风落叶侵,重来此地一登临。清笳皓月秋依垒,野烧寒星夜出林。万古河山应有主,频年干戈苦相寻,从教一掬新亭泪,江水平添十丈深。

又如《酬王处士九日见怀之作》:

是日惊秋老,相望各一涯。离怀销浊酒,愁眼见黄花。天地存肝胆,江山阅鬓华。多蒙千里讯,逐客已无家。

这些诗歌或表现对故国的悼念,或表现对功业未就的悲愤,颇有杜诗的风貌。沈德潜《明诗别裁》说:"词必己出,事必精当,风霜之气,松柏之质,两者兼有,就诗品论,亦不肯作第二流人。"顾炎武宗唐诗,同时黄宗羲、钱谦益倡宋诗,开始了有清一代唐宋诗之争。

顾炎武的散文朴素自然,论理清楚。如《与友人论学书》:

愚所谓圣人之道者如之何?曰"博学于文",曰"行己有耻"。自一身以至于天下国家,皆学之事也;自子臣弟友以至出入、往来、辞受、取与之间,皆有耻之事也。耻之于人大矣,不耻恶衣恶食,而耻匹夫匹妇之不被其泽,故曰:"万物皆备于我矣,反身而诚。"呜呼!士而不先言耻,则无本之人;非好古而多闻,则为空虚之学,以无本之人,而讲空虚之学,吾见其日从事于圣人而去之弥远也。虽然,非愚之所敢言也,且以区区之见,私诸同志而求起予。

黄宗羲(1610—1695),字太冲,号南雷,学者称梨洲先生,余姚(今属浙江)人。他是著名的思想家和史学家。著有《明夷待访录》《南雷文案》《宋元学案》《明儒学案》等。他写了很多传记文,所作《柳敬亭传》《万里寻兄记》等,是当时传诵之文。

王夫之(1619—1692),字而农,号姜斋,曾隐于石船山,世称船山先生，衡州（今湖南衡阳）人。他是一个卓越的思想家。论诗著作有《姜斋诗话》。

侯方域、魏禧、汪琬是清初散文三大家。他们既不满于前后“七子”的复古主张，也看不起公安派、竟陵派的虚浮文风，提倡学习明代唐宋派。他们的创作是对唐宋派文风的继承，并有所发展。侯方域（1618—1655），字朝宗，商丘（今属河南）人。著有《壮悔堂文集》。早年参加复社，曾写有讨阮大铖檄文《癸未去金陵日与阮光录书》。但清兵入关后，曾为免祸，应河南乡试。他对文章的骨力、气势、声情、布局都很重视。他的散文学习司马迁、韩愈、欧阳修，同时又吸收传奇小说的笔法，以人物传记见长，《李姬传》《马伶传》《任源邃传》等，可以看作他的代表作品。《马伶传》写金陵一位姓马的戏曲演员，记叙他如何从实际生活中体察人物性格及声音笑貌进行角色创造的事迹，文章简洁生动。魏禧（1624—1680），字冰叔，宁都（今属江西）人。明亡，教授山中，著有《魏叔子文集》。他的散文学习欧阳修、苏轼，创作以论理论事文为主，人物传记也佳。他的《大铁锥传》写一位任侠之士，流传很广。他反对模仿，认为依傍古人作活，是做古人奴婢（《目录·杂说》）。汪琬（1624—1690），字苕文，号尧峰，吴县（今江苏苏州）人。著有《尧峰文钞》。著名作品有《江天一传》，记抗清死难志士。

清初，钱谦益、吴伟业、龚鼎孳是当时江南省（相当今上海市、江苏省、安徽省和江西婺源地区）人，地处长江下游左侧，所以被称为江左三大家。钱谦益是当时文坛的盟主，也是继往开来的枢纽人物。钱谦益（1582—1664），字受之，号牧斋，常熟（今属江苏）人。著有《初学集》《有学集》《投笔集》，编有《列朝诗集》。他在明代崇祯时，官礼部右侍郎；南明弘光时，官礼部尚书；降清后，任礼部右侍郎，曾充明史副总裁。顺治五年，因资助黄毓清图谋反清案，被逮捕入都问罪。出狱后，继续与反清人士往来。所以他的思想充满矛盾，比较复杂。黄宗羲曾为他写诗：“平生知己谁人是，能不为公一泫然。”（《南雷诗历·钱宗伯牧斋》）钱谦益提倡宋诗，推崇苏轼、陆游和元好问。他反对复古，提倡在师法前人的基础上有所创新；反对严羽的“妙悟”说，斥为“无知妄论”。他要求诗歌抒发真性情，要“槎枒于肺腑，击撞于胸臆”（《周元亮赖古堂合刻序》）。他的很多诗歌都倾注了对明王朝的悼念，如《吴门春仲送李生还长干》：

阑风伏雨暗江城，扶病将愁起送行。烟月扬州如梦寐，江山建业又清明。夜乌啼断门前柳，春鸟衔残花外樱。尊酒前期君莫忘，药囊吾欲傍余生。

写西湖的风风雨雨、断柳残花，饱蕴作者的愁思。金俊明《牧斋诗钞》题词说他的作品：“托体遥深，庀材宏富。情真而体婉，力厚而思雄，音雅而节和，味隆而色丽。”

吴伟业（1609—1672），字骏公，号梅村，太仓（今属江苏）人，在明清之际诗名甚盛。著作有《梅村家藏稿》。吴伟业推重唐诗，与钱谦益各立门户。赵翼《瓯北诗话》说：“梅村诗有不可及者二：一则神韵悉本唐人，不落宋以后腔调，而指事类情，又宛转如意，非如学唐者之徒袭其貌也；一则庀材多用正史，不取小说家故实，而造声作色，又华艳动人，非如食古者之物而不化也。”他的诗歌反映社会面比较广，也多触景伤时的作品，如《过吴江有感》：

落日松陵道，堤长欲抱城。塔盘湖势动，桥引月痕生。市静人逃赋，江宽客避兵。廿年交旧散，把酒叹浮名。

这首五律可能写于康熙七年。吴江在苏州南，吴伟业曾在这里参加惊隐诗社的活动。这首诗是经过吴江感旧伤时的作品。前四句写过吴江时所见景物：松陵，即吴江，唐朝称松陵堤，指吴江东的长堤，宋代初建，明代重筑，长八十三里。塔，指吴江华严寺方塔。桥，指吴江长桥，有七十二洞。落日挂在松陵道上，长堤环抱着城池。方塔踞坐，湖水飞动，长桥那边新月初生。后四句写吴江萧条凄清景象。人们逃避赋税，街市静悄悄，百姓躲避兵灾，江面也显得宽阔。“廿年交旧散”，指过去社集的朋友，有的受文字狱株连，有的社集被取缔后不知去处。结句流露出作者悲凉的心情。

他的七言歌行最有名,《四库全书总目提要》说他:“格律本乎四杰,而情韵为深;叙述类乎香山,而风华为胜。”《临江参军》《琵琶行》《松山哀》《圆圆曲》等篇都是他的代表作。陈圆圆是吴三桂的爱妾,作品通过陈圆圆的事迹反映了明代亡国的部分史实。诗的结尾,借吴王夫差宠爱西施的故事,隐喻吴三桂为了陈圆圆而出卖了明朝的江山:

> 君不见馆娃初起鸳鸯宿,越女如花看不足。香径尘生鸟自啼,屧廊人去苔空绿。换羽移宫万里愁,珠歌翠舞古梁州。为君别唱吴宫曲,汉水东南日夜流。

“换羽移宫”,以乐声变换,暗喻朝代更移。“古梁州”,指汉中南郑,当时吴三桂在汉中,这两句是说朝代更移,万里愁云,吴三桂却在汉中沉酣声色。最后两句说明创作意旨在警世,流水喻富贵无常,人世变化。

稍后,著名诗人有所谓“南施北宋”。“南施”,即施闰章(1618—1683),字尚白,号愚山,宣城(今属安徽)人。施闰章在顺治六年中进士,康熙十八年举博学鸿词,官至翰林院侍读。有《施愚山先生学余诗集》《别集》《遗集》。他长于五言,诗风淡雅,如《过湖北山家》:

> 路回临石岸,树老出墙根。野水合诸涧,桃花成一村。呼鸡过篱栅,行酒尽儿孙。老矣吾将隐,前峰恰对门。

“北宋”,即宋琬。宋琬(1614—1673),字玉叔,号荔裳,莱阳(今属山东)人。顺治四年进士,官浙江按察使、四川按察使。著有《安雅堂全集》。他曾被诬入狱,所以多感伤忧患之作。他的诗以五古歌行较胜。如《庚寅狱中感怀》:

> 仆夫橐饘粥,投箸谁能餐!徒隶向我语,庙堂西南端。往者杨左辈,颈血于此丹。恍惚阴雨时,绛节翳飞鸾。再拜招其魂,毅气不可干。嗟余亦何为,喟然伤肺肝!

王士禛是康熙时期诗坛的领袖。王士禛(1634—1711),字贻上,号阮亭，又号渔洋山人，新城（今山东桓台）人。顺治十二年进士，官至刑部尚书。诗集名《带经堂集》。他的诗风澄淡，擅长各体，以七绝最工。如《江上》：

吴头楚尾路如何，烟雨秋深暗白波。晚趁寒潮渡江去，满林黄叶雁声多。

又如《为愚山侍讲题严荪友画》：

山气化云云作烟，幽人蓑笠不知年。清溪曲逐枫林转，红叶无风落满船。

王士禛论诗以“神韵”为宗，“神韵”是以禅论诗。他强调自然兴会，得之于内，出于妙悟，空灵含蓄，不拘形迹，天然凑泊，冲淡闲远，具有风神、韵味之美。他认为这种境界是出自人的个性，“莫不各肖其人”；是工夫到家，自然有韵。他说：“大抵古人诗画，只取兴会神到，若刻舟缘木求之，失其指矣。”（《池北偶谈》）他的诗正是按照他自己的主张来进行创作的。施闰章说他的诗“如华严楼阁，弹指即现，又如仙人五城十二楼，缥缈俱在天际”（《渔洋诗话》）。但他的诗也喜用僻事新字，倾于修饰，故作姿态。所以江琬说“渠别有西川织锦匠作局”。他的缺点是笔力慊弱，用典过多。后来学王士禛的作家，只注意追求形式，内容更为贫乏。

清初词坛词家很多，以朱彝尊、陈维崧、纳兰性德最有名。

朱彝尊（1629—1709），字锡鬯，号竹垞，秀水（今浙江嘉兴）人。康熙十八年举博学鸿词科，授翰林院检讨，寻入直南书房，曾参加编纂《明史》。著有《曝书亭词集》。他工诗，也工词，曾纂辑唐宋金元词五百余家为《词综》。他的词宗法姜夔、张炎，风格清丽典雅，是浙派词家的代表。他的词多在字句声律方面用功夫，艺术性较高。例如〔桂殿秋〕：

思往事，渡江干，青蛾低映越山看。共眠一舸听秋雨，小簟轻衾各自寒。

陈维崧(1625—1682),字其年,号迦陵,宜兴(今属江苏)人。康熙十八年举博学鸿词科,授翰林院检讨,参加编纂《明史》。他的著作有《湖海楼诗文词全集》。他的词师法苏、辛,尤仿效辛词,风格豪放。他有些词反映民间疾苦,较有现实意义,如〔贺新郎〕《纤夫词》:

> 战舰排江口,正天边、真王拜印,蛟螭蟠钮。征发櫂船郎十万,列郡风驰雨骤。叹闾左、骚然鸡狗。里正前团催后保,尽累累锁系空仓后。捽头去,敢摇手? 稻花恰趁霜天秀,有丁男、临岐诀绝,草间病妇。此去三江牵百丈,雪浪排樯夜吼。背耐得土牛鞭否?好倚后园枫树下,向丛祠亟倩巫浇酒。神祐我,归田亩。

康熙十二年十二月,吴三桂发动叛乱,耿精忠、尚可喜响应叛乱。这就是"三藩之乱"。清朝派遣顺承郡王勒尔锦为宁南靖寇大将军,与吴三桂隔长江对峙。清兵征派拉船的纤夫。这首词就是写当时清兵强征夫役带给人民的灾难。陈廷焯《白雨斋词话》说:"迦陵词气魄绝大,骨力绝遒,填词之富,古今无两。只是一发无余,不及稼轩之浓厚沉郁。然在国初诸老中,不得不推为大手笔。"这是对陈维崧长处和短处的最恰当的评价。

清初词人以纳兰性德成就较高。纳兰性德(1655—1685),原名成德,字容若。满洲正黄旗人。权臣明珠的长子,康熙十五年进士,官一等侍卫,曾多次随康熙南巡。著有《通志堂集》《饮水词》等。《饮水词》取"如人饮水、冷暖自知"之意。由于他耳闻目睹了顺治、康熙时期许多宫廷内部斗争倾轧的事件,又经受了家庭的矛盾和丧妻的哀痛,所以词多低沉哀怨。陈维崧《词评》说:"《饮水词》哀感顽艳,得南唐二主之遗。"顾贞观《通志堂词序》说:"容若天资超逸,翛然尘外,所为乐府小令,婉丽凄清,使哀乐不知所主。"他的词有写羁旅生活的,有写离愁别恨的,有写自然风物的;风格也有变化。如悼亡词〔南乡子〕《为亡妇题照》:

> 泪咽却无声,只向从前悔薄情。凭仗丹青重省识,盈盈。一片

伤心画不成。　　别语忒分明，午夜鹣鹣梦早醒。卿自早醒侬自梦，更更。泣尽风檐夜雨铃。

这首词把真挚的感情写得十分真切。诗人悲痛已极，“泪咽却无声”，这时只是觉得自己对她太薄情，“只向从前悔薄情”，更觉情深。现在只能从画图中看到她那美丽的面貌，而又“一片伤心画不成”。对诀别时的话记得更清楚。鹣鹣，是比翼鸟。“午夜鹣鹣梦早醒”，喻夫妻分离，鸳梦不长。你已醒去，我还在梦中。夜里闻到雨淋铃的声音，哀恨无穷。他的短调轻清自然。如〔长相思〕：

山一程，水一程，身向榆关那畔行。夜深千帐灯。　　风一更，雪一更，聒碎乡心梦不成。故园无此声。

这首词是康熙二十一年纳兰性德随从皇帝东巡时所作。上片写连日行程，向山海关方向进发，夜晚一片灯火。下片写夜间风雪交加，搅动了乡心不能入梦，“故园无此声”，更加强了身处异地的感受。“以自然之眼观物，以自然之舌言情”（王国维《人间词话》），由眼前景写出思乡之情。

第二节　清中叶的诗文

清中叶，随着学风的转变，文风也开始转变。这时有影响的作家有沈德潜、郑燮、袁枚、翁方纲等。

沈德潜（1673—1769），字确士，号归愚，长洲（今江苏苏州）人。乾隆元年举博学鸿词科，乾隆四年进士，官至内阁学士兼礼部侍郎。著有《归愚诗文钞》《说诗晬语》。他以诗论和选家著名，代表了这时诗风的变化。他认为诗歌应“和性情，厚人伦，匡政治”（《重订〈唐诗别裁集〉序》），“温柔敦厚”（《说诗晬语》）。在艺术上，讲求比兴、含蓄蕴藉，反对质直敷陈；重视格律声调，创格调派。他所选诗著名的有《古诗源》《唐诗别裁集》《明诗别裁集》《清诗别裁集》等，对古典诗歌的流传有很大影响。他的诗平正而有情韵，如《江村》：

苦雾寒烟一望昏，秋风秋语满江村。波浮衰草遥知岸，船过疏林竟入门。俭岁四邻无好语，愁人独夜有惊魂。子桑卧病经旬久，裹饭谁令古道存？

郑燮(1693—1765)是这时期自成一派的作家。他字克柔，号板桥，兴化(今属江苏)人，乾隆元年进士，官山东范县、潍县知县。他是诗人兼书画家。诗歌推崇杜甫、白居易。他的许多诗篇，同情人民疾苦、憎恨贪官恶吏，如《悍吏》《私刑恶》《逃荒行》。他还写了一些民歌，如《还家行》《道情》，通俗生动，在当时曾广泛流传。如《还家行》：

死者葬沙漠，生者还旧乡。遥闻齐鲁郊，谷黍等人长。目营青岱云，足辞辽海霜。拜坟一痛哭，永别无相望！春秋社燕雁，封泪远寄将。归来何所有？兀然空四墙。井蛙跳我灶，狐狸踞我床。驱狐窒鼯鼠，扫径开堂皇。湿泥涂四壁，嫩草覆新黄。桃花知我至，屋角舒红芳；旧燕喜我归，呢喃话空梁。蒲塘春水暖，飞出双鸳鸯。念我故妻子，羁卖东南庄。圣恩许赎归，携钱负橐囊。其妻闻夫至，且喜且彷徨。大义归故夫，新夫非不良。摘下乳下儿，抽刃割我肠。其儿知永绝，抱颈索阿娘。坠地儿翻覆，泪面涂泥浆。上堂辞姑舅，姑舅泪浪浪，赠我菱花镜，遗我泥金箱，赐我旧簪珥，包并罗衣裳。好好作家去，永永无相忘！后夫正年少，惭愧难禁当。潜身匿邻舍，背树倚斜阳。其妻径以去，绕陇过林塘。后夫携儿归，独夜卧空房。儿啼父不寐，灯短夜何长！

散文方面，他的《家书》也通俗易懂，有真实感情。

袁枚(1716—1797)，字子才，号简斋，钱塘(今浙江杭州)人。乾隆元年举博学鸿词科，乾隆四年进士、入翰林，出为溧水等县令。三十三岁辞官，于南京小仓山筑“随园”，过着论文赋诗、优游自在的享乐生活。鲁迅说他是帮闲文人，但承认他有才学。他的《随园诗话》有一定的见解。他反对前后“七子”、唐宋派，继承公安、竟陵派，主张写诗表达性灵，写真情实感。但由于他脱离社会现实，终不免流于浮滑。他说:“诗如天生花卉,春兰秋菊,各有一时之秀,不容人为轩轾;音律风趣,能动人心目者,即为佳诗:无所谓第一、第二也。”(《随园诗话》卷三)他的创作比较清淡灵巧。如《苔》:

白日不到处,青春恰自来。苔花如米小,也学牡丹开。

又如“雨来蝉小歇,风到柳先知”(《起早》),“半天凉月色,一笛洒人心”(《夜过借园见主人坐月下吹笛》),这些诗句都很有韵味。《马嵬》(其一),不仅构思有新意,而且表露了对现实的关注。

赵翼(1727—1814),字云松,号瓯北,阳湖(今属江苏)人。乾隆二十六年进士,官至贵西兵备道。辞官后,曾主讲安定书院。著有《瓯北诗话》等。

翁方纲(1733—1818),字正三,号覃溪,顺天大兴(今属北京)人。官至南阁学士。著有《复初斋文集》《诗集》《石洲诗话》等。他论诗主张“以肌理为准”(《志言集序》)。所谓肌理,即指学问材料。他要求把思想内容(义理)与组织结构(文理)、学问材料(肌理)统一起来。翁方纲在嘉庆年间成为诗坛的领袖人物,代表考据学影响下产生的一个诗派,并一直影响到近代的宋诗运动。

黄景仁(1749—1783),字汉镛,一字仲则,常州(今属江苏)人。著有《两当轩集》《竹眠词》。他的诗学李白、韩愈、李商隐,多抒发穷愁不遇,寂寞凄怆情怀。此外,黎简、舒位、王昙、彭兆荪诸人,要求诗歌写得自由奔放,代表着诗坛风尚的变化,对晚清诗歌创作有着直接的影响。

全祖望(1705—1755),字绍衣,号谢山,鄞县(今浙江宁波鄞州区)人。乾隆元年进士,选翰林院庶吉士。曾主讲蕺山书院、端溪书院。著有《经史问答》《鲒埼亭集》。他的散文多写传记墓志。其《梅花岭记》是表扬抗清斗争中死难志士的作品,流传很广泛。他的散文学韩、欧,这也代表了清初以来雅崇唐宋文的风气。

方苞、刘大櫆、姚鼐等提出了系统的古文理论。方苞(1668—1749),字凤九,号灵皋,晚号望溪,桐城(今属安徽)人。康熙四十五年进士。康熙五十年,曾因《南山集》案被牵连入狱。后官至礼部侍郎。著有《望溪文集》等。刘大櫆(1698—1779),字才甫,号海峰,桐城(今属安徽)人。副贡生,官黟县教谕。著有《海峰文集》《诗集》等。姚鼐(1731—1815),字姬传,以惜抱名轩,人称惜抱先生,桐城(今属安徽)人。乾隆二十八年进士。选庶吉士,改礼部主事,官至刑部郎中,曾主讲紫阳书院、钟山书院。他是刘大櫆的学生,著有《惜抱轩全集》。因方、刘、姚都是安徽桐城人,故称桐城派。方苞提出"义法"主张。所谓"义",指文章的中心思想。所谓"法",指的是形式技巧,包括结构条理,运用材料、语言等。方苞说:"义即《易》之所谓'言有物'也,法即《易》之所谓'言有序'也,义以为经,而法纬之,然后为成体之文。"(《又书货殖传后》)刘大櫆着重探讨技巧,探讨"神气""音节""字句"的关系。他在《论文偶记》中说:"积字成句,积句成章,积章成篇。合而读之,音节见矣;歌而咏之,神气出矣。"姚鼐欲合"义理""考据""词章"为一,把"神"(精神)、"理"(义理)、"气"(气势)、"味"(意味)、"格"(格式)、"律"(法度)、"声"(声调)、"色"(辞藻)等视为文章的要素(参见《古文辞类纂·序目》及《述庵文钞序》),显然适应了当时乾嘉"汉学"盛行的风气。

桐城派文章的内容,主要是些应用文字,尤以碑志、传状为最多,此外还有不少议论文、记事的小品文和描写山水景物的文章。方苞的《狱中杂记》写其亲身经历,生动地描写了他亲眼所见的事情,对官场中互相倾轧与狱吏舞弊的丑态,揭露得很深刻。刘大櫆的《游三游洞记》,姚鼐的《登泰山记》也都是名篇。

这时还有以阳湖(今江苏武进)人恽敬为代表的阳湖派,是桐城派的一个旁支。恽敬(1757—1817),字子居,号简堂。乾隆四十八年举人,官至南昌同知。著有《大云山房稿》。他虽师承"桐城派",但又有所突破,对前代诸家都有所批评。他主张模仿古人不限一家,取其所长,去其所短。在思想方面能对程朱理学表示不同意见,"深求前史兴坏治乱之故,旁及纵横、名法、兵农、阴阳家言"(《清史稿·恽敬传》)。

文章的气派开阔,但在典雅与凝练方面不如“桐城派”。

张惠言(1761—1802),字皋文,常州(今属江苏)人。嘉庆四年进士,官编修。他兼擅词和散文。散文与恽敬同为古文中阳湖派之首,词为常州派创始人。常州派强调词应该有比兴、寄托。例如他讲温庭筠的《菩萨蛮》时,就认为它的内容似《感士不遇赋》。王国维《人间词话删稿》就批评这种说法:“固哉,皋文之为词也!正卿《菩萨蛮》、永叔《蝶恋花》……皆兴到之作,有何命意?皆被皋文深文罗织。”他编辑的《词选》,对清词体格的变化很有影响。著有《茗柯文集》及《茗柯词》。他的〔木兰花慢〕《杨花》就借杨花寄托身世之感:

> 尽飘零尽了,何人解、当花看?正风避重帘,雨回深幕,云护轻幡。寻他一春伴侣,只断红、相识夕阳间。未忍无声委地,将低重又飞还。　　疏狂情性,算凄凉、耐得到春阑。便月地和梅,花天伴雪,合称清寒。收得十分春恨,做一天、愁影绕云山。看取青青池畔,泪痕点点凝斑。

虽是咏物,实为抒情。词中“疏狂情性”“凄凉”“清寒”,也是词人的自况。谭献《复堂日记》说:“《茗柯词》真得风人之义,以比兴出之,非一览可尽。”张惠言之后,常州派的代表人物有周济(1781—1839),字保绪,一字介存,宜兴(今属江苏)人。著有《味隽斋词》《词辨》《介存斋论词杂著》等。

清代骈体文也很流行,作者也不少。陈维崧、毛奇龄诸人为初期代表。清中叶则有袁枚、汪中、洪亮吉等。汪中(1744—1794),字容甫,江都(今江苏扬州)人。他出身孤苦,无力读书,只得“助书贾鬻书于市”(《清史稿·汪中传》)。他长期做幕僚,在湖广总督毕沅幕中时间最久。他的文章有近人编注的《汪容甫文笺》。他的骈文名作有《琴台铭》《吊马守真文》《哀盐船文》等。文风清新萧疏,为人称道。洪亮吉(1746—1809),字稚存,号北江,阳湖(今属江苏)人。乾隆五十五年进士,官翰林院编修。著有《洪北江全集》。他的骈文格调纤新。

第九章　弹词、子弟书、鼓词和俗曲

第一节　弹词　宝卷

弹词历史可以上溯到元代,但使用弹词的称谓至明中叶以后始盛。清代的弹词继承明代,又有所发展,主要流行在吴语区,用三弦、琵琶伴奏,多说唱才子佳人的爱情故事。弹词是由说(说白)、噱(穿插)、弹(伴奏)、唱(唱词)几部分组成的。说白部分为散体,唱词部分基本上是七言韵文,有时也略有变化,加上三言的衬句,成为三、三、七或三、三、四的句式。也有将七字句变化成两句三言的。除吴音弹词外,还有长沙弹词、赣州弹词、贵州弹词等。弹词流传的唱本主要是清代的作品,大多是长篇的。弹词开篇设有说白,短的只有两韵四句,长的也不过十几韵,原只起定场作用,后逐渐发展成独立的艺术形式。弹词开篇的格式为每篇三四十句,一人一事,吟咏成篇。在语言上,弹词又有用"国音"演唱和用"土音"演唱之分。

现传弹词唱本,据胡士莹《弹词宝卷书目》辑录有二百七十多种,现在存世的长篇作品有六十五种,其中绝大多数是清代的作品。流行的作品有《安邦志》《定国志》《凤凰山》《天雨花》《笔生花》《凤双飞》《再生缘》《珍珠塔》《三笑姻缘》《玉蜻蜓》《描金凤》《义妖传》等。

《天雨花》写成于清初,署名为梁溪女子陶贞怀作。蒋瑞藻《小说考证续编》引《周媛丛谈》说:"《天雨花》弹词,共三十余卷,而一韵到底,洵乎杰作也。其署名为梁溪女子陶贞怀,而近人谓实出浙江徐致和太史之手。因其太夫人爱听弹词,太史作之,以为承欢之计。则所谓陶贞怀,似系子虚乌有,未知然否。”作品主要讲述明末左维明对郑国泰、魏忠贤的斗争,但作品主要反映左维明家庭生活的种种情况。政治斗争没有得到展开,而且充满说教。

《安邦志》《定国志》《凤凰山》是弹唱历史故事的弹词,和讲史没有多大的区别。三部书共七十二册,六百七十四回,规模很大,全部敷衍赵匡胤及其后世的历史。《再生缘》写成于乾隆年间。陈端生作,梁德绳续,写孟丽君的故事。孟丽君女扮男装而位列三台,办理国家大事,并铲除了叛国通敌的奸党,恢复了忠良的名誉,最后和原来由父母订婚的皇甫少华团圆。作品有意为妇女吐气,突出表现了孟丽君的聪明才智,这是十分可贵的。情节也比较曲折。但作品中道德说教也很浓重。

《珍珠塔》也是乾隆时的作品。一名《九松亭》,山阴(今浙江绍兴)周殊士作。周殊士所写序文说:“云间方茂才元音,先得我心,于俗本虑为改正。惜未成书而殁。余所见仅十八回……余因为之完好,凡挂漏处称缀靡还,又增之二十四回。”作品写书生方卿因家贫求助姑母,遭到姑母的羞辱,表姐陈翠娥同情他,并私下赠给他一个珍珠塔。最后方卿中了状元,故意装乞人模样,到陈家唱道情,讽刺姑母。这个故事在江南很流行,在揭露世态炎凉方面表现得很充分,有一定进步意义。

《三笑姻缘》,是嘉靖时作品,金山吴毓昌作,演唐伯虎与秋香的故事。

嘉庆、道光时,马如飞善著弹词开篇,其唱腔称马调,影响较大。有光绪十二年(1886)刻本《马如飞先生南词小引初集》两卷。

宝卷是在宗教(佛教和明清民间教派)和民间信仰活动中,按照一定仪轨演唱的一种说唱文本。演唱宝卷称作“宣卷”,或作“念经”“讲经”。演唱可分两类:一是宗教性的培训和教义,即扶乩通神降坛垂训式作品;一是逐渐摆脱宗教色彩,以讲唱神话传说、民间故事为主,成为一种曲艺形式。

宝卷作品数量很大,据车锡伦《中国宝卷总目》(北京燕山出版社2000年第1版),共收入海内外公私一百零四家,收藏宝卷一千五百八十五种,版本五千余种。宝卷内容有佛经故事、劝世文、神道故事、民间故事,如《董永卖身宝卷》《百药名宝卷》《梁山伯宝卷》《孟姜女宝卷》等。形式以七言和十言为主,间以散文。语言生动形象,通俗明快。常用曲牌,民间曲调有〔莲花落〕〔浪淘沙〕等。

宝卷可能在宋元时期已有刊刻作品,现存最早刊本为明宣德刊本,明万历以后宝卷刊刻最盛。清代宝卷成为一种民间技艺。

第二节　子弟书

子弟书是清代满族八旗子弟创作演唱,且初始以八旗子弟为受众的一种曲艺形式。清雍正、乾隆开始,曾在北京、沈阳流行,称作“清音子弟书”。它的曲调唱腔于清末民初渐渐失传,但在后日曲坛上的梅花大鼓、奉调大鼓、京韵大鼓许多唱段中多有它的遗音。现今中国曲艺史、中国文学史均把“子弟书”作为一种说唱文学名称。

清嘉庆年间顾琳《书词绪论》说:“创始人不可考。后自罗松窗出而谱之,书遂大盛。然仅有一音。嗣而厌常喜异之辈,又从而变之,遂有东西派之别。”又说:“东派正大浑涵,有古歌遗响。”“西派未尝不善,惟嫌阴腔太多,近于昆曲。”得硕亭所作《草珠一串》在“子弟书”的注文中说:“西韵若昆,东韵近弋。”震钧《天咫偶闻》说:“其词雅训,其声和缓。有东城调、西城调之分。西韵尤缓而低,一韵迂萦良久。”从上述记载看来,子弟书文辞雅训,音调迂缓,在发展中也有变化,更接近当时舞台上流行的昆曲,更讲究韵味。其发展可以罗松窗的出现分为前后两个阶段。嘉庆前后不仅有东西两派,流行于天津的称“卫子弟书”。

子弟书通篇全为曲词,道白较少,但可以灵活运用衬字。每两句必须押韵,每回限用一个韵部。开篇一般八句,但也有短到四句,长到三十二句者,用以隐括全文。子弟书作品多据传奇作品、明清小说及流行剧目、其他说唱曲目改编。

由于子弟书的作者具有较高的文学修养，所以都比较注意音律、辞藻。如罗松窗根据《长生殿》改编的《鹊桥密誓》，韩小窗根据《红楼梦》改编的《黛玉悲秋》《宝玉探病》，都是文学水平较高的作品。

如《黛玉悲秋》的开篇：

> 大观万木起秋声，漏尽灯残梦不成；多病只缘含热意，惜花常是抱痴情。风从霞影窗前冷，月向潇湘馆内明。透骨相思何日了？枕边惟有泪珠盈；孤馆生寒夜色暝，秋色凄凄不堪听。人间难觅相思药，天上应悬薄命星。病久西风侵枕簟，梦回残月满窗棂；玉人肠断三更后，漏永灯昏冷翠屏。一寸眉心颦蹙锁，钗环怕整发蓬松。黄花都是形容瘦，秋雨不如泪点浓；薄命凋零知有分，相思解释叹何从！肠断最是潇湘馆，露冷霜寒泣春蛩。薄命从未离恨赋，芳心不与世情同。落花收入荒坟内，佳句抛残烈炬中。秋作凄凉搜户牖，月将渗淡染帘栊。醒来人在潇湘馆，泪比湘江一倍浓。

也有部分作品直接从现实生活中取材，如《烟花叹》《厨子叹》《逛护国寺》等，可以了解当时的生活情况。此外，根据民间故事改写的如《孟姜女寻夫》等，也有较大影响。

第三节 鼓词 评书

大鼓书，其唱本为“鼓词”。清初贾凫西以演说鼓词闻名。贾凫西(1594—1676?)，名应宠，字退思，一字晋藩，号凫西，祖籍山西洪洞，后移居山东曲阜。明末，曾任河北固安县令、刑部郎中，入清，初原职，曾派赴福建。自以“说稗词，废政务”，请免。晚年居家写鼓词，今存《历代史略鼓词》《太史挚适齐全章》《齐人有一妻一妾章》等。他在《太史挚适齐全章》中说：

> 莫道山高水远无知已，你看海角天涯都有俺旧弟兄。全要打

破纸窗看世界，亏了那位神灵提俺出火坑？任世上沧海变田田变海，你看俺那老师傅只管蒙瞪着两眼看六经。

清代民间北方大鼓成为曲种，较早的有河北的木板大鼓和山东的犁铧大鼓（转音为梨花大鼓）。在木板大鼓的基础上，又产生了西河大鼓、乐亭大鼓。山西也有襄垣鼓书、潞安鼓书等。

鼓词在清代多是有说有唱的成套的“大书”，也叫“蔓子活”；也有只唱不说的“小段”。唱词为七言或十言句，句式较灵活。现存作品里大量是说唱历史演义、英雄传奇、公案故事的，如《隋唐演义》《杨家将》《呼家将》《包公案》等。而最有价值的是根据文学名著改编的作品，根据小说改编的有《三国演义》《水浒传》《聊斋志异》《红楼梦》等，根据戏曲改编的有《西厢记》《红梅记》等。这些鼓词对其中一些片段进行加工创作，有些流传非常广泛。

评书在明末就很盛行。大说书家柳敬亭受到南北说书艺人的推崇。柳敬亭（1587？—1668？），本姓曹，泰州（今属江苏）人。因犯法当死，变姓柳，名逢春，字敬亭。从莫后光学艺。明末在扬州、苏州、杭州、南京演出，清兵入关前，在强藩左良玉军中说书，常住武昌。左良玉兵败，又在松江提督马进宝军中说书。清康熙元年，随漕运总督蔡士英北上至京都，演出于各王府间。四年，离京南返，又曾在泰州、安徽庐州说书。他经常演出的书目有《西汉》《关羽》《隋唐》《岳飞》《武松打虎》《宋江》等。

评书，南方称评话。清南方评话以扬州评话、苏州评话为代表，南京、杭州、福州也有评话。至乾隆时期，扬州评话甚盛。据成书于乾隆六十年的李斗《扬州画舫录》记载：

郡中称绝技者，吴天绪《三国志》、徐广如《东汉》、王德山《水浒记》、高晋公《五美图》、浦天玉《清风闸》、房山年《玉蜻蜓》、曹天衡《善恶图》、顾进章《靖难故事》、邹必显《飞跎传》、谎陈四《扬州话》，皆独步一时。近今如王景山、陶景章、王朝幹、张破头、谢寿子、陈达山、薛家洪、谌耀廷、倪兆芳、陈天恭，亦可追武前人。

由此可知乾隆中、后期，扬州评话活跃的情况。清晚期，评话仍很盛，书目亦愈加丰富。

北方评书以北京评书为代表。北京评书皆推王鸿兴为最早、最著名艺人。或说王鸿兴曾拜柳敬亭学艺，或说雍正皇帝去世，一百天不准动响器唱，王鸿兴在新街口酱房夹道书场开始说书。但北京评书界，确系王鸿兴传人占优。此外，还有姜派，为姜振名所传，专说《永庆升平》。后两派互通，书目也相互移用。也有清末文人，改行说书。天津评书都是由北京传去的支派。书目甚多，分袍带（即历史演义）、短打（即公案书）。

第四节 俗 曲

清代搜集俗曲的风气更盛，据傅惜华《明清两代北方之俗曲总集》统计，清代刊本有：

乾隆九年北京永魁斋刊刻的《万花小曲》

乾隆六十年北京集贤堂刊刻的《霓裳续谱》

道光八年华广生编辑的《白雪遗音》

道光年间北京刊刻的《时兴杂牌新曲》

道光年间北京刊刻的《新集时调雅曲初集》《新集时调雅曲二集》《多情小曲》

道光三十年刊刻的《曲里梅花》

此外，车王府收藏，郑推锋、赵景深、傅惜华、阿英收藏的刊本，抄本很多。其中也包括四川、广东以及各民族地区的歌曲，如李调元的《粤风》、无名氏的《四川民歌》、赵龙文辑《瑶歌》、吴代辑《苗歌》、黄道辑《僮歌》等，还包括儿歌，如郑旭旦辑《天籁集》、悟痴生辑《广天籁集》。这些民歌曲调较简单，但感情真率朴实，如：

妹相思，妹有真心弟也知，蜘蛛结网三江口，水推不断是真丝。

——《粤风》卷一

高高山上一树槐，手攀槐枝望郎来；娘问女儿“望什么？”“我望槐花几时开。”

——《四川民歌》

反对不合理婚姻制度的，如：

十八女儿九岁郎，晚上抱郎上牙床，不是公婆双双在，你做儿来我做娘！

——《四川民歌》

有个大姐正十七，过了四年二十一，寻个丈夫才十岁，她比丈夫大十一。一天井台去打水，一头高来一头低；不看公婆待我好，把你推到井里去。

——《明清民歌选》二集

儿歌是成年人训练儿童语言、传授知识的好形式，一般句子较短，语言简单流畅，适合儿童诵唱，如：

高高山上一个牛，尾巴长在屁股后，四个蹄子分八瓣，脑袋长在脖子上。

——《明清民歌选》二集

俗曲演唱，形式上有多种变化：一曲变体；一曲前后部分分开运用；一曲重叠运用；多曲联成一套；曲词加说白；曲词加帮腔。这几种发展变化，可以分为单支曲牌的增衍和联成套曲两大类。各地曲艺中出现了时调、小曲和牌子曲等形式。

第十章　晚清诗文

第一节　龚自珍和魏源

晚清，道光、同治时期学界的大势力仍在“考据学正统派”手中，但这时出现一支“别动队”，产出一种新精神。“代表这种精神的人，是龚定盦自珍和魏默深源”（梁启超《中国近三百年学术史》）。在中国近代文学史上，开风气之先的也是龚自珍和魏源。龚自珍（1792—1841），字瑟人，号定盦，仁和（今浙江杭州）人。十二岁，他的外祖父段玉裁，教以《说文部目》。十六岁，读《四库提要》。嘉庆二十四年会试不第。次年任内阁中书。道光九年进士，曾做过中书舍人、礼部主事等小官。十九年南归，次年春，就丹阳云阳书院讲席。未几暴卒。著有《龚定盦全集》。龚自珍“于经通《公羊春秋》，于史长西北舆地。其书以六书小学为入门，以周秦诸子、古金乐石为崖郭，以朝掌国故、世情民隐为质干。晚尤好西方之书，自谓造深微云”（魏源《定盦文录序》），他是最早要求改革现状的著名思想家。梁启超《清代学术概论》说：“晚清思想之解放，自珍确有功焉。光绪间所谓新学家者，大率人人皆经过崇拜龚氏之一时期，初读定盦文集，若受电然，稍进，乃厌其浅薄。然今文学派之开始，实自龚氏。”同时，他也是杰出的诗人和散文家。龚自珍的政论文大多针对时弊而作，见解精辟，文笔曲折多变。他敢于直面当时社会现实，指出当时的社会是“衰世”。他不满清王朝日益腐化的官僚制度，提出“更法”“改革”的主张。在《乙丙之际箸议第七》中说：“一祖之法无不敝，千夫之议无不靡，与其赠来者以勍改革，孰若自改革？”

《平均篇》里指出当时社会动荡不安的根本原因，是贫富不均："有如贫相轧，富相耀；贫者阽，富者安；贫者日愈倾，富者日愈壅。或以羡慕，或以愤怒，或以骄汰，或以啬吝，浇漓诡异之俗，百出不可止，至极不祥之气，郁于天地之间，郁之久乃必发为兵燹，为疫疠，生民噍类，靡有孑遗，人畜悲痛，鬼神思变置。其始不过贫富不相齐之为之尔。小不相齐，渐至大不相齐。大不相齐，即至丧天下。"但这种思想并不是农民的平均主义，而是寻求在社会内部危机加剧时企图缓和矛盾的对策。《尊隐》是寓言式的小品文，作者预感到并肯定了未来将要发生的大变动。他说："日之将夕，悲风骤至，人思灯烛，惨惨目光，吸饮暮气，与梦为邻，未即于床。""俄焉寂然，灯烛无光，不闻余言，但闻鼾声，夜之漫漫，鹖旦不鸣，则山中之民，有大音声起，天地为之钟鼓，神人为之波涛矣。"

除政论文之外，他的记叙文也写得很出色。如《病梅馆记》：

> 江宁之龙蟠，苏州之邓尉，杭州之西谿，皆产梅。或曰梅以曲为美，直则无姿；以欹为美，正则无景；梅以疏为美，密则无态。固也。此文人画士，心知其意，未可明诏大号，以绳天下之梅也；又不可以使天下之民，斫直，删密，锄正，以殀梅病梅为业以求钱也。梅之欹之疏之曲，又非蠢蠢求钱之民能以其智力为也。有以文人画士孤癖之隐，明告鬻梅者，斫其正，养其旁条；删其密，夭其稚枝；锄其直，遏其生气，以求重价，而江、浙之梅皆病。文人画士之祸之烈至此哉！予购三百盆，皆病者，无一完者，既泣之三日，乃誓疗之、纵之、顺之，毁其盆，悉埋于地，解其棕缚，以五年为期，必复之全之。予本非文人画士，甘受诟厉，辟病梅之馆以贮之。呜呼！安得使予多暇日，又多闲田，以广贮江宁、杭州、苏州之病梅，穷予生之光阴以疗梅也哉？

通过培植病梅，表现了作者对专制主义压抑缚戮人才的不满，对精神解放和人才自由发展的向往。

龚自珍的诗歌同样反映出时代的精神，打破了清中叶以来文坛长期沉寂的局面。现存的六百多首诗歌,绝大部分是他三十岁以后的作品。他的诗饱含着社会历史内容,又蕴含着强烈的激情。如道光五年写的《咏史》:

金粉东南十五州,万重恩怨属名流。牢盆狎客操全算,团扇才人踞上游。避席畏闻文字狱,著书都为稻粱谋。田横五百人安在,难道归来尽列侯?

这篇作品题为咏史,实际是针对整个社会风气,特别是文风的浮靡险恶而发的。他指出文人多写风花雪月的作品,那些掌握盐务官员的狎客掌握着实权,流连声色的文人占据文坛。这表面的繁华,怎么能掩盖住文坛的荒寂呢?诗揭示了在严酷的文字狱威胁下,文人只是为了谋取衣食俸禄而著书的状况,诗人痛感有胆识气节的志士的寥落。在后来写的《己亥杂诗》中,便更期望着“风雷”的来临,以打破沉闷局面:

九州生气恃风雷,万马齐喑究可哀。我劝天公重抖擞,不拘一格降人才!

他又以落花自比:

浩荡离愁白日斜,吟鞭东指即天涯。落红不是无情物,化作春泥更护花。

作品毫无落寞的感觉,寄托了诗人要滋兰树蕙、培植人才以及维护自己理想而献身的思想怀抱。更重要的是他对国计民生的关注,多方面反映了社会的疾苦和病态:

只筹一缆十夫多,细算千艘渡此河。我亦曾糜太仓粟,夜闻邪许泪滂沱。

津梁条约编南东,谁遣藏春深坞逢?不枉人呼莲幕客,碧纱橱护阿芙蓉。

不论盐铁不筹河,独倚东南涕泪多。国赋三升民一斗,屠牛那不胜栽禾。

这些诗都具有深刻的现实意义。

龚自珍诗歌在艺术上也独具特点,他的很多诗都表现了他对丑恶现实的挑战和对理想的求索。在他的作品中出现了一个极其动人的叛逆者的形象,有忧郁、孤独,也有狂傲、豪放。他深受屈原、李白等的影响,诗歌充满浪漫主义的精神。他能驾驭古典诗歌多种传统形式。但有些篇章也有用典过繁,或过于生僻,或含蓄曲折过甚的现象,不免带来艰深晦涩的缺点。

魏源(1794—1857),字默深,金潭(今属湖南)人。道光二十五年进士,以知州分江苏,权兴化,后补高邮。著有《古微堂诗集》。

魏源和龚自珍一起问学于今文学家刘逢录。梁启超《清代学术概论》说:“但魏源之为近代今文学家,在微言大义的治学精神上并概括不了他的价值,而他的经世致用的具体政见则的确反映了时代的一个侧面。”他对内主张变革,对外主张抵抗外来侵略。在鸦片战争时期,入两江总督裕谦幕府,参与浙东抗英战役。

魏源的诗歌,多感喟国事,他学习白香山新乐府的形式写诗,称“仿白香山体”,有《都中吟十三章》《江南吟十章》。魏源的诗表现了他反对外国侵略,同情人民疾苦,对社会现实的不满,以及对国家命运的忧虑。如《江南吟十章》中的《阿芙蓉》:

> 阿芙蓉,阿芙蓉,产海西,来海东。不知何国香风过,醉我士女如醇酞。夜不见月与星兮,昼不见白日,自成长夜逍遥国。长夜国,莫愁湖,销金锅里乾坤无。溷六合,迷九有,上朱邸,下黔首,彼昏自痼何足言,藩决膏殚付谁守?语君勿咎阿芙蓉,有形无形朋则同;边臣之朋曰养痈,枢臣之朋曰中庸,儒臣鹦鹉巧学舌,库臣阳虎能窃弓。中朝但断大官朋,阿芙蓉烟可立尽。

他描写山水,抒情言怀的作品,写得感情充沛、形象生动,布局造句能出奇制胜。如《潼关》:

> 晓日潼关启,云胸詄荡开。千秋河岳色,犹挟汉唐来。马带中

原雨，车驱万壑雷。何须论德险，兴废一莓苔。

林昌彝说他“各体均佳，五七古尤胜，五律亦有妙趣，奇警异常”（《海天琴思续录》卷五）。

林则徐（1785—1850），字少穆，侯官（今福建闽侯）人。是近代关心国计民生，主张抵抗帝国主义侵略并具有实际政治能力的政治家。道光十七年任湖广总督，次年授钦差大臣，赴广东查禁鸦片。二十年任两广总督。鸦片战争爆发，受诬革职，旋戍新疆。后起为陕西巡抚，擢云贵总督，因病辞归。道光三十年，授钦差大臣赴广西督理军务，病卒赴任途中。谥文忠。著有《云左山房诗钞》等。

林则徐的诗，在京师主要是政余抒情和诗酒酬酢之作。在鸦片战争和谪戍伊犁时期的部分作品中，表现出强烈的爱国激情。他的诗具有凄婉苍凉的风格。《出嘉峪关感赋》写雄关的壮伟，颇有特色：

严关百尺界天西，万里征人驻马蹄。飞阁遥连秦树直，缭垣斜压陇云低。天山巉削摩肩立，瀚海苍茫入望迷。谁道崤函千古险？回首只见一丸泥。

张维屏（1780—1859），字子树，又字南山，番禺（今属广东）人。道光二年进士，补湖北长阳县知县，署黄梅。又调补广济。后出任袁州府同知、太和县知县、吉安府通判。后辞官回家，过隐居生活。是嘉庆、道光间的著名诗人。著作有《松心诗集》《国朝诗人征略》。

他晚年家居时，经历了鸦片战争的洗礼，激发了强烈的爱国情绪，写出了一些歌颂广东人民英勇抗敌的优秀诗篇。这些诗，质朴有力，格调高昂，非常可贵。如《三元里》歌颂了广东三元里人民英勇打击侵略者的斗争，并揭露了投降派的丑行。《三将军歌》赞美了三位抗敌殉国的英雄将领，也是名篇。

此外，张际亮（1799—1843）、贝青乔（1810—1863）也写了不少反映现实政治的诗篇。

第二节　太平天国时期的诗文

鸦片战争后,民众反帝国主义情绪高涨。洪秀全、冯云山、杨秀清、萧朝贵、韦昌辉、石达开等,结上帝会。道光三十年六月,起兵于广西桂平金田村,客民、矿丁及三元里曾抗英者,多参加从征。咸丰元年(1851)闰八月,攻破永安,建国号为太平天国。三年正月攻破江宁。以江宁为天京。在颁布天朝田亩制度的同时,颁布了提倡语体文的命令。太平天国十一年(1861),用蒙时雍、洪仁玕、李春发的名义颁布《戒浮文巧言谕》:

> 照得文以纪实,浮文所在必删;言贵从心,巧言由来当禁。恭维天父天兄大开天恩,亲命我真圣主天王降凡作主,施行正道,存真去伪,一洗颓风。是以前蒙我真圣主降诏,凡前代一切文契书籍不合天情者,概从删除,即《六经》等书亦皆蒙御笔改正。非我真圣主不恤操劳,诚恐其诱惑人心,紊乱真道,故不得不亟于弃伪从真,去浮存实,使人人共知虚文之不足尚,而真理自在人心也。况现当开国之际,一应奏章文谕,尤属政治所关,更当朴实明晓,不得稍有激刺,挑唆反间,故令人惊奇危惧之笔。且具本章,不得用龙德、龙颜及百灵承运、社稷、宗庙等妖魔字样。至祝寿浮词,如鹤算、龟年、岳降嵩生及三生有幸字样,尤属不伦,且涉妄诞。推原其故,盖由文墨之士,或少年气盛,喜骋雄谈,或新进恃才,欲夸学富。甚至舞文弄笔,一语也而抑扬其词,则低昂遂判;一事也而参差其说,则曲直难分。倘或听之不聪,即将贻误非浅,可见用浮文者不惟无益于事,而且有害于事也。
>
> 本军师等近日登朝,荷蒙真圣主面降圣诏:"首要认识天恩主恩东西王恩。次要实叙其事,从某年月日而来,从何地何人证据,一一叙明,语语确凿,不得一词娇艳,毋庸半字虚浮,但有虔恭之意,不须古典之言,故朕改'字典'为'字义'也。"本军师等朝奏,钦

遵之下，不胜敬凛。为此特颁谊谕，仰合朝内外官员书士人等一体周知，嗣后本章禀奏，以及文移书启，总须切实明透，使人一目了然，才合天情，才符真道。切不可仍蹈积习，从事虚浮，有负本军师等谆谆谕诫之至意焉。特此宣谕，各宜禀遵！

此文原无标题，现在通用此标题是罗尔纲加的。这篇布告明确提出“文以纪实”“言贵从心”的写作要求，提倡“一目了然”的文体，“不须古典之言”。

洪秀全（1814—1864），广东花县（今广州市花都区）客家人。出身于农民家庭，幼年生活贫困。鸦片战争爆发后，他目睹国家的内忧外患，又接受了西方基督教思想影响，创上帝会，以尊上帝、拜基督为主。金田起义后建立了太平天国，被推为“天王”。建都天京后，分兵北上，一直打到天津，与清王朝形成对峙局面。1864 年在清统治阶级与英法等帝国主义联合围攻下，太平天国最后失败。洪秀全因天京缺粮，久吃“咁露”（百草）充饥，致病发逝世。

洪秀全的作品，大多是一些宣传上帝会教义以及抒发其豪情壮志的诗文。如《原道醒世训》《永安破围诏》《戒吸鸦片诏》《诛妖诏》等。现在保存的有十多篇。他的《吟剑诗》表现了他的心胸气概：

手持三尺定山河，四海为家共饮和。扲（擒）尽妖邪投地网，收残奸宄（宄）落天罗。东西南北效（敦）皇极，日月星辰奏凯歌。虎啸龙吟先（光）世界，太平一统乐如何！

洪仁玕（1822—1864）是洪秀全的族弟，曾在香港西洋传教士处教书，在上海洋馆学习天文历数。1858 年 6 月，当他由香港启程奔赴天津时，作《香港饯别》诗，诗云：

枕边惊听雁南征，起视风帆两岸明。未挈琵琶挥别调，聊将诗句壮行旌。意深春草波生色，地隔关山雁有情。把袖挥舟尔莫顾，英雄从此任纵横。

洪仁玕到天京，被封为“开朝精忠军师顶天扶朝纲干王”，总理全国政事。他也表现出辅佐天王，“志在生灵”的决心。其写于军旅之中的《二月下浣军次遂安城北吟于行府》诗云：

> 志在生灵愿未酬，七旬苗格策难侔。足跟踏破云山路，眼底空悬海月秋。意马不辞天地阔，心猿常与古今愁。斯民官长谁堪任？徒使企予叹白头。

> 魆秽腥闻北斗昏，谁新天地转乾坤？丈夫不下英雄泪，壮士无忘漂母飧。志顶江山心欲奋，胸罗宇宙气潜吞。吊民伐罪归来日，草木咸歌雨露恩。

第三节　宋诗运动和桐城派的中兴

清代诗文出现多种流派。清初黄宗羲认为诗不当以时代而论，“善学唐者唯宋”（《姜山启彭山诗稿序》）。钱谦益诗也学唐宋诸名家。宋荦查慎行是清代学宋诗派的重要诗人，翁方纲更是崇宋代江西诗派的黄庭坚。鸦片战争前后出现宋诗运动。程恩泽（1785—1837）合学人之诗与诗人之诗为一体，诗学韩愈、黄庭坚。祁寯藻（1793—1866），讲究“学识”和性情，诗学杜甫、韩愈、苏轼。程、祁二人是这个诗派的早期人物。重要作家有郑珍、何绍基、莫友芝、江湜等。

郑珍（1806—1864），字子尹，晚号柴翁，遵义（今属贵州）人。经学家、古文家、诗人。著有《巢经巢全集》。郑珍诗宗黄庭坚。艺术风格有平易和奇奥两种，占比重大的是平易近人的一种。如《晚望》：

> 向晚古原上，悠然太古春。碧云收去鸟，翠稻出行人。水色秋前静，山容雨后新。独怜溪左右，十室九家贫。

正如钱仲联所说：“它是用韩、孟雕刻洗炼的手段，而以白居易的面目出之，形成了郑诗独特的艺术风格。”（《近代诗钞·郑珍传》）写景诗也多名篇，如《白水瀑布》：

> 断崖千尺无去处，银河欲转上天去。水仙大笑且莫莫，恰好借渠写吴乐。九龙浴沸雪照天，五剑挂壁霜冰山。美人乳花玉胸滑，神女佩带珠囊翻。文章之妙避真露，自半以下成霏烟。银钉堕影饮徘鏊，天马无声下神渊。沫尘破散汤沸鼎，潭日荡漾金镕盘。白水瀑布倍奇绝，占断黔中山水窟。世无苏李两谪仙，江月海风谁解说？春风吹上观瀑亭，高岩深谷恍曾经。手挹清泠洗凡耳，所不同心如白水。

白水瀑布，即黄果树瀑布，在今贵州镇宁布依族苗族自治县城西南的白水河上。白水河自东北山腋泻崖而下，流经黄果树地段，因河床断落，形成九级瀑布。明代徐霞客称此瀑布“阔而大”，“珠帘钩不郑，飞练挂遥峰，俱不足拟其状”，为全国第一。郑诗写出了白水瀑布的声势。郑珍晚年继承杜甫、白居易新乐府的传统，也写了一些反映贵州人民遭受官府盘剥迫害的作品，如《南乡哀》《经死哀》《抽厘哀》等。

何绍基(1800—1874)，字子贞，号东洲，道州(今湖南道县)人。道光十六年进士。选庶吉士，授编修。历典福建、贵州、广东乡试。咸丰二年简四川学政，触怒权贵，后被降职归。又主山东泺源、长沙城南书院多年。晚年被聘主扬州书局。著有《东洲草堂诗钞》。何绍基以书法名世。其诗主要学苏轼，金天翮称他为“晚清诗人学苏最工者”(《艺林九友歌序》)。《飞云岩》一诗为名篇。飞云岩在贵州黄平县东，石乳倒垂如云，所谓云都是石。诗中作者形容云的万千姿态，颇富奇想：

> 云欲回山断根络，鏖秘岩扃无住著。忙云失势化闲云，云自无心不悔错。幻为百千万亿云，云云一气相合分。一云乍起一云落，一云向前一云却。一云奋舞一云懒，一云欢喜一云愕。大云睢盱母覆子，小云沓戢鱼吹水。丑云恧缩妍云笑，痴云疑立灵云诡。睡云颓散欲着床，淡云散涣偏成绮。三云四云相颉颃，十云百云不乱行。如神如鬼如将相，如屋如塔如桥梁。如龟蛇蛰虎兕吼，鸾凤翂

猰虬龙纠。世间人我与众生,云无不无无不有。

莫友芝(1811—1871),字子偲,号郘亭,独山(今属贵州)人。先后入胡祁翼、曾国藩幕。著有《郘亭诗钞》《郘亭遗诗》。莫友芝自述,以学唐李义山,宋黄庭坚、陈师道而求乎上:"什性迂拙,不谙世,又无学仙材,何如障格焉?守孙卿、子云、义山、黄、陈之大醇,略其小疵,蕲有见于杜孔、韩孟,未可知也。"(陈融《颙园诗话》引)他所作山水、抒情、行旅诗篇,也多有佳构。

江湜(1818—1866),字持正,一字弢叔,长洲(今江苏苏州)人。乡试不过,长期入幕,后援例得以九品衔。著有《伏敔堂诗录》。其诗是清代的孟郊、杨万里,而又不为两家所限,诗作多描写景物和自述身世。同治、道光之间,宋诗运动兴盛,后来发展为"同光体"诗潮。推动此诗风者为曾国藩。"同光三杰"指陈三立(1853—1937)、陈衍(1856—1937)、郑孝胥(1860—1938)。

桐城派中兴的重要作家有梅曾亮、曾国藩、黎庶昌、吴汝纶等人。梅曾亮(1786—1856),字伯言,上元(今江苏南京)人。姚鼐主讲钟山书院,他与管同出于门下。道光二年进士,为户部郎中,居京师二十余年。提倡"因事立言",主张文要写"人之真"。文名颇盛。道光二十九年告归,主扬州书院讲席。姚门弟子姚莹(1785—1852)、方东树(1772—1851)、管同(1780—1831)、刘开(1784—1824)与梅曾亮五人,由于梅曾亮在京师,在文坛影响最大,有主盟古文文坛之势。曾国藩(1811—1872),字涤生,湖南湘乡人。道光十八年进士。曾官两江总督,节制浙、苏、皖、赣四省军务。著有《曾文正公全集》。由于曾国藩的地位,他在宋诗运动和桐城派古文中兴中都起着重要作用。张裕钊(1823—1894)、黎庶昌(1837—1898)、薛福成(1838—1894)、吴汝纶(1840—1903),被称为"曾门四弟子",都是振兴桐城派,同时张大曾国藩文学主张的人物。

第四节　改良主义运动时期的诗文

十九世纪九十年代，随着资产阶级改良主义运动的产生，也出现了文学上的改良主义。在诗歌方面，他们提出"诗界革命"。梁启超《饮冰室诗话》说："盖当时所谓新诗者，颇喜挦扯新名词以自表异。丙申(1896)、丁酉(1897)间，吾党数子皆好作此题，提倡之者为夏穗卿，而复生亦綦嗜之。"他在1899年写的《夏威夷游记》中论诗说："诗的境界被千余年来鹦鹉名士占尽矣。""若作诗必为诗界之哥仑布、玛赛郎然后可。""欲为诗界之哥仑布、玛赛郎，不可不备三长：第一要新意境，第二要新语言，而又须以古人之风格入之，然后成诗。"他表示："吾虽不能诗，惟将竭力输入欧洲精神思想，以供来者之诗料可乎。要之，支那非有诗界革命，则诗运殆将绝。"由此可以知道，"诗界革命"的新派诗即是输入欧洲精神思想，使用新语言，而又以古人之风格入之的作品。"诗界革命"是资产阶级改良派活动的一部分。

在此期间，《清议报》《新民丛报》和《新小说》等刊物，发表了一百多位作者的新派诗，又发表了许多通俗歌词，称为"新体诗"。除梁启超所说夏曾佑、谭嗣同外，还有黄遵宪、蒋智由、丘逢甲等，他们都是"诗界革命"的重要人物。而黄遵宪是"诗界革命"中最突出的作家，他提出了具体的主张，并在创作实践上取得了较高的成就。黄遵宪(1848—1905)，字公度，嘉应(今广东梅县)人。光绪二年中举，次年出国。先后任日本使馆参赞、美国旧金山总领事、英国使馆参赞、新加坡总领事等职，直接接触了日本明治维新的改良主义政治和西方资本主义制度，接受了资产阶级政治、文化思想的影响，主张变法维新。光绪二十一年解任归国以后，积极参加改良派政治活动。光绪二十二年参与创办《时务报》，在湖南任职时协助巡抚陈宝箴行新政，成为变法维新活动的重要人物之一。戊戌变法失败后，被放归乡里。光绪三十一年逝世。

黄遵宪是资产阶级改良派中最有成就的诗人。他的诗歌是直接为他的政治主张服务的,并在一定程度上突破了旧体诗歌的形式。他主张诗要反映现实生活,反映当代人的思想感情,反对拟古,反对形式主义,成为当时“诗界革命”的一面旗帜。著作有《日本杂事诗》《日本国志》《人境庐诗草》,另有辑本《人境庐集外诗辑》。他在同治七年(1868)所写的《杂感》诗中说:“古文与今言,旷若设疆圉;意如置重译,象胥通蛮语。”提出:“我手写我口,古岂能拘牵!”他在光绪十七年所作诗集《自序》中又说:“今之世异于古,今之人亦何必与古人同。”提出:“仆尝以为诗之外有事,诗之中有人。”“不名一格,不专一体,要不失乎为我之诗。”主张写诗为事而作,要表现自己的思想感情,具有独特的风格。

黄遵宪的诗歌描写了中法战争、中日战争、八国联军侵华等史实。陈衍《石遗室诗话》说,黄遵宪的诗“多纪时事”,梁启超《饮冰室诗话》说,“公度之诗,诗史也”。如他的《悲平壤》《东沟行》《哀旅顺》《哭威海》《五月十三日夜江行望月》《降将军歌》《度辽将军歌》等,全面而深刻地反映了中日甲午战争的历程。甲午战争是从平壤战役开始,日军在平壤发动突然袭击,主帅叶志超弃城逃走,左宝贵战死。黄遵宪的《悲平壤》热情地歌颂了左宝贵等爱国官兵英勇战斗的精神:“火光所到雷硠礔,肉雨腾飞飞血红。翠翎鹤顶城头堕,一将仓皇马革裹。天跳地踔哭声悲,南城早已悬降旗。”同时也记述了清陆军将领不战而逃的情景:

> 三十六计莫如走,人马奔腾相践蹂。驱之驱之速出城,尾追翻闻饿鸱声。大东起舞小东怨,每每倒戈飞暗箭。长矛短剑磨铁枪,不堪狼藉委道旁。一夕狂驰三百里,敌军便渡鸭绿水。一将囚拘一将诛,万五千人作降奴。

作品形象地描绘出战场上败军溃退的状况,表现了诗人对叶志超等屈节辱国行为的义愤。

《东沟行》记叙了甲午海战的情况：

> 蒙蒙北来黑烟起，将台传令敌来矣！神龙分行尾衔尾，倭来倭来渐趋前。绵绵翼翼一字连，倏忽旋转成浑圆。我军瞭敌遽飞炮，一弹轰雷百人扫。一弹星流药不爆，敌军四面来环攻。使船使马旋如风，万弹如锥争凿空。地炉煮海海波涌，海鸟绝飞伏蛟恐。人声鼓声噤不动，漫漫昏黑飞劫灰，两军各挟攻船雷，模糊不辨莫敢来。此船桅折彼釜破，万亿金钱纷雨堕，入水化水火化火，火光激水水能飞。红日西斜无还时，两军各唱铙歌归。从此华船匿不出。人言船坚不如疾，有器无人终委敌。

从“将台传令敌来矣”至“两军各唱铙歌归”，写了敌我相遇、我方布阵迎敌、敌军围攻、双方展开激战，到战斗结束的全过程。全诗既描写了激烈的战斗场面，也揭露了清军内部的混乱和腐朽无能的状态。诗人最后发出“有器无人终委敌”的感慨。《哀旅顺》一诗，记录了清军只图自保，无心抵抗，被敌抄袭的史实：

> 海水一泓烟九点，壮哉此地实天险。炮台屹立如虎阚，红衣大将威望俨。下有洼池列巨舰，晴天轰雷夜电闪。最高峰头纵远览，龙旗百丈迎风飐。长城万里此为堑，鲸鹏相摩图一瞰。昂头侧睨何眈眈，伸手欲攫终不敢。谓海可填山易撼，万鬼聚谋无此胆。一朝瓦解成劫灰，闻道敌军蹈背来。

这首诗，先从正面叙述了旅顺的自然天险和港口的海防设备，接着又从侧面描写了虎视眈眈的侵略者，他们虽然早已垂涎三尺，但不敢轻举妄动。最后两句，以急转直下的笔势，写出了旅顺口的失陷：“一朝瓦解成劫灰，闻道敌军蹈背来。”用语虽少，但分量极重，无限的惋惜，无限的愤怒，都包含于其中了。《哭威海》一诗，更深刻地揭露了清军缺少战斗力的原因，并歌颂了坚强不屈的刘公岛：

> 噫吁嚱，海陆军！人力合，我力分。如蠖屈，不得伸。如斗鸡，

不能群。毛中虫，自戕身；丝不治，丝愈棼。火不戢，火自焚；遁无地，谋无人。天盖高，天不闻。四援绝，莫能救，即能救，谁死守？炮未毁，人之咎，船幸存，付谁某？十重甲，颜何厚！海漫漫，风浩浩。龙之旗，望杳杳。大小李，愁绝倒；岿然存，刘公岛。

作品对清军互不支援、不敢抵抗的行为，十分愤慨。诗人对国家命运十分担心。旅顺和威海是北洋海军的两个根据地。威海卫停泊船舰，旅顺口修理船只，各设提督衙门，保卫渤海口。旅顺、威海的失陷，导致北洋海军的全军覆灭。

这些诗歌的字字句句，都使我们感受到诗人强烈的爱国精神。它有力地鞭挞了清王朝不战自败的腐败无能，揭露了日本帝国主义者的侵略面目。

"马关条约"签订后，清王朝将台湾岛、澎湖列岛割让给日本侵略者。他写了长诗《台湾行》，作品列举史实，说明台湾自古就是我国的领土，并叙述了我们祖先辛勤开拓这个宝岛的情况：

城头逢逢擂大鼓，苍天苍天泪如雨。倭人竟割台湾去，当初版图入天府，天威远及日出处。我高我曾我祖父，艾杀蓬蒿来此土。糖霜茗雪千亿树，岁课金钱无万数。

接着讴歌了台湾人民的斗争精神：

天胡弃我天何怒，取我脂膏供仇虏。眈眈无厌彼硕鼠，民则何辜罹此苦。亡秦者谁三户楚，何况闽粤百万户。成败利钝非所睹。人人效死誓死拒，万众一心谁敢侮！

他在1898年所写的《书愤》，更进一步表露了作者对帝国主义瓜分中国和清王朝卖国行径的愤恨：

一自珠崖弃，纷纷各效尤。瓜分唯客听，薪尽向予求。秦楚纵横日，幽燕十六州，未闻南北海，处处扼咽喉。

郑振铎《文学大纲》说："在古旧的诗体中而能注以新鲜生命者，惟遵宪是一个成功的作者。”黄遵宪诗歌题材广阔,既能继承古典诗歌的传统,又能熔铸新理想,运用通俗明朗的语言,所以成为近代最著名的诗人。

康有为(1858—1927),字广厦,号长素,南海(今广东佛山)人,是近代改良主义运动的领袖。他在文学方面的活动,主要是诗歌创作。著作有《康南海先生诗集》。其《出都留别诸公》五首之一:

> 沧海惊波百怪横,唐衢痛哭万人惊。高峰突出诸山妒,上帝无言百鬼狞。岂有汉廷思贾谊,拼教江夏杀祢衡。陆沉预为中原叹,他日应思鲁二生。

这首诗作于光绪十五年,作者第一次上皇帝书后,原注说:“吾以诸生上书请变法,开辟未有。群疑交集,乃行。”诗人救国的呼吁引起极大的震动。此诗诗风雄壮,大笔淋漓,梁启超在《饮冰室诗话》中推为其代表作。

谭嗣同(1865—1898),字复生,号壮飞,浏阳(今属湖南)人。他是改良主义运动中的激进派。他的诗风格恢廓豪迈,如《晨登衡岳祝融峰》:

> 身高殊不觉,四顾乃无峰。但有浮云度,时时一荡胸。地沉星尽没,天跃日初熔。半勺洞庭水,秋寒欲起龙。

此外,他的《狱中题壁》也很有名:

> 望门投止思张俭,忍死须臾待杜根。我自横刀向天笑,去留肝胆两昆仑。

夏曾佑(1863—1924),字穗卿,号碎佛,钱塘(今浙江杭州)人。曾与严复等合办《国闻报》,宣传西方资产阶级政治文化学说,有《碎佛诗杂诗》。辛亥革命后,宣传尊孔复古,是“孔教公会”发起人之一,日益倒退。丘逢甲(1864—1912),又名仓海,字仙根,号蛰仙,漳化(今属中国台湾)人。光绪十五年进士。现存有《山会云海日楼诗钞》《仓海先生丘公逢甲诗选》等。他的诗歌表现了因台湾沦陷而发出的悲昂的爱国深情。如《春愁》：

春愁难遣强看山，往事惊心泪欲潸。四百万人同一哭，去年今日割台湾。

蒋智由(？—1929)，字观云，号因明子，诸暨(今属浙江)人。他与黄遵宪、夏曾佑一起被梁启超推为“近世诗界三杰”(《饮冰室诗话》)。有《居东集》《蒋智由诗钞》《蒋观云先生遗诗》。

散文方面最著名的是梁启超。梁启超(1873—1929)，字卓如，号任公，又号饮冰室主人，新会(今属广东)人。是康有为的学生，和康有为一起主张变法维新，是改良派主要领导人之一。其著作编为《饮冰室合集》。他的散文学过晚汉、魏晋，学过桐城派，后来为了宣传改良主义，专作政治宣传文章，文笔平易畅达，“条理明晰，笔端常带感情”，富有鼓动性，成为当时风靡一世的新文体，号称“新民体”，亦称报章体。《少年中国说》是他的代表作。此外，《呵旁观者文》《新民说》《论小说与群治之关系》等均很著名。如《少年中国说》说：

日本人之称我中国也，一则曰老大帝国，再则曰老大帝国。是语也，盖袭译欧西人之言也。呜呼，我中国其果老大矣乎？梁启超曰：恶，是何言！是何言！吾心目中有一少年中国在。

欲言国之老少，请先言人之老少。老年人常思既往，少年人常思将来。惟思既往也，故生留恋心；惟思将来也，故生希望心。惟留恋也，故保守；惟希望也，故进取。惟保守也，故永旧；惟进取也，故日新。惟思既往也，事事皆其所已经者，故惟知照例；惟思将来也，事事皆其所未经者，故常敢破格。老年人常多忧虑，少年人常好行乐。惟多忧也，故灰心；惟行乐也，故盛气。惟灰心也，故怯懦；惟盛气也，故豪壮。惟怯懦也，故苟且；惟豪壮也，故冒险。惟苟且也，故能知世界；惟冒险也，故能造世界。老年人常厌事，少年人常喜事。惟厌事也，故常觉一切事无可为者；惟好事也，故常觉一切事无不可为者。老年人如夕照,少年人如朝阳。老年人如瘠牛,少年人如乳虎。老年人如僧,少年人如侠。老年人如字典,少年人如戏文。老年人如鸦片烟,少年人如泼兰地酒。老年人如别行星之陨石,少年人如大洋海之珊瑚岛。老年人如埃及沙漠之金字塔,少年人如西伯利亚之铁路。老年人如秋后之柳,少年人如春前之草。老年人如死海之潴为泽,少年人如长江之初发源。此老年与少年性格不同之大略也。梁启超曰:人固有之,国亦宜然。

文章表现了梁启超对理想的"少年中国"的炽热感情。他把迸发的感情,排山倒海地倾泻出来,却又有条有理,"言之有序""言之有法"。作品将国家与人比较,把老少状态的不同,加以形象的描述。接着又用西方的国家观念,说明中国作为这样的国家尚未出现于世界,激励青年去追求。文章一步步深入,条理非常明晰,一个论点务求说得透彻,但决无空洞说教,而是发挥其修辞的天才,运用排比、递进与比喻的手法,往复百折,妙趣横生,气势高昂,淋漓尽致,有极大的鼓动性和强烈的感染力。

第五节　章炳麟、秋瑾与南社作家

章炳麟(1869—1936),字枚叔,后改名铎,别号太炎,余杭(今属浙江)人。中日战争以后,参加过强学会和《时务报》的工作,倾向于政运派。后参加革命,大反康、梁。1903 年被清政府和上海租界的工商局逮捕。1906 年出狱。他在狱中参加光复会,出狱后到日本主编同盟会的机关刊物《民报》。辛亥革命后,一度担任孙中山领导的护法军政府秘书长。后反对过袁世凯。晚年迁居苏州,创章氏国学讲习所。他在文学上的成就主要是散文,1903 年发表在《苏报》上的《驳康有为论革命书》和《革命军序》最有名,反对改良派,倡言民族民主革命,有很大影响。

辛亥革命时期的女革命家、诗人秋瑾(1878—1907),字璇卿,号竞雄,又号鉴湖女侠,绍兴(今属浙江)人。有《秋瑾集》。1904 年东游日本,次年参加同盟会。回国后,积极宣传民主革命和妇女解放,1907 年在绍兴被捕,壮烈牺牲。秋瑾的作品诗最多,也有词作,她还用白话写了不少宣传革命和妇女解放的文章。她于 1905 年从日本回国途中所写的《黄海舟中日人索句并见日俄战争地图》是这样的:

> 万里乘风去复来,只身东海挟春雷。忍看图画移颜色,肯使江山付劫灰!浊酒不销忧国泪,救时应仗出群才。拼将十万头颅血,须把乾坤力挽回。

这首诗充满爱国思想和高昂的革命热情。她的后期词,风格爽朗豪迈,如〔鹧鸪天〕:

> 祖国沉沦感不禁,闲来海外觅知音。金瓯已缺总须补,为国牺牲敢惜身? 嗟险阻,叹飘零,关山万里作雄行。休言女子非英物,夜夜龙泉壁上鸣。

抒写了巾帼英雄报国的决心。

1909 年随着中国同盟会的成立,资产阶级民主革命高潮到来,陈去病、高旭、柳亚子等发起组织的“南社”于是年 11 月 13 日在苏州正式宣告成立。1907 年陈去病组织的神交社,是南社的前身。南社第一次集会时共十七人,到辛亥革命前已增加到二百多人,辛亥革命后增加到千人以上。1923 年停止活动。“南社”意为“操南音不忘本”。柳亚子说:“它的名字叫南社,就是反对北庭的标志。”陈去病说:“南者,对北而言,寓不向满清之意。”他们的宗旨就是鼓吹民族民主革命,反对清王朝统治,有意识地用文学为资产阶级革命服务。鲁迅说南社是“鼓吹革命的文学团体,他们叹汉族的被压制,愤满人的凶横,渴望着‘光复旧物’。但民国成立以后,倒寂然无声了”(《三闲集·现今的新文学的概观》)。

南社共出版《南社丛刻》二十二集,南社成员诗文集百种以上。陈去病(1874—1933),原名庆林,字佩忍,号巢南,吴江(今属江苏)人。有《浩歌堂诗钞》。他的诗歌表现了对国家命运的关心,对资产阶级革命的期望。他的一些诗通过对明末抗清人物的颂扬和对前朝遗迹的凭吊,抒发了自己的革命感情。如《读瞿稼轩蜡丸书》之一:

> 大地江山半入燕,孤臣楮柱只南天。何图朝士无宏略,洛蜀纷纷构两贤。

他对孙中山所领导的革命起义,表现了极大的关注:

> 东瞻三岛动烦冤,北顾胡尘掩地昏。惟有燕云护南海,爇香能返国殇魂。

高旭(1877—1925),字天梅,号剑公,吴江(今属江苏)人。有《天梅选集》。他曾伪造石达开遗诗二十首,连同《答曾国藩五首》,以"残山剩水楼刊本"名义,刻印《石达开遗诗》流行于世。他的诗歌有着比较彻底的资产阶级革命思想。他著名的《路亡国亡歌》,谴责了清政府将筑路权卖给帝国主义国家,并揭露了帝国主义的侵略野心。如:

> 请看碧眼狡儿上下手,可笑冥顽政府所分余润有几何?奈长此酣歌欢饮漏舟漏。一旦有事长风铁舰来运兵,定借保护此路以为名,路之所至兵即至;斯时国非其国虽欲悔而抗拒,已步印度波兰之后尘。我察环球列国尽属盗跖化身夜叉相,我愈怕他让他他愈不怕愈不让。法律所定土地自主权,即今那国肯许外人享?独我神州此权丧失倒太阿,一波未平又一波。

他的诗明白浅显,冲破了格律诗的束缚,深受新派诗的影响。

柳亚子(1887—1958),原名慰高,字安如,后更名人权,字亚卢,后字亚子,又用弃疾为名,号稼轩,吴江(今属江苏)人。有《磨剑室诗集》《词集》。刊印流传的有《柳亚子诗词选》。茅盾说:"柳亚子的诗词反映了前清末年直到新中国成立之后这一段时期的历史——从旧民主主义革命到社会主义革命的历史,如果称它为史诗,我以为是名副其实的。”(《在中华全国第四次文代会上的发言》)郭沫若说:“他在鼓吹旧民主主义革命时代,曾经主持过南社,集中了当时的时代歌手。记得他曾经作过‘南社诗人点将录’,把南社诗人和《水浒传》上的一百单八将相比而自拟为宋江。这是很有意义的。”(《柳亚子诗词选·序》)他的诗歌有着强烈的革命激情,如《吊鉴湖秋女士》四首选二:

> 黄金意气铁肝肠,革命运中最擅场。天壤因缘悲道韫,中原旗鼓走平阳。飘零锦瑟无家别,慷慨欧刀有国殇。一笑人间痴女子,如君端不愧娲皇。
>
> 漫说天飞六月霜,珠沉玉碎不须伤。已拼侠骨成孤注,赢得英名震万方。碧血摧残酬祖国,怒潮呜咽怨钱塘。于祠岳庙中间路,留取荒坟葬女郎。

赞扬了秋瑾为推翻清王朝进行的斗争,悲壮慷慨。他的诗受龚自珍影响,多凝重含蓄、忧郁悲凉之作。

第十一章　晚清小说

第一节　狭邪小说和狭义小说

十九世纪末期,狭邪小说,即以嫖妓为题材的言情小说,和侠义小说流行。影响较大的作品有:《品花宝鉴》《花月痕》《海上花列传》《三侠五义》等。《品花宝鉴》是写乾隆以来北京的优伶的。鲁迅说:“自谓伶人有邪正,狎客亦有雅俗,并陈妍媸,固犹劝惩之意,其说与明人之凡为‘世情书’者略同。至于叙事行文,则似欲以缠绵见长,风雅为主,而描摹儿女之书,昔又多有,遂复不能摆脱旧套,虽所谓上品,即作者之理想人物如梅子玉杜琴言辈,亦不外伶如佳人,客为才子,温情软语,累牍不休,独有佳人非女,则他书所未写者耳。”(《中国小说史略》)作者陈森,字少逸,江苏常州人。长期以做幕僚为生。这部书刊印于咸丰二年。《花月痕》是写妓女才子的作品。作者魏子安,曾在太原知府家坐馆。书序写于咸丰八年,光绪中始流行。《海上花列传》,也写妓女生活,近于写实。作者韩子云,江苏松江(今属上海)人,长期在上海做记者,对妓女生活十分熟悉。该书光绪二十年出版。这也是第一部吴语小说。清代以来侠义小说与公案小说结合。《三侠五义》是此类小说中一部最有影响的作品。它出现在光绪五年,署“石玉昆述”,是根据《龙图耳录》整理而成,讲述包公及其身旁侠义之士的故事。鲁迅说:“而独于写草野豪杰,辄奕奕有神,间或衬以世态,杂以诙谐,亦每令莽夫分外生色,值世间方饱于妖异之说,脂粉之谈,而此遂以粗豪脱略见长,于说部中露头角也。”(《中国小说史略》)

此外,《荡寇志》又名《续水浒传》,七十回。俞万春著。作品写陈希真父女等在张叔夜率领下,消灭梁山起义英雄的故事。作者目的是想以此宣扬"俾世之敢于跳梁,借水浒为词者,知忠义之不可伪托,而盗贼之终不可为"(半月老人《续序》)。它在艺术上有一定成就。鲁迅说:"书中造事行文,有时几欲摩前传之垒,采录景象,亦颇有施罗所未试者。"(《中国小说史略》)《儿女英雄传》原五十三回,现残存四十回。文康著。作品写书生安骥携带银两去救被陷害的父亲,路宿悦来店,经能仁寺,遇上图财害命的脚夫、和尚。被侠女十三妹所救,张金凤也被同时救出。后十三妹与张金凤同嫁安骥。作者意在描写一个五伦全备的"全福家庭",主人翁被写成既有"儿女之情",又有"英雄至性"的"人中龙凤"。是有意识宣传伦理道德思想的作品。作品用北京语写成,语言很有特色。这些作品,反映了古典小说的衰落,没有表现出新的时代面貌。

第二节　李伯元和吴趼人的小说

甲午战争以后,资产阶级改良派很重视小说的社会作用。光绪二十三年,严复、夏曾佑发表《国闻报馆附印说部缘起》;次年,梁启超发表《译印政治小说序》;光绪二十八年,梁启超又发表了《论小说与群治之关系》。这些文章都极力强调小说的改良政治、改良社会的作用。此外,李伯元主编的《绣像小说》,冷笑生主编的《新新小说》,吴趼人(1866—1910)与周桂笙(1863—1926)合编的《月月小说》,黄摩西主编的《小说林》等,都发表了很多小说评论和作品。外国小说的翻译很盛行。梁启超曾经翻译过一些政治小说,介绍西方资产阶级革命事迹,作为宣传武器。很多外国文学名著介绍到中国来,无论政治、教育、科幻、侦探及言情小说,纷至沓来,反映了中国当时对西方文化的追求。著名的翻译家有林纾(1852—1924),吴梼、周桂笙等。

这时期一些作家在维新变法失败之后,既不满现实,又找不到出路，便拿起笔来从事小说创作。这类小说多在报刊连载，它们配合现实的需要，多揭露社会黑暗，指摘政治腐败，反映了广阔的社会生活面，描写了形形色色的人物形象；但暴露每止于现象，深度不够。作品中有连缀话柄的情况，虽然受西方小说影响，运用了一些现代小说手法，却不够成熟。鲁迅在《中国小说史略》中称它为谴责小说。这一时期的谴责小说特别兴盛，据统计约有一千五百余种。著名的有《官场现形记》《二十年目睹之怪现状》《老残游记》《孽海花》，为晚清四大谴责小说。

《官场现形记》的作者是李宝嘉。李宝嘉（1867—1906），又名宝凯，字伯元，别号南亭亭长，笔名有游戏主人、讴歌变俗人等，武进（今江苏常州）人，其家咸丰时迁居山东。光绪十八年，李伯元随伯父归籍，并考中秀才。光绪二十二年到上海。先后编辑或创办过《指南报》《游戏报》《世界繁华报》，主编《绣像小说》半月刊等。著作有《官场现形记》《活地狱》《文明小史》《中国现在记》《海天鸿雪记》以及《庚子国变弹词》等。

《官场现形记》是其著名的代表作品，最初连载于《世界繁华报》。全书共六十回，近八十万字。内容主要是从改良派的立场出发，揭露和抨击清政府官僚机构的黑暗和腐败，是晚清官僚统治集团的真实写照。作品涉及的官僚十分广泛。外官从未入流的佐杂，到州府长吏，直到督抚方面大员；内官从小京官，到部司郎曹，直至位居中枢的军机、大学士。这些大大小小的官僚胥吏，为了升官发财，无不蝇营狗苟。如第二十五回，写贾大少爷托黄胖姑买缺时，黄胖姑说："一分行钱一分货。你拼得出大价钱，就有大官做。""这个买卖我们经手也不只一次了，如果是骗人，以后还望别人来上钩吗？"官职已经成为公开买卖的商品。又如第三十四回，写山西一带闹旱灾，赤地千里，寸谷不收，草根树皮都没有了，饿得吃人肉。人民生活在水深火热之中，但是那些官员却乘此营私舞弊，借机升官，过着荒淫腐朽的生活。

作品突出地描写了清统治者对帝国主义奴颜婢膝的丑态。他们不管在什么场合，只要听到或碰到洋人，气焰顿时矮了大半截。如第五十三回写文制台见洋人：

原来拜的洋人非是别人，乃是那一国的领事。你道这领事来拜制台为的什么事？原来制台新近正法了一名亲兵小人。制台杀名兵丁，本不算得大不了的事情，况且那新兵亦有可杀之道，所以制台才拿他如此的严办。谁知这一杀，杀的地方不对：既不是在校场上杀的，亦不是在辕门外杀的，偏偏走到这位领事的公馆旁边就拿他宰了。所以领事大不答应，前来问罪。

当下见了面，领事气愤愤的把前言述了一遍，问制台为什么在他公馆旁边杀人，是个什么缘故。幸亏制台年纪虽老，阅历却很深，颇有随机应变的本领。当下想了想，说道："贵领事不是来问我兄弟杀的那个亲兵？他本不是个好人，他原是'拳匪'一党。那年北京'拳匪'闹乱子，同贵国及各国为难，他都有份的。兄弟如今拿他查实在了，所以才拿他正法的。"领事道："他既然通'拳匪'，拿他正法亦不冤枉。但是何必一定要杀在我的公馆旁边呢？"制台想了一想，道："有个原故，不如此，不足以震服人心。贵领事不晓得这'拳匪'乃是扶清灭洋的，将来闹出点子事情来，一定先同各国人及贵国人为难，就是于领事亦有所不利。所以兄弟特地想出一条计来，拿这人杀在贵衙署旁边，好教他们同党瞧着或者有些惧怕。俗语说得好，叫做'杀鸡骇猴'，拿鸡子宰了，那猴儿自然害怕。兄弟虽然只杀得一名亲兵，然而所有的'拳匪'见了这个榜样，一定解散，将来自不敢再与贵领及贵国人为难了。"领事听他如此一番说话，不由得哈哈大笑，奖他有经济，办得好，随又闲谈了几句，告辞而去。

制台送客回来，连要了几把手巾，把脸上、身上擦了好几把，说道："我可被他骇得我一身大汗了！"坐定之后，又把巡捕、号房统统叫上来，吩咐道："我吃着饭，不准你们来打岔，原说的是中国人。至于外国人，无论什么时候，就是半夜里我睡着了觉，亦得喊醒了我，我决计不怪你们的。你们没瞧见刚才领事进来的神气，赛如马上就要同我翻脸的，若不是我这老手三言两语拿他降伏住，还不晓得闹点什么事情出来哩。还搁得住你们再替我得罪人吗！以后凡是洋人来拜，随到随请！记着！"巡捕、号房统通应了一声"是"。

总之《官场现形记》对晚清官僚集团作了比较全面的揭露，对黑暗糜烂现象给以尽情的嘲笑和讽刺。《官场现形记》的艺术结构，略似《儒林外史》。鲁迅说："故凡所叙述，皆迎合，钻营，朦混，罗掘，倾轧等故事，兼及士人之热心于作吏，及官吏闺中之隐情。头绪既繁，脚色复夥，其记事遂率与一人俱起，亦即与其人俱讫，若断若续，与《儒林外史》略同。然臆说颇多，难云实录，无自序所谓'含蓄蕴酿'之实，殊不足望文木老人后尘。况所搜罗，又仅'话柄'，联缀此等，以成类书；官场伎俩，本小异大同，汇为长编，即千篇一律。特缘时势要求，得此为快，故《官场现形记》乃骤享大名。"(《中国小说史略》)

《文明小史》是《官场现形记》的姐妹篇，也以官场为主，但着重从维新与立宪的角度和官场对新政、新学的态度方面落笔，突出地反映了清政府实行"维新"、预备"立宪"时期官场与社会的真实情况。

《活地狱》，共四十三回，李伯元写至三十九回，因病重停笔，由吴趼人、欧阳巨源续作。作品集中揭露州县司法制度，写出了当时的监狱牢房以及种种酷刑的惨无人道，的确是令人目不忍睹的活地狱。

《二十年目睹之怪现状》的作者是吴沃尧。吴沃尧(1866—1910)，又名宝震，字趼人，佛山(今属广东)人。生于北京，长于佛山镇，故又自称"我佛山人"。他儿时在北京，祖父病故后，随家回乡。光绪八年，到上海谋生。从光绪二十三年起，先后主笔《字林沪报》副刊及《采风报》《奇新报》《寓言报》。光绪二十八年应《汉口日报》聘，赴鄂。次年回上海，开始创作小说，并投寄《新小说》发表，还曾一度赴日本。光绪三十一年春任汉口《楚报》中文版编辑。反美华工禁约运动兴起，他主动辞去这家美国人办的报社的职务，回到上海。光绪三十三年，创立两广同乡会，并开办和主持同乡会所属的广志小学。吴沃尧是个多产的作家,著有《二十年目睹之怪现状》《痛史》《电术奇谈》《九命奇冤》《劫余灰》《新石头记》《恨海》等。

《二十年目睹之怪现状》是作者的代表作品。它与《官场现形记》一样是一部暴露社会黑暗的小说。发表于《新小说》杂志,作者从1903年开始写作,历时七年,至1909年最后完成,共一百零八回。

全书以自号"九死一生"者为线索,叙述了他在二十年中的所见所闻,所记极为广泛。先是写他在官家做事,后又写他为官家经营商业,店铺遍全国,经常到各地去察看店铺,二十年始终生活在船头、马背之上,经历颇多,内容涉及官师士商。在全书的结尾又布置了一个商业大失败的结局,使"九死一生"不得不走,到此故事戛然而止。这一干线布置得非常精当,在结构上优于《官场现形记》。

为什么叫"九死一生"呢?作者在第二回里说:

> 只因我出来应世的二十年中,回头想来,所遇见的只有三种东西:第一种是蛇虫鼠蚁;第二种是豺狼虎豹;第三种是魑魅魍魉。二十年之久,在此中过来,未曾被第一种所蚀,未曾被第二所啖,未曾被第三种所攫,居然被我都避了过去,还不算是九死一生么?

作者结合九死一生的经历,把他的笔伸向腐朽的清末社会的各个角落。

暴露官场的怪现状,是本书的中心内容。全书记载了一百八十九件"怪现状",大多数都与官场有关,淋漓尽致地暴露了清末官场的黑幕。如第十四回写清末海军畏惧帝国主义,"兵轮自沉"的丑闻:

> 只见继之拿着一张报纸,在那里发愣。我道:"大哥看了甚么好新闻,在这里出神呢?"继之把新闻纸递给我,指着一条道:"你看我们的国事怎么得了?"我接过来,依继之所指的那一条看下去,标题是"兵轮自沉"四个字,其文曰:
>
> "驭远兵轮,自某处开回上海,于某日道出石浦,遥见海平线上,一缕浓烟,疑为法兵舰。管带大惧,开足机器,拟速逃窜。觉来船甚速,管带益惧,遂自开放水门,将船沉下,率船上众人,乘舢板

渡登彼岸。捏报仓卒遇敌,致被击沉云。刻闻上峰将彻底根穷,并劄上海道,会商制造局,设法前往捞取矣。"

我看了不觉咋舌道:"前两天听见濮固修说是打沉的,不料有这等事!"继之叹道:"我们南洋的兵船,早就知道是没用的了,然而也料想不到这么一着。"

此外,作品还揭露了伦理道德观念的彻底破产,如第二回,写九死一生的父亲故去之后,他的伯父借帮助料理丧事的机会,用可耻的手段骗去九死一生家八千两银子、十条十两重的赤金,置九死一生于穷苦潦倒而不顾。又如第八十八回,作者写苟才夫妇为追求功名利禄,竟不惜用最无耻的手段,逼迫新守寡的儿媳妇去给制台做姨太太:

苟才得信大喜,便匆匆回了个信,略谓"此等事亦当择一黄道吉日,况置办奁具等,亦略须时日,当于十天之内办妥"云云。打发去后,便到上房来,径到卧室里去。招呼苟太太也到屋子里,悄悄的说道:"外头是弄妥了,此刻赶紧要说破了。但是一层:必要依我的办法,方才妥当,万万不能用强的。你可千万牢记了我的说话。不要又动起火来,那就僵了。"苟太太道:"这个我知道。"便叫小丫头去请少奶奶来。一会儿,少奶奶来了,照常请安侍立。苟太太无中生有的找些闲话来说两句,一面支使开小丫头;再说不到几句话,自己也走出房外去了。房中只剩了翁媳二人。苟才忽然间立起来,对着少奶奶双膝跪下。这一下子,把个少奶奶吓的昏了!不知是何事故,自己跪下也不是,站着又不是,走开又不是,当了面又不是,背转身又不是,又说不出一句话来。苟才更磕下头去道:"贤媳,求你救我一命!"少奶奶见此情形,猛然想起莫非他不怀好意,要学那"新台故事"。想到这里,心中十分着急。要想走出去,怎奈他跪在当路,在他身边走过时,万一被他缠住,岂不是更不成事体。急到无可如何,便颤声叫了一声婆婆。苟太太本在门外,并未远去,听得叫,便一步跨了进去。大少奶奶正要说话,谁知他进得门来,翻身把门关上,走到苟才身边,也对着少奶奶扑咚一声双膝跪下。少奶奶又是一惊,这才忙忙跪下来道:"公公婆婆有甚么事,快请起来说。"苟太太道:"没有甚么话,只求贤媳救我两个的命!"少奶奶道:"公公婆婆有甚差事,只管吩咐。快请起来! 这总不成个样子!"苟才道:"求贤媳先答应了,肯救我一家性命,我两个才敢起来。"少奶奶道:"公公婆婆的命令,媳妇怎敢不遵!"苟才夫妇两个,方才站了起来。苟太太一面搀起了少奶奶,捺他坐下,苟才也凑近一步坐下,倒弄得少奶奶踧踖不安起来。

苟才道:"自从你男人得病之后,迁延了半年,医药之费,化了几千;得他好了倒也罢了,无奈又死了。唉! 难为贤媳青年守寡! 但得我差使好呢,倒也不必说他了,无端的又把差使弄掉了。我有差使的时候,已是寅支卯粮的了;此刻没有了差使才得几个月,已经弄得百孔千疮,背了一身亏累。家中亲丁虽然不多,然而穷苦亲戚弄了一大窝子,这是贤媳知道的。你说再没差使,叫我以后的日子怎生得过? 所以求贤媳救我一救!"少奶奶当是一件甚么事,苟才说话时便拖长了耳朵去听。听他说头一段自己丈夫病死的话,不觉扑簌簌的泪落不止;听他说到诉穷一段,觉得莫名其妙,自己一家人,何以忽然诉起穷来;听到末后一段,心里觉得奇怪,莫不是要我代他谋差使? 这件事我如何会办呢。听完了便道:"媳妇一个弱女子,能办得了甚么事? 就是办得到的,也要公公说出个办法来,媳妇才可以照办。"

苟才向婆子丢个眼色,苟太太会意,走近少奶奶身边,猝然把少奶奶捺住,苟才正对了少奶奶,又跪下去。吓得少奶奶要起身时,却早被苟太太捺住了;况且苟太太也顺势跪下,两只手抱住了少奶奶双膝。苟才却摘下帽子,放在地下,然后鼕的鼕的,碰了三个响头。原来本朝制度,见了皇帝,是要免冠叩首的,所以在旗的仕宦人家,遇了元旦祭祖,也免冠叩首,以表敬意;除此之外,随便对了甚么人,也没有行这个大礼的。所以当下少奶奶一见如此,自

> 己又动弹不得，便颤声道："公公这是甚么事？可不要折死儿媳啊！"苟才道："我此刻明告诉了媳妇，望媳妇大发慈悲，救我一救！这件事除了媳妇，没有第二个可做的。"少奶奶急道："你两位老人家怎样啊？哪怕要媳妇死，媳妇也去死。媳妇就遵命去死就是了！总得要起来好好说啊。"苟才仍是跪着不动道："这里的大帅，前个月没了个姨太太，心中十分不乐，常对人说，怎生再得一个佳人，方才快活。我想媳妇生就的沉鱼落雁之容，闭月羞花之貌，大帅见了，一定欢喜的。所以我前两天托人对大帅说定，将媳妇送去给他做了姨太太，大帅已经答应下来。务乞媳妇屈节顺从，这便是救我一家性命了。"少奶奶听了这几句话，犹如天雷击顶一般，头上轰的响了一声，两眼顿时漆黑，身子冷了半截，四肢顿时麻木起来；歇了半晌方定，不觉抽抽咽咽的哭起来。苟才还只在地下磕头。少奶奶起先见两老对他下跪，心中着实惊慌不安；及至听了这话，倒不以为意了。苟才只管磕头，少奶奶只管哭，犹如没有看见一般。苟太太扶着少奶奶的双膝劝道："媳妇不要伤心。求你看我死儿子的脸，委屈点救我们一家，便是我那死儿子，在地底下也感激你的大恩啊！"少奶奶听到这里，索性放声大哭起来。

伦理道德的虚伪面目已经被彻底戳穿。此外作者还写了许多风流名士、洋场才子，揭露了他们胸无点墨，冒充文人雅士的种种丑态，写得也很成功。

《二十年目睹之怪现状》是由许多短篇联结而成的，而这许多短篇故事又都由九死一生这条主要干线贯穿起来，在结构上比较严密，是《官场现形记》以后的新发展。但在创作上存在着自然主义的因素，并夹杂着一些小市民的低级趣味，而且这些描写往往琐碎冗长。鲁迅说："相传吴沃尧性强毅，不欲下于人，遂坎坷没世，故其言殊慨然。惜描写失之张皇，时或伤于溢恶，言违真实，则感人之力顿微，终不过连篇'话柄'，仅足供闲散者谈笑之资而已。"（《中国小说史略》）

《痛史》共二十七回，未完。作品演述南宋亡国历史，痛斥权奸贾似道的欺君误国和投降分子的屈膝事敌,歌颂文天祥等的民族气节,特别是着力描写了谢枋得"攘夷会"诸盟友的活动,借古鉴今,表现了作者对当时现实的关注。《劫余灰》是一部言情小说。作品以反美华工禁约运动为背景,描写了一对青年未婚夫妻悲欢离合的故事。《新石头记》四十回,作者自称它是"兼理想、科学、社会、政治而有之者"。作品以《红楼梦》主人公贾宝玉再次入世的经历为线索,前半部反映庚子事变前后的社会现实;后半部写"文明境界",描绘作者心目中的理想社会,并在其中展现许多科幻故事。小说对了解作者的思想和晚清社会思潮很有价值。

第三节　刘鹗和曾朴的小说

《老残游记》二十回,光绪二十九年发表于《绣像小说》,至十三回中止,后又续载于天津《日日新闻》,原署"鸿都百炼生著"。鸿都百炼生即刘鹗(1857—1909),字铁云,丹徒(今属江苏)人。少精算学,后又行医,经商。光绪十四年后,曾先后在河南巡抚吴大澂、山东巡抚张曜处做幕宾,帮助治理黄河,得到很大声誉。八国联军侵入北京时,他曾从俄军处贱价购买太仓粮设平粜局,以赈北京居民饥困。后以私售太仓粟罪,流放新疆。刘鹗的政治立场是属于洋务派方面。他同情人民疾苦,忧国伤时。他的文学创作,抒发了他内心的抑郁,他在《老残游记》初编自序中说:"吾人生今之时,有身世之感情,有家国之感情,有社会之感情,有种教之感情。其感情愈深者,其哭泣愈痛:此鸿都百炼生所以有《老残游记》之作也。"《老残游记》通过一个摇串铃的江湖医生老残在游历途中所见闻的某些社会现实,表达了作者对时局的见解和主张。作品揭露了清朝末年社会的黑暗,他所刻画的那些自命清廉而实际上却给老百姓制造冤狱的人物形象,如玉贤、刚弼等,有一定认识意义。《老残游记》的艺术性较高,它的情节虽不曲折复杂,却有很强的艺术感染力,这主要由于小说在刻画人物、叙事写景方面都很成

功。正如鲁迅所说,“叙景状物,时有可观”(《中国小说史略》)。如第二回写济南大明湖的景物:

一路秋山红叶,老圃黄花,颇不寂寞。到了济南府,进得城来,家家泉水,户户垂杨,比那江南风景,觉得更为有趣。到了小布政司街,觅了一家客店,名叫高升店,将行李卸下,开发了车价酒钱,胡乱吃点晚饭,也就睡了。

次日清晨起来,吃点儿点心,便摇着串铃满街踅了一趟,虚应一应故事。午后便步行至鹊华桥边,雇了一只小船,荡起双桨。朝北不远,便到历下亭前。下船进去,入了大门,便是一个亭子,油漆已大半剥蚀。亭子上悬了一副对联,写的是“历下此亭古,济南名士多”;上写着“杜工部句”,下写着“道州何绍基书”。亭子旁边虽有几间群房,也没有什么意思。复行下船,向西荡去,不甚远,又到了铁公祠畔。你道铁公是谁?就是明初与燕王为难的那个铁铉。后人敬他的忠义,所以至今春秋时节,士人尚不断的来此进香。

到了铁公祠前,朝南一望,只见对面千佛山上,梵宇僧楼,与那苍松翠柏,高下相间,红的火红,白的雪白,青的靛青,绿的碧绿,更有那一株半株的丹枫夹在里面,仿佛宋人赵千里的一幅大画,做了一架数十里长的屏风。正在叹赏不绝,忽听一声渔唱。低头看去,谁知那明湖业已澄净的同镜子一般。那千佛山的倒影映在湖里,显得明明白白。那楼台树木,格外光彩,觉得比上头的一个千佛山还要好看,还要清楚。这湖的南岸,上去便是街市,却有一层芦苇,密密遮住。现在正是着花的时候,一片白花映着带水气的斜阳,好似一条粉红绒毯,做了上下两个山的垫子,实在奇绝。

老残心里想道:“如此佳景,如何没有什么游人?”看了一会儿,回转身来,看那大门里面楹柱上有副对联,写的是“四面荷花三面柳,一城山色半城湖”,暗暗点头道:“真正不错!”进了大门,正面便是铁公享堂,朝东便是一个荷池。绕着曲折的回廊,到了荷池东面，就是个圆门。圆门东边有三间旧房，有个破匾，上题“古水仙祠”四个字。祠前一副破旧对联，写的是“一盏寒泉荐秋菊，三更画船穿藕花”。过了水仙祠，仍旧上了船，荡到历下亭的后面。两边荷叶荷花将船夹住，那荷叶初枯，擦的船嗤嗤价响；那水鸟被人惊起，格格价飞；那已老的莲蓬，不断的绷到船窗里面来。老残随手摘了几个莲蓬，一面吃着，一面船已到了鹊华桥畔了。

《孽海花》原署“爱自由者发起，东亚病夫编述”。“东亚病夫”即曾朴(1871—1935)，字孟朴，又字小木、籀斋，别署太朴、东亚病夫、病夫国之病夫，常熟(今属江苏)人。早年在同文馆学法文，翻译过雨果等人的作品，曾结识谭嗣同、林旭、唐才常、杨深秀等人，并参加维新活动。光绪三十年，在上海与丁芝孙、徐念慈等创办“小说林书社”。光绪三十三年，创办《小说林》杂志。宣统元年，受聘为两江总督端方的幕宾，后得到端方的保举，以候补知府分发浙江，任宁波清理绿营官地局会办。辛亥革命后，先后任江苏省议员、官产处处长，北洋军阀时期，任财政厅厅长、政务厅厅长等职。后又曾到上海，创办《真善美》杂志。“爱自由者”即金天翮，字松岑，编译书籍《自由血》，系俄国虚无党史。《孽海花》的前十回是光绪三十一年发表的，翌年续出十回。光绪三十三年又发表二十一至二十五回。1927年，作者再赓续十一回，又修改全书，于1928年出版了三十四回本。最后修改，削弱了原本的思想内容。

《孽海花》是以清末状元金雯青和妓女傅彩云(即赛金花)的故事为线索，反映了晚清三十年间政治、外交和社会的变革。作者在他的《修改后要说的几句话》里说：“这书主干的意义，只为我看看这三十年，是我中国由旧到新的一个大转关，一方面文化的转移，一方面政治的变动，可惊可喜的现象，都在这时期内飞也似的进行。我就想把这些现象，合拢了他的侧影或远景和相连系的一些细事，收摄在我笔头的摄影机上，叫他自然地一幕一幕地展现，印象上不啻目击了大事的全景一般。”作品在暴露清末黑暗的政治和帝国主义侵略中国的野心方面有一定意义。作品描写了当时宫廷内部的混乱,以及官僚名士的生活。如第十九回庄稚燕与鱼阳伯一段对话,从侧面表现了大官僚庄稚燕虽身居要位,却整日赏鉴古玩,贿买官爵的情况:

> 雯青忙走上几步,伏在帘缝边一张,只见庄、鱼两人,盘腿对坐在炕上,当中摆着个炕几,几上堆满了无数的真珠盘金表,钻石镶嵌小八音琴,还有各种西洋精巧玩意儿,映着炕上两枝红色宫烛,越显得五色迷离,宝光闪烁。几尽头却横着一只香楠雕花画匣,匣旁卷着一个玉潭锦签的大手卷,只见稚燕却只顾把那些玩意一样一样给阳伯看,阳伯笑道:“这种东西,难道也是进贡的吗?”稚燕正色道:“你别小看了这个,我们老人家一点尽忠报国的意思,全靠它哩!”阳伯楞了楞。稚燕忙接说道:“这个不怪你不懂,近来小主人,很愿意维新,极喜欢西法,所以连这些新样的小东西,都爱得了不得。不过这个意思,外人还没有知道,我们老人家,给总管连公公是拜把子,是他通的信。每回上里头去,总带一两样在袖子里,奏对得高兴,就进呈了。阳伯,你别当他是玩意!我们老人家的苦心,要借这种小东西,引起上头推行新政的心思。”阳伯点头领会,顺手又把那手卷,慢慢摊出来,一面看,一面说道:“就是这一样东西,送给尊大人,不太菲吗?”稚燕哈哈笑道:“你真不知道我们老爷子的脾气了!他一生饱学;却没有巴结上一个正途功名,心里常常不平,只要碰着正途上的名公巨卿,他事事偏要争胜。这会儿,他见潘八瀛搜罗商彝周鼎,龚和甫收藏宋椠元钞,他就立了一个愿,专收王石谷的画,先把书斋的名儿,叫做了百石斋,见得不到百幅不歇手,如今已有了九十九幅了,只少一幅。老爷子说,这一幅,必要巨轴精品,好做个压卷。”说着,手指那画卷道:“你看这幅长江万里图,又浓厚,又超脱,真是石谷四十岁后得意之作,老爷子见了,必然喜出望外,你求的事情,不要说个把海关道,只怕再大一点也行。”说到这里,又拍着阳伯的肩道:“老阳,你可要好好谢

我！刚才从上海赶来的那个画主儿，一个是老寡妇，一个是小孩子，要不是我用绝情手段，硬把他们关到河西务巡检司的衙门里，你那里能安稳得这幅画呢！”阳伯道：“我倒想不到这个妇人跟那孩子，这么泼赖，为了这画儿，不怕老远的赶来，看刚才那样儿，真要给兄弟拼命了。”稚燕道：“你也别怪她，据你说，这妇人的丈夫，也是个名秀才，叫做张古董，为了这幅画，把家产都给了人，因此贫病死了。临死叮嘱子孙穷死不准卖，如今你骗了她来，只说看看就还，谁知你给她一卷走了，怎么叫她不给你拼命呢！”阳伯听了，笑了一笑。此时帘内的人，一递一句说得高兴。谁知帘外的人，一言半语也听得清楚。雯青心里暗道：“原来他们在那里做伤天害理的事情！怪道不肯留我同住！”

《孽海花》的艺术，有其可取之处，鲁迅说它“结构工巧，文采斐然”（《中国小说史略》）。他把所见所闻的政治事件，官场内幕及零星掌故等若干独立的故事，用一条中心线索贯串起来，形成一个完整的有机结构。一些场面或片断写得很生动。但因有意追求轶闻趣事，对人物的刻画大都没有完成。

第四节 陈天华和黄小配的小说

随着资产阶级民主革命的发展，陆续出现了宣传资产阶级民主革命的小说。陈天华（1875—1905），原名显宿，字星台，一字思黄，号过庭子，新化（今属湖南）人。光绪二十九年，赴日本留学，曾参加拒俄义勇队和军国民教育会，次年与黄兴等人组织“华兴会”，光绪三十一年，担任同盟会书记部成员，同年11月，在反对日本颁布清国留学生入学规则的斗争中，为了唤醒中国人民的觉悟，写《绝命书》后，投海自尽。他在《绝命书》中说：“二十世纪之后有放纵卑劣之人种，能存于世乎？鄙人心痛此言，欲我同胞时时勿忘此语，力除此四字，而做此四字之反面，‘坚忍奉公，力学爱国’。恐同胞之不见听而或忘之，故以身投东海,为诸君之纪念。”

陈天华的《狮子吼》是一部章回小说,共八回,未完。作品以舟山岛上民权村为背景,以狄必攘为主要人物,描写了革命党人的活动。

小说的“楔子”以“混沌国”比喻中国,以“蚕食国”“鲸吞国”“狐媚国”影射帝国主义国家,并以睡狮醒来,象征中国的未来。接着第一、二回叙述中国的历史与现状。第三回描写“民权村”,实际是作者理想王国。村里有“议事厅,有医院,有警局,有邮政局、公园、图书馆、体育会……中学堂、女学堂、工艺学堂……有两三个工厂、一个轮船公司”,革命活动家狄必攘便是这村学堂总教习,他的学生有的去外国留学,有的到内地联络会党组织革命力量,有的办报做宣传、成立“自治会”“强中会”等革命团体。第八回写起义失败后,烈士审血诚在义正词严地指斥审讯官说:“现在国家到了这样,你们这一班奴才,只晓得卖国求荣,全不想替国民出半点力,所以我们打定主意,把你这一班狗奴才杀尽斩尽,为国流血,这就叫做流血党咧!”按作者写作计划,最后狄必攘等人“后来竟把中国光复转来”。但因作者蹈海自杀,未能完成。

黄小配(1873? —1913),又名世仲,笔名禺山世次郎、黄帝嫡裔,番禺(今属广东)人。光绪二十八年任香港《中国日报》记者,后又帮助郑贯公办《世界公益报》《广东日报》《有所谓报》。光绪三十一年,加入同盟会。光绪三十三年,创办《少年报》。辛亥革命后任广东民团副团长,被军阀陈炯明杀害。著有小说《洪秀全演义》《大马扁》《廿载繁华梦》《宦海潮》等。

《洪秀全演义》最先刊载于《有所谓报》,续载于《少年报》,宣统元年出版石印本。五十四回,未完。另有一百七十四回续足本,后一百二十回为他人续作。作者自叙:“洪氏一朝之实录,即以传汉族之光荣。”作品描写了金田起义的过程,以及定都天京,挥师北上,遭到挫折的情况。洪秀全、李秀成、石达开等都写得很生动。艺术上较成功。阿英在《黄小配的小说》中评论这部作品说:“作者很善于运用章回小说形式,富有传统气派,文字也极酣畅,只是受《三国演义》的影响过深,不免令人有模仿之想。”

此外,《大马扁》(十六回,宣统元年刊)是抨击康有为的小说,把康有为写成“借题棍骗”的政治骗子。《廿载繁华梦》(四十回。光绪三十三年汉口东亚印刷局刊)揭露了清廷官吏、官僚资本家的腐朽丑恶。

第十二章　晚清戏剧

第一节　京剧和其他各种地方戏曲

清中叶,我国戏曲艺术的发展出现了各种地方戏兴起和盛行的局面。各种地方戏,继承了弋阳诸腔在民间流布、演变的传统,吸收了昆山腔的艺术成就。它们突破了联曲体的传奇形式,创造了板式变化为主的“乱弹”形式,使我国戏曲艺术有了新的发展。至嘉庆、道光时期形成了昆曲、高腔、弦索腔、梆子腔,和以西皮、二黄为主体的皮黄腔等五大声腔争胜的剧坛盛况。京剧是以清乾隆以来进入北京的徽班为基础,经徽调艺人和汉调艺人共同努力,吸收借鉴了昆曲、京腔、梆子等剧目、唱腔、伴奏音乐、表演技艺,集众所长,逐步形成的。京剧的形成,若以徽班进京算起,至今约有二百年的历史。若以汉戏演员加入,道光、咸丰间程长庚、余三胜、张二奎等是京剧的创始人,也有一百五十年以上的历史。据《都门纪略》《春台剧目》等记载,这时北京流行剧目有百种以上,再参考此前和同时的其他戏曲文献资料,可得剧目数百种。其中,出自《东周列国志》《三国演义》《隋唐演义》《大明英烈传》和《水浒传》《西游记》《封神演义》等书的剧目很多,也有反映社会生活、爱情婚姻故事和讽刺的短剧。其中《文昭关》《宇宙锋》《群英会》《借东风》《清官册》《李陵碑》《打渔杀家》《四进士》《连升店》等,都是思想性、艺术性较高的优秀作品。

《打渔杀家》原名《庆顶珠》,最早的演出记载见于嘉庆十五年成书的《听春新咏》,当是梆子系统的剧目,京剧形成后,把它移植过来。

《打渔杀家》是由《水浒后传》的故事演化而来,剧本内容是写梁山失败后,梁山好汉阮小五化名萧恩隐居河下,以打鱼为生。因不堪官府恶霸的欺凌压榨,萧恩父女愤怒杀死豪绅地主丁子燮全家,然后父亲自刎,女儿出逃。丁子燮强征渔税,萧恩被迫自卫,打败教师爷后,萧恩想到官府“抢个原告”,不料反而挨了一顿毒打,并责令他连夜给恶霸赔礼,这使他认识了恶霸的面目,走上反抗的道路,这个剧本有着强烈的现实意义。

全国各地,几乎每省都有大型戏曲剧种在明清流播的基础上趋于定型和成熟,并且产生和发展了许多民间小戏。各剧种之间的关系很密切,有些剧目是共同的,但又各自有自己的创造,其中很多是为群众所熟知的优秀剧目,如高腔戏《黄金印》《祭头巾》,梆子戏《蝴蝶杯》《打金枝》,花鼓戏《刘海砍樵》,秧歌戏《墙头对诗》等。这时期各兄弟民族戏曲也有一定发展。

第二节　戏曲改良运动

资产阶级改良运动和资产阶级革命运动的开展在京剧和地方戏的领域内也得到反映。在上海、北京、天津等大城市首先开展了京剧的革新活动。汪笑侬是最早配合社会运动改编和创造京剧剧本的艺人。汪笑侬(1858—1918),本名德克俊,又名僢,号仰天,满族人。年轻时中过举人,后又曾任河南太康知县,因触怒豪绅而被革职。此后专门从事京剧活动。除改编《哭祖庙》《将相和》《党人碑》《骂王朗》《长乐老》《受禅台》《博浪锥》以外,还有着时装登场的《缕金箱》《獬豸梦》《瓜种兰因》《立宪镜》《博览会》等,在当时已有“改良新剧”之称。《哭祖庙》写三国末期魏将邓艾兵临成都,北地王刘谌哭谏刘禅力战,不从,刘谌哭祭于祖庙,全家殉国的故事。此剧演唱融入了其自身的感慨,颇有影响。如刘谌殉国前一段唱词:

莫不是我汉家气数已满,

才知晓创业难守成更难。
在祖庙哭得我肝肠寸断，
　　肝肠寸断！
耳边厢又听得金鼓喧天
料此刻我父皇把邓艾来见，
我何忍见他堂堂天子，
　　跪倒在马前，
恨不得乱臣贼子刀刀斩，
从今后再不要凤子龙孙自命不凡，
恶狠狠拔出了龙泉宝剑，
俺本爵殉国死也心甘！

其他各种地方戏曲的改良活动也有所发展。川剧改良公会和陕西“易俗社”是两个具有明确宗旨，并聚集了相当数量的作家的戏曲改良组织。当然，由于历史条件和他们的阶级局限，在他们的剧作中仍有浓重的伦理道德思想和消极没落的情绪。广东的粤剧班也演出了不少改良新戏。

随着资产阶级改良运动和资产阶级革命运动的开展，报刊上也陆续刊载了大量的传奇、杂剧和乱弹剧本，这些作品几乎都创作于光绪二十一年马关系约签订后至宣统三年辛亥革命这段时间内。这一时期，反对民族压迫，宣传革命成为戏曲作品的主要内容。钟祖芬著《招隐居传奇》（光绪二十二年四川刊本），写因吸食鸦片，倾家荡产，家败人亡的故事。吴梅著《风洞山传奇》（光绪三十二年小说林社刊）写明末瞿式耜事。川南小波山人的《爱国魂传奇》（光绪三十四年《新小说》刊）写文天祥抗元的故事。反映现实斗争的有浴血生的《革命军传奇》（光绪二十九年《江苏》第6期刊），写邹容撰《革命军》入狱事。而最多的是写秋瑾及徐锡麟的事迹。如萧山湘灵子的《轩亭冤传奇》（上洋小说支卖社刊）、华伟生的《开国奇冤传奇》（光绪三十四年开始撰稿，民国元年刊印）等写秋瑾殉难事。《轩亭冤传奇》的第二出《演说》对帝国主义的侵略和清廷内政的腐败都表示了强烈的不满：

〔前腔〕原来是封豕长蛇堪骇，看强邻环伺，酿成毒雾阴霾。御夷无策走狼豺，弭兵有会惊蜂虿。列强利害，联袂齐来。华人虐待，负屈谁哀？碧眼儿希望我支那败。

豆剖秦庭期不远，璧完赵阙事终虚。你看东西各国，亦均狡焉思逞，入我堂，履我闼，侵我利权，欺我国民力不能与之角，智不能与之争，财不能与之抗。倘非内政腐败，不克振作，何至衰惫若是？

揭露帝国主义侵略罪行的，如反对美国迫害华工的南荃居士的《海侨春传奇》(广智书局本)写美国华工禁约事。宣传妇女解放，提倡女权的有柳亚子《松陵新女儿》(光绪三十年《女子世界》刊)。还有介绍外国资产阶级革命故事的，如梁启超的《新罗马传奇》(《新民丛刊》本，旋收入《饮冰室文集》卷十六，及光绪三十年东京刊本《饮冰室文集类编》下卷)。感惺的《断头台》(光绪三十年《中国白话报》刊)，写法兰西山岳党事。这些作品都宣传了资产阶级改良或资产阶级革命的思想，在当时有一定的积极意义；但也存在着明显的局限，多存在资产阶级民族主义观点。写作技术方面，有的不符合戏曲规律，有的难以适应舞台演出。

近代话剧开始兴起。主要是受外国文化的影响。中日战争后，上海等地一些爱国知识青年曾经介绍过欧洲的话剧和演出时事新剧。二十世纪初留日学生与中国民族主义运动相呼应，受日本“新派剧”(即“壮士芝居”)的影响，较正规地介绍欧洲式的话剧，推进了中国话剧的产生。早期影响最大的戏剧团体是“春柳社”。“春柳社”是留日学生的组织，从1906至1912年，在日本的阶段，称为“前期春柳”。其影响最大的，也是中国第一个创作的剧本是《黑奴吁天录》。这是曾孝谷根据林纾翻译的美国斯托夫人的小说改编而成的七幕剧，剧本充满反对民族压迫的正义情感。1912年在上海组织的新剧同志会为“后期春柳”。他们经常演出的剧目有：《家庭恩怨记》《不如归》《猛回头》《社会钟》《热血》《鸳鸯剑》等。欧阳予倩是春柳社前后期的参加者之一。此后,进化团、新民社、民鸣社、开明社、启民社等职业剧团先后成立。进化团是1910年由任天知领导的。任天知是一个隐名的革命者,进化团在革命宣传中起了很大作用。所演出的剧目有:《孽海花》《宦海潮》《官场现形记》《恨海》《秋瑾》《徐锡麟》等。这种新的戏剧形式,受到群众的欢迎。阿英编《晚清戏曲小说目》收话剧十六部。这时期演出剧目甚多。但作品多为"幕表戏",没有剧本,只靠一张幕表(提纲)演戏,所以没有多少作品流传。

参考文献

《三国志通俗演义》,[明]罗贯中编撰,人民文学出版社,1975 年。

《三国志演义》,[清]毛宗岗评点,刘世德、郑铭点校,中华书局,1995 年。

《明容与堂刻水浒传》,[明]施耐庵、罗贯中编撰,人民文学出版社,1980 年。

《水浒全传》,[明] 施耐庵、罗贯中编撰,郑振铎、王利器、吴晓铃校点,人民文学出版社,1954 年。

《第五才子书水浒传》,[明]金人瑞批改,《古本小说集成》影印贯华堂本,上海古籍出版社,1994 年。

《诚伯意文集》,[明]刘基撰,《四部丛刊》影印本,商务印书馆,1936 年。

《宋学士文集》,[明]宋濂撰,《四部丛刊》影印本,商务印书馆,1936 年。

《郁离子》,[明]刘基撰,魏建猷、萧善芗点校,上海古籍出版社,1981 年。

《高青丘集》,[明]高启撰,[清]金檀辑注,徐澄宇、沈北宗点校,上海古籍出版社,1985 年。

《李东阳集》,[明]李东阳撰,周寅宾点校,岳麓书社,1984 年。

《诚斋乐府》,[明]朱有燉撰,翁敏华点校,上海古籍出版社,1989 年。

《沜东乐府》,[明]康海撰,周永瑞点校,上海古籍出版社,1989 年。

《碧山乐府》,[明]王九思撰,沈广仁点校,上海古籍出版社,1989 年。

《江东白苎》，[明]梁辰鱼撰，彭飞点校，上海古籍出版社，1989 年。
《四声猿》，[明]徐渭撰，周中明校注，上海古籍出版社，1984 年。
《汤显祖诗文集》，[明]汤显祖撰，徐朔方校点，上海古籍出版社，1978 年。
《汤显祖戏曲集》，钱南扬校点，上海古籍出版社，1978 年。
《紫钗记》，[明] 汤显祖撰，胡士莹校注，人民文学出版社，1982 年。
《牡丹亭》，[明] 汤显祖撰，徐朔方、杨笑梅校注，人民文学出版社，1982 年。
《南柯梦记》，[明] 汤显祖撰，钱南扬校注，人民文学出版社，1981 年。
《西游记》，[明]吴承恩著，人民文学出版社，1980 年。
《残唐五代史演义》，[明] 罗贯中编，《古本小说集成》影印本，上海古籍出版社，1994 年。
《春秋列国志传》，[明]余邵鱼编集，《古本小说集成》影印龚绍山刊本，上海古籍出版社，1994 年。
《隋史遗文》，[明]袁于令编，刘文忠校点，人民文学出版社，1989 年。
《大宋中兴通俗演义》，[明]熊大木撰，《古本小说集成》影印清白堂刊本，上海古籍出版社，1994 年。
《皇明英烈传》，不题撰人，《古本小说集成》，上海古籍出版社，1994 年。
《南北两宋志传》，[明]熊大木撰，《古本小说集成》，上海古籍出版社，1994 年。
《杨家府世代忠勇演义》，[明]纪振伦编，《古本小说集成》影印万历刊本，上海古籍出版社，1994 年。
《封神演义》，[明]许仲琳、李云翔编，人民文学出版社，1973 年。
《西游补》，[清]董说撰，《古本小说集成》，上海古籍出版社，1994 年。
《三宝太监西洋记通俗演义》，[明]罗懋登编，《古本小说集成》，上海古籍出版社，1994 年。
《新刻金瓶梅词话》，[明]兰陵笑笑生撰，戴鸿森校点，人民文学出版社,1985年。
《新刻绣像批评金瓶梅》,[明]兰陵笑笑生撰,北京大学出版社,1988年。
《三遂平妖传》,[明]罗贯中编次,王慎修校注,《古本小说集成》影印万历刊本,上海古籍出版社,1994年。
《清平山堂话本》,[明]洪楩编,人民文学出版社,1987年。
《喻世明言》,[明]冯梦龙编著,许政扬校注,人民文学出版社,1958年。
《警世通言》,[明]冯梦龙编著,严敦易校注,人民文学出版社,1962年。
《醒世恒言》,[明]冯梦龙编著,顾学颉校注,人民文学出版社,1956年。
《拍案惊奇》,[明]凌濛初撰,陈迩东、郭隽杰校注,人民文学出版社,1991年。
《二刻拍案惊奇》,[明]凌濛初撰,陈迩东、郭隽杰校注,人民文学出版社,1996年。
《型世言》,[明]陆人龙撰,《古本小说集成》,上海古籍出版社,1994年。
《石点头》,[明]天然痴叟撰,《古本小说集成》影印叶敬池刊本,上海古籍出版社,1994年。
《醉醒石》,[明]东鲁古狂生编辑,《古本小说集成》,上海古籍出版社,1994年。
《西湖二集》,[明]周清源撰,周楞伽整理,人民文学出版社,1989年。
《今古奇观》,[明]抱瓮老人辑,顾学颉校注,人民文学出版社,1991年。
《西楼乐府》,[明]王磐撰,李庆点校,上海古籍出版社,1989年。
《陈铎散曲》,[明]陈铎撰,杨权长点校,上海古籍出版社,1989年。
《海浮山堂词稿》,[明]冯惟敏撰,汪贤度点校,上海古籍出版社,

1989 年。
《挂枝儿　山歌》,[明]冯梦龙编述,上海古籍出版社,1987 年。
《空同集》,[明]李梦阳撰,影印《文渊阁四库全书》本,上海古籍出版社,1987 年。
《大复集》,[明]何景明撰,影印《文渊阁四库全书》本,上海古籍出版社,1987 年。
《四溟集》,[明]谢榛撰,影印《文渊阁四库全书》本,上海古籍出版社,1987 年。
《沧溟先生集》,[明]李攀龙撰,包敬第点校,上海古籍出版社,1992 年。
《弇州山人四部稿》,[明]王世贞撰,影印《文渊阁四库全书》本,上海古籍出版社,1987 年。
《归震川集》,[明]归有光撰,周本淳校点,上海古籍出版社,1981 年。
《焚书　续焚书》,[明]李贽撰,中华书局,1975 年。
《袁宏道集笺校》,[明]袁宏道撰,钱伯诚笺校,上海古籍出版社,1981 年。
《白苏斋类稿》,[明]袁宗道撰,钱伯诚笺校,上海古籍出版社,1989 年。
《珂雪斋集》,[明]袁中道撰,钱伯诚笺校,上海古籍出版社,1989 年。
《隐秀轩集》,[明]钟惺撰,李先耕、崔重庆标校,上海古籍出版社,1992 年。
《张岱诗文集》,[明]张岱撰,夏咸淳校点,上海古籍出版社,1991 年。
《陈子龙诗集》,[明]陈子龙撰,上海古籍出版社,1983 年。
《夏完淳集笺校》,[明]夏完淳撰,白坚笺校,上海古籍出版社,1991 年。
《明词综》,[清]朱彝尊编,上海古籍出版社,1993 年。
《明诗别裁集》,[清]沈德潜、周准编,上海古籍出版社,1979 年。
《明文海》,[清]黄宗羲编,中华书局,1987 年。

《六十种曲》,[明]毛晋编,中华书局,1958 年。
《孤本元明杂剧》,王季烈校编,中国戏剧出版社,1958 年。
《明人杂剧选》,周贻白选注,人民文学出版社,1958 年。
《全明散曲》,凌景埏、谢伯阳编,齐鲁书社,1995 年。
《顾亭林诗集汇注》,[清]顾炎武撰,王蘧常辑注,吴丕绩标校,上海古籍出版社,1984 年。
《王船山诗文集》,[清]王夫之撰,中华书局,1963 年。
《吴嘉纪诗笺校》,[清] 吴嘉纪撰,杨积庆笺校,上海古籍出版社,1980 年。
《翁山诗外》,[清]屈大均撰,上海国学扶轮社,1910 年。
《牧斋初学集》,[清]钱谦益撰,钱曾笺注,钱仲联标校,上海古籍出版社,1985 年。
《牧斋有学集》,[清]钱谦益撰,钱曾笺注,钱仲联标校,上海古籍出版社,1996 年。
《吴梅村全集》,[清]吴伟业撰,李学颖集评标校,上海古籍出版社,1990 年。
《渔洋山人精华录》,[清]王士禛撰,齐鲁书社,1994 年。
《曝书亭全集》,[清]朱彝尊撰,《四部丛刊》影印本,《四部备要》排印本。
《陈迦陵全集》,[清]陈维崧撰,《四部丛刊》影印本。
《敬业堂诗集》,[清]查慎行撰,周劭标点,上海古籍出版社,1986 年。
《纳兰词笺注》,[清]纳兰性德撰,张草纫笺注,上海古籍出版社,1995 年。
《清忠谱》,[清]李玉撰,王毅校点,人民文学出版社,1990 年。
《长生殿》,[清]洪昇撰,徐朔方校注,人民文学出版社,1958 年。
《桃花扇》,[清]孔尚任撰,王季思等校注,人民文学出版社,1959 年。
《笠翁十种曲》,[清]李渔撰,《古本戏曲丛刊》第五集,中华书局,1983 年。

《清人杂剧初集》,郑振铎辑,1931 年长乐郑氏影印。
《剪灯新话》,[明]瞿佑撰,《古本小说集刊》影印嘉靖刊本,上海古籍出版社,1994 年。
《剪灯余话》,[明]李祯撰,《古本小说集刊》影印明张光启刊本,中华书局,1994 年。
《聊斋志异》,[清]蒲松龄撰,张友鹤整理,上海古籍出版社,1979 年。
《全本新注聊斋志异》,朱其铠、李茂肃、李伯齐、牟通校注,人民文学出版社,1989 年。
《阅微草堂笔记》,[清]纪昀撰,上海古籍出版社,1980 年。
《水浒后传》,[清]陈忱撰,《古本小说集成》影印清初刊本,上海古籍出版社,1994 年。
《说岳全传》,[清]钱彩、金丰编撰,上海古籍出版社,1980 年。
《隋唐演义》,[清]褚人获编撰,上海古籍出版社,1981 年。
《梼杌闲评》,不题撰人,刘文忠点校,人民文学出版社,1983 年。
《醒世姻缘传》,[清]西周生撰,《古本小说集成》,上海古籍出版社,1994 年。
《镜花缘》,[清]李汝珍撰,张友鹤校注,人民文学出版社,1955 年。
《儒林外史》,[清]吴敬梓撰,张慧剑校注,人民文学出版社,1962 年。
《脂砚斋重评石头记》(庚辰本),[清]曹雪芹撰,文学古籍刊行社,1955 年。
《红楼梦》,[清]曹雪芹撰,中国艺术研究院红楼梦研究所整理,人民文学出版社,1982 年;俞平伯校,启功注,人民文学出版社,2000 年。
《沈归愚诗全集》,[清]沈德潜撰,清乾隆教忠堂刊本。
《樊榭山房集》,[清]厉鄂撰,[清]董兆熊注,陈九思标校,上海古籍出版社,1992 年。
《郑板桥集》,[清]郑燮撰,上海古籍出版社,1979 年。
《小仓山房诗文集》,[清]袁枚撰,周本淳标校,上海古籍出版社,1988 年。

《瓯北集》,[清]赵翼撰,李学颖、曹光辅标校,上海古籍出版社,1997年。
《两当轩集》,[清]黄景仁撰,李国章标点,上海古籍出版社,1983年。
《方苞集》,[清]方苞撰,刘季高标点,上海古籍出版社,1983年。
《刘大櫆集》,[清]刘大櫆撰,吴孟复标点,上海古籍出版社,1990年。
《惜抱轩诗文集》,[清]姚鼐撰,刘季高标校,上海古籍出版社,1992年。
《柯茗文编》,[清]张惠言撰,黄立新校点,上海古籍出版社,1984年。
《龚自珍全集》,[清]龚自珍撰,王佩诤校,中华书局,1959年。
《龚自珍编年诗注》,[清]龚自珍撰,刘逸生、周锡馥笺注,浙江古籍出版社,1995年。
《魏源集》,[清]魏源撰,中华书局,1976年。
《林则徐诗集》,[清]林则徐撰,郑历生校笺,海峡文艺出版社,1987年。
《松心诗集》,[清]张维屏撰,广东高等教育出版社,1993年。
《郘亭遗文诗钞》,[清]莫友芝撰,咸丰至光绪年间莫绳孙刻本。
《曾国藩全集》(诗文卷),[清]曾国藩撰,岳麓书社,1986年。
《柏枧山房文集》《柏枧山房文续集》,[清]梅曾亮撰,上海国学扶轮社,1911年。
《荡寇志》,[清]俞万春撰,戴鸿森校点,人民文学出版社,1983年。
《儿女英雄传》,[清]文康撰,松颐校注,人民文学出版社,1983年。
《花月痕》,[清]魏秀仁撰,杜维沫校点,人民文学出版社,1982年。
《人境庐诗草笺注》,[清]黄遵宪撰,钱仲联笺注,上海古籍出版社,1981年。
《康南海先生诗集》,康有为撰,商务印书馆,1941年。
《饮冰室合集》,梁启超撰,林志钧编,上海中华书局,1989年。
《谭嗣同全集》(增订本),谭嗣同撰,蔡尚思、方行编,中华书局,1981年。
《严复集》,严复撰,王栻主编,中华书局,1986年。

《戊戌六君子遗集》，谭嗣同、林旭、刘光第等撰，张元济辑，商务印书馆，1917 年。
《林琴南文集》，林纾撰，中国书店，1985 年。
《岭云海日楼诗钞》，丘逢甲撰，上海古籍出版社，1982 年。
《石遗室文集》《石遗室诗集》，陈衍撰，1913 年侯官陈氏石遗室刻《石遗室丛书》。
《散原精舍文集》，陈三立撰，上海中华书局，1949 年。
《桐城吴先生文集》，吴汝纶撰，吴闿生编，光绪三十年(1904)桐城吴氏刻《桐城吴先生全书》。
《庚子秋词》，王鹏运等撰，光绪间刻本。
《半塘定稿》，王鹏运撰，光绪十三年(1887)成都薛崇礼堂刻本。
《彊村语业》，朱祖谋撰，1932 年刊《彊村遗书》本。
《蕙风词》，况周颐撰，1949 年成都薛崇礼堂刊薛志泽辑《清季四家词》本。
《七侠五义》，[清]石玉昆述，俞樾重编，林山校订，宝文堂书局，1980 年。
《海上花列传》，[清]韩邦庆撰，典耀校点，人民文学出版社，1982 年。
《官场现形记》，[清]李宝嘉撰，张友鹤校注，人民文学出版社，1979 年。
《二十年目睹之怪现状》，[清]吴沃尧撰，张友鹤校注，人民文学出版社，1981 年。
《老残游记》，[清]刘鹗撰，陈翔鹤校，戴鸿森注，人民文学出版社，1982 年。
《孽海花》(增订本)，[清]曾朴，中华书局，1959 年。
《章太炎全集》，章炳麟撰，上海人民出版社编，上海人民出版社，1982—1986 年。
《秋瑾集》，秋瑾撰，上海古籍出版社编，上海古籍出版社，1991 年。
《磨剑室诗词集》，柳亚子，上海人民出版社，1985 年。
《曼殊全集》，苏玄瑛撰，柳亚子编，北新书局，1928—1931 年。

《近代诗钞》,钱仲联编纂,江苏古籍出版社,1993 年。

《近代词钞》,严迪昌编纂,江苏古籍出版社,1993 年。

《近三百年名家词选》,龙榆生编选,古典文学出版社,1956 年。

《晚清文选》,郑振铎编,生活书店,1937 年;上海书店,1987 年。

《中国近代小说大系》,《中国近代小说大系》编委会编,计划九十卷,百花洲文艺出版社于 1988 年陆续出版。

《中国近代文学大系》,上海书店,1990—1996 年。

《中国小说史略》,鲁迅著,北新书局,1925 年。

《中国近世戏曲史》,〔日〕青木正儿著,王古鲁译,中华书局,1954 年。

《中国散文史》,郭预衡,上海古籍出版社,1986—2005 年。

《中国诗史》,陆侃如、冯沅君著,作家出版社,1956 年。

《中国文学批评史》,郭绍虞著,新文艺出版社,1956 年。